David

COLLECTION FOLIO

Henry de Montherlant

de l'Académie française

Le Songe

Gallimard

En 1918, Alban de Bricoule décide de s'engager et de rejoindre au front son camarade, l'aspirant Prinet. Le troisième personnage de ce roman, écrit sur le mode lyrique, est une jeune sportive, Dominique Soubrier, pour qui Alban éprouve de l'affection, car il voit en elle, physiquement et moralement, un type humain accompli. L'amour charnel ne saurait se mêler, pour Alban, et cela bien qu'il soit très sensuel, à ses relations avec Dominique : ce serait profanation.

Alban arrive sur le front, entre dans ce qu'il nomme l'ordre mâle. *Les « scènes de guerre » sont dominées par l'idée qu'Alban se fait des rapports humains et notamment de la camaraderie : cette camaraderie s'étend même à l'ennemi, au-delà de ce qu'impose la guerre. Dominées aussi par le comportement d'Alban, son goût affiché de la liberté, son égotisme :* Dans *Le Songe, a écrit Montherlant,* j'ai raconté, romancé l'histoire d'un volontaire à la guerre, qui y va quand il veut, en revient quand il veut, fait la guerre comme on fait l'amour.

L'amitié d'Alban pour Prinet est pleine de remous. Alban ne se cache aucune des faiblesses de l'aspirant. Malgré ces faiblesses, il continue à l'aimer, et lorsque Prinet est tué, le front lui semble vide. Tout vient des êtres. *Il se fait rapatrier à l'arrière.*

Durant ce temps, Dominique Soubrier a compris qu'elle aimait Alban : elle est devenue infirmière pour se rapprocher de lui. Cet amour est pour Alban une menace contre « l'ordre de la guerre », auquel il entend demeurer fidèle. C'est aussi l'écroulement de ce que Dominique a représenté pour lui. Il en méprise la jeune fille. Alors, en lui, l'affection fait place au désir. Mais lorsqu'il voit le corps de Dominique, tout ce que ce corps lui avait jadis inspiré remonte en lui et tue son désir. Il s'en va, sacrifiant la jeune fille, sacrifiant l'ordre de la sentimentalité qu'elle incarne à l'ordre du courage.

Il remontera vers le front.

Première partie

I

IL REJETTE LA COURONNE D'EPINES

Comme un malade, qui s'appuie sur ses bras, tente de se soulever, Alban de Bricoule se pencha hors du fauteuil de fer, aspira l'air à pleine bouche, physiquement suffoqué par son âme. Alors le monde communiqua de nouveau avec lui, toutes les choses clémentes et courtoises et qui vivent dans un esprit de douceur. Il perçut l'odeur des roses diluée dans l'air humide, le frémissement minuscule de l'herbe, une branche de glycine translucide qui pendait comme une main divine, la plus belle des roses, toute rouge, avec les feuilles de sa tige rougeâtres comme si elle avait saigné dessus, ou comme si elle était de la lumière et qu'elle jetait des reflets. Il eut le désir qu'elle lui donnât davantage. Il la tira du panier, la respira profondément, et lorsqu'il fut au bout de sa sensation, son désir se dépassa encore, comme une lame dépasse une autre lame, et allant avec sa bouche jusqu'au cœur dur et doux, il y mordit, y resta immobile. Instant immobile. Puis, sans joie, mais satisfait, il écrasa la chose finie.

Prise Troie, an du monde 2820; av. J.-C. 1884.
Fondation Rome, an du monde 3250; av. J.-C. 754.
Marathon, an du monde 3154; av. J.-C. 490.

Il sourit des yeux. Voilà donc ce qu'il était en train de transcrire, assis à la petite table de jardin dans la tiède journée de ce mars 1918, quand un soudain besoin de délassement lui avait fait saisir et feuilleter cette brochure arrivée par la poste du matin, en même temps que les fleurs provençales dont il venait si brusquement d'abuser, — ce Bulletin du collège où il avait terminé ses études voilà cinq ans. Il jeta un coup d'œil rapide sur les notices nécrologiques, sur les lettres de combattants, ses camarades de classe, sur tous ces noms qui étaient des noms de vivants, des noms d'êtres qui luttent, désirent, calculent, font couler des larmes. Lui qui tant de fois avait parlé de sa « folie des âmes », qui s'était nommé un « toucheur d'âmes », comme il passait vite au-dessus de toutes ces âmes ! « Pauvres garçons, les ai-je aimés ? Oui, comme César aimait ses légionnaires. Mais détestés parfois, cela, j'en suis sûr, détestés quand je les voyais penchés sur leurs livres, en train de s'accroître, c'est-à-dire de s'armer contre moi. » Et voici que ses yeux revinrent sur ce titre, qu'il relut, comme s'il ne le comprenait pas bien, ou comme si c'eût été son propre nom qu'il lisait là :

A LA MÉMOIRE
DE JACQUES DEJOIE,
Lieutenant au 152e d'infanterie,
décoré de la Croix de guerre,
Chevalier de la Légion d'honneur,
mort pour la France le 12 juin 1917,
à l'âge de 22 ans.

Au collège, il le connaissait à peine, ce mort qui avait son âge. Depuis le temps du collège, combien de fois lui avait-il parlé ? Trois, quatre fois, peut-être. Ils ne s'étaient jamais écrit, il n'avait jamais su son adresse, il ne se souvenait pas d'une seule parole entre eux qui fût plus qu'une parole banale. Et voici qu'il était là, sachant depuis six mois cette mort, et pourtant, devant cette mauvaise petite brochure, pourtant les mains tremblantes et la fièvre au haut des joues.

« Et moi ? Et moi ? » Pour la quatrième, cinquième fois, comme le regard invinciblement revient vers un cadavre ; pour la quatrième, cinquième fois, comme on reprend pour en mourir le journal où est seulement imprimé le nom de celle qu'on pensait n'aimer plus ; pour la quatrième, cinquième fois, il reprit le Bulletin et relut.

C'étaient ses efforts, à ce Dejoie, ses espoirs, l'évocation du jour où il prit une mitrailleuse, et puis toutes les phrases des vingt ans : « Quand je reviendrai, il faudra... », « Je sais bien que je suis protégé... », toutes ces affirmations de vie qui sont toujours inscrites sur des tombes. Il lisait et il lui semblait que chacune des lignes écrites par le bon prêtre avait été écrite en pensant à lui, Alban de Bricoule, avait été écrite en pensant *contre* lui, et quand il eut fini il secoua la tête, comme s'il venait de boire quelque chose d'amer. Une phrase se détacha dans sa conscience, nette, indiscutable, isolée de toute autre comme par le cerne d'un phylactère : « Je suis affreusement jaloux de ce mort. »

Ah ! sainte jalousie, et avec quel amour ! Ce mort qui n'était pas son ami était entré en lui comme une guêpe dans une chambre, et il y faisait un bruit énorme. Tout se réveillait, tout reprenait feu. Les noms des garçons, dans les *adresses au Front* du Bulletin, étaient comme les noms des partants sur un programme de courses.

« Qui sera premier ? qui tombera ? qui se dérobera ? qui se fera enfermer par les camarades ? » De la chaleur sortait d'eux comme s'il se fût penché sur une forge. Il sentait dans sa poitrine une boule qui l'étouffait, une impatience fébrile comme si l'ombre de ce mort se dressait devant lui, lui barrait le passage ; et il se jetait dessus, et il tirait dedans des coups de revolver, et elle restait intacte, et il ne pouvait faire un pas de plus. Soudain l'ambition s'était ruée sur lui, le maintenait avec des griffes, et il luttait sous elle comme sous un vampire ; immobile dans ce fauteuil, ne pouvant plus lever les yeux, ne pouvant plus regarder autre chose que les graviers, les pieds de la table, la terre des plates-bandes, ne pouvant plus lever les yeux. Et à travers son impuissance passaient en éclairs les plus absurdes instants de son mal.

Il se revoyait, un 14 juillet, à la revue, quittant les tribunes réservées après une demi-heure, incapable de rester une minute de plus dans une tribune qui n'était pas la tribune officielle. — « Quelle honte ! Quelle horreur de sottise ! — Mais que puis-je contre cette maladie ? La prééminence m'est indispensable ; rien d'elle ne m'attire ; il y a simplement qu'une vie sans elle ne m'est pas concevable. Je ne cherche pas à être heureux. » Il se revoyait, ces soirs où les lectures de l'Histoire Romaine lui montaient proprement à la tête, où il sentait bien que la grandeur de toutes ces choses lui dérangeait le cerveau. Alors ses gestes n'étaient plus assurés, il ne pouvait plus manger, tout le bas de son visage se figeait comme dans la terreur...

Des noms sur un programme, une course... Ah ! à cette heure, si c'eût été une course, il les eût dépassés tous ; si c'eût été une lutte, il les eût étranglés tous, jetés tous disloqués à ses pieds ! Mais que faire contre un Dejoie, un monstrueux mort, qui fait charlemagne, qui s'en va sa gloire acquise, qui vous enlève toute chance de pouvoir le rabaisser dans l'avenir ? Que faire contre la simplicité de son acte quand soi l'on est à sa table de travail, quand on ne peut lutter contre lui que par une certaine puissance de l'esprit, ou des connaissances, ou de la mémoire, ou du génie ? Les coudes sur la table, tenant dans ses mains sa tête comme un fruit pourri, Alban pressait la chose enveloppée d'os et de cheveux, le cerveau mou comme une éponge, ne tenant pas plus de place qu'une boule de billard, mais seule arme de sa destinée pour lui permettre de vaincre tous ses pairs. Quand à froid l'on mesure ses limites, il naît un sentiment grand, grave et triste, comme après un échec, et qui fait du bien. Mais lorsqu'il vous semble que votre cerveau se contracte en même temps que vos sourcils pour atteindre à l'instant plus de valeur, pour gagner à l'instant quelque chose, aussi sensiblement que lorsqu'on ajoute quelque chose dans une balance, et qu'il n'y parvient pas, et qu'on se jette de tous côtés et que de tous côtés on s'arrête au bord de ses lacunes comme au bord d'abîmes, c'est une sensation qui doit pouvoir mener à la folie...

D'un coup il repoussa la table, se leva, fit quelques pas dans le jardin, où naissait un peuple de petites espérances. Ses deux chats familiers qui, étendus tout de leur long, s'amusaient à retomber, par un coup de reins, tantôt sur un flanc, tantôt sur l'autre, s'étaient levés à son approche et le précédaient ainsi que des pages : deux Bleus de Perse, de même taille, de même pelage gris fer, et qui n'avaient pas de nom.

« J'ai été fou », pensa-t-il, s'asseyant sur l'herbe, caressant avec une tendre science la douce tête obtuse de l'une des bêtes (elle avait les yeux fermés et l'imperceptible sourire de ceux qui se souviennent de quelque chose d'exquis). « Pourquoi cette défiance de moi-même ? Je ne compte que sur moi et ne consulte que moi. » Il savait bien que tout ce qu'il désirait serait obtenu, que chacun de ses buts tomberait, l'un après l'autre ; et le calme avec lequel il accueillait ses victoires le rendait digne de les obtenir toutes. « Rien ne peut m'arrêter, — que la maladie... ou la mort... » Sans qu'il y pensât, c'était le mot des ancêtres : « sauf que le ciel me tombe sur la tête ».

Dans l'herbe, un combat de fourmis attira son regard. La plus grosse entraînait l'autre et la dévorait vivante : une parcelle du corps avait déjà disparu, que les pattes se débattaient encore. D'une pichenette il les envoya au loin : « Vous m'assommez. Allez souffrir ailleurs », puis se releva.

« Il faut que je parte. Assez des secrétaires d'État-Major et du répugnant Ministère. (A la suite d'une appendicite mal guérie, on l'avait « versé » dans l'auxiliaire, et affecté à un Ministère, à Paris.) Prinet, cher garçon ! *Amice primæ admissionis !* Il est au ...[e] d'infanterie ; je le rejoindrai. — (Déjà il n'eût plus supporté qu'on dît devant lui du mal de ce régiment.) — Mon cerveau s'est épuisé tandis que mon corps refleurissait. Je m'arrête de penser ! Je rejette la couronne d'épines ! Je rejette le besoin de la gloire ! Il est nécessaire que je me repose dans l'action. »

Ce jardin, que d'heures il y avait marché, imaginant telle présence à son côté, imaginant les demandes et les réponses ! Que de fois il avait plongé son visage dans le jet de la fontaine, brûlé par cette fièvre perpétuelle qui lui faisait garder toujours sur sa table une aiguière d'eau fraîche à portée de la main ! Il regardait. Il lui semblait que dans le jardin voisin les pousses étaient plus avancées qu'ici ; il lui semblait qu'ici, d'y avoir trop promené sa lourdeur, et pensé, et désiré, et détesté, et ragé seul, ç'avait brûlé l'herbe, flétri les bourgeons, roussi les glycines, et qu'à présent même, à mesure qu'il s'avançait, toute pointe de verdure imperceptiblement se desséchait à son approche, comme s'il était le soleil.

— Une cagna, de la misère, de la mort... Mais tout purifié ! tout simplifié ! Simplicité de l'action, surtout de l'action de guerre ! Pour établir mon influence intellectuelle, sociale, que de patience, de travail, que d'écueils, que d'habileté, — et je serai discuté, pas soutenu par ceux que j'aime ; mes meilleurs amis risqueront de devenir mes adversaires ; moi-même, qui peut m'assurer que je suis dans le vrai, me délivrer du doute ? Mais ici ! Se dresser sur un parapet, aller voir et revenir, presser une gâchette, voilà qui est clair, direct, et qui dans l'instant vous donne une grande gloire. Ici les valeurs sont cotées, classées ; sur chacune tout le monde est d'accord. Quelle supériorité ! Quel repos !

Soudain il se dressa, tout le visage en un instant avivé :

— Les panthères !

De rauques grondements venaient du Bois, aux lisières duquel se trouve la villa d'Alban. Maintes fois il les avait entendues, ces panthères du Jardin d'Acclimatation ; et quand leurs bâillements énervés, retentissant dans le silence d'une nuit d'été, arrivaient jusqu'au jeune homme travaillant devant sa fenêtre ouverte, une trouble exaltation le soulevait, de tout son être il s'élançait vers la Rome impériale, une veille de Jeux. Mais ce jour-là il se dit seulement : « La brise est donc du Sud », et ce mot excita son éternelle nostalgie du Sud, qui se mêla à celle du printemps. Il sentit bien que, dans son brusque besoin de la guerre, il y avait l'anxiété que sa vie n'égalât pas en beauté le printemps, qu'elle ne fût pas digne du printemps, que la beauté du printemps fût inemployée et perdue. En cette même minute, peut-être, réveillés par la même émotion, des êtres décidaient de partir pour le lac Majeur.

« Une cagna, de la misère, de la mort... Je montrerai que je puis supporter l'excès de la misère comme j'ai supporté l'excès de la volupté : ainsi Alcibiade, et César, et Catilina. Je souffrirai, je rachèterai mes péchés. J'ai péché, mon Dieu, j'ai péché ! J'ai fait souffrir et je n'ai pas souffert. J'ai levé la main sur un prêtre. Dans le confessionnal, j'ai pris la ferme résolution de faire tout le mal possible à mes ennemis. Et je l'avouais ! Et on me donnait l'absolution ! Mais cette fois tout sera lavé. Je chercherai davantage de souffrance, comme jadis, quittant celle que j'aimais et qui venait d'être dure, je lui téléphonais sans autre but que d'entendre la dureté de sa voix au bout du fil. Je me proposerai pour le plus pénible, j'enterrerai les morts ; et je prendrai chacune de ces épreuves et je l'offrirai à mon Dieu pour mon salut et pour le salut de ceux que j'aime. Et toutes les épreuves, par ce seul mot : « Je l'offre », seront utilisées et enrôlées pour mon bien... » — « Se peut-il que je meure ? » se dit-il soudain. « Certes, mort pour mort, une mort violente est la plus digne de moi. » Alors une voix parla, qui n'était pas tout à fait sa voix, qui était une voix qui parlait en lui et qui disait : « Cela m'est égal de mourir. »

A travers sa fièvre passa la fille qui a nom Douce, la petite fille silencieuse et qui jamais ne se refusa et dont jamais il ne souffrit, — inutile en dehors de l'amour et qu'il écarte alors avec une douceur ferme. Elle fut tout autour de lui comme de l'eau, au-dessus, au-dessous, et il vivait au milieu d'elle comme au milieu d'un ruisseau rapide. « Encore une fois je baiserai ton front, à la petite place en haut de la tempe, qui brûle toujours comme si tu pensais ! Encore une fois j'écouterai battre ce quelque chose en toi, comme si tu avais un cœur ! Encore une fois le goût de tes paupières et de tes paumes ! Encore une fois l'odeur gentille de tes cheveux ! » Le brusque excès de sa sensualité lui donnait l'accent de la tendresse et sa gratitude était sans bornes pour la guérisseuse de toutes peines. « O toi qui m'étais si légère ! Même quand devant mon désir tu écarquillais tant les yeux que les prunelles ne touchaient plus aux entours, même à l'heure de toute lourdeur, quand l'alcôve de dix heures du matin est comme une grande pierre de lune grise et blanche et que si délicieusement nous prêtons main-forte à la mort. »

Son cabinet était au rez-de-chaussée, fenêtres ouvertes : la chambre assaillie par les nuits comme la cabine de vaisseau par la mer. Deux marches montées, il y entra.

Il se vit venir dans la glace, vit ses cheveux ébouriffés par le geste d'y plonger la main dans la méditation, son visage brun, les rides minuscules à ses paupières et dans le cerne un peu gonflé, quelque chose de brûlant et de consumé, la fatigue incessante dans ce corps pourtant solide comme du fer, aujourd'hui imbibé par la joie et qui demain vaincrait en ascétisme les plus sobres, de même que l'âme voluptueuse s'était mêlée au peuple et donnée aux soins les plus vulgaires pour exercer sa souplesse et affirmer sa maîtrise sur la vie.

Et alentour étaient les livres, certains d'entre eux ouverts sur des chevalets comme l'Évangile sur l'autel. Alentour les feuillets, les dieux demi-nus et nus, la solution de chlore pour purifier les marbres antiques, la couverture dont il s'enveloppait les jambes quand il travaillait avec colère, à cinq heures du matin, dans le froid, à la lampe ; et puis la verveine dont il s'humectait le front, les paupières, le cou, les poignets ; la table dans le même désordre où elle était hier au soir, quand le sommeil l'avait écrasé, avec ce quelque chose de flétri qu'ont les endroits où on a pensé longtemps, et qui n'ont pas su garder la pensée chaude ; sur le mur la tête de taureau, entre deux banderilles dont les fers noirs de vieux sang portaient encore des poils de la brute ; sur le tapis des papiers froissés entourant la corbeille vide, auprès de dictionnaires grecs et latins ; et de-ci de-là, sur un papier ou contre une coupe, une feuille morte du dernier hiver que le vent avait poussée par la fenêtre ou qu'un chat avait apportée accrochée à sa queue, tel soudain qu'un petit animal dionysiaque. Au-dessus de ce champ de bataille de ses victoires et de ses échecs, plus haut que les livres, plus haut que les choses de l'art, un écorché d'amphithéâtre se dressait. La fleur humaine ! La musique du monde faite chair ! Arrêtons-nous un instant.

Cependant les yeux d'Alban s'étaient fixés sur un Christ d'ivoire, au milieu de sa table, beau. C'était un Christ Louis-XIII encadré de chêne, avec des reflets de chose mouillée qui ruisselle, avec des fendillements verticaux dans l'ivoire qui rappelaient les traînées de sueur et de sang.

Il le regardait. « Pourquoi ta poitrine est-elle ainsi gonflée, comme la nôtre, au stade, quand nous respirons après les quatre cents mètres ? Est-ce que toi aussi tu es consumé par ton cœur ? » Bien des fois, il y avait appuyé ses lèvres, sur ce Christ, sans trop savoir ce qu'il baisait là, si c'était la figure de son Dieu, ou la merveille de l'art, ou seulement la beauté, la douceur et la désirabilité de la matière, si chaleureuse qu'il humerait peut-être autour d'elle un arôme pareil à celui des corps. Il l'avait baisé, il l'avait nommé Génie de son travail et objet de ses *veni creator.* Il lui avait demandé davantage de valeur, demandé le pouvoir de créer la phrase secrète qui rapprocherait de son autel « ceux qui nomment Dieu le secret des bois ». Et telle était la disposition du lieu, que, lorsqu'il était à sa table, le jeune homme s'apercevait, sous le geste de ce Christ, réfléchi dans la vitre de sa bibliothèque par le sombre fond des reliures. Et à côté d'eux, suspendu dans l'air, vrai spectre d'un monde refroidi, un diaphane visage féminin, resplendissant d'une mystérieuse blondeur qui rendait l'ombre à ses bords translucide : le marbre rapporté d'Achaïe, mousseux comme la mousse de bière, pailleté comme par ses paillettes le borate de soude, et qui du fond de la pièce venait mettre son image, ainsi qu'une tête se penche sur une épaule, auprès des images d'Alban et de la Croix.

Sur la table était une photographie. Alban la prit, y posa son regard.

Droite se tenait la fille qui regardait, pure du sourire, un doigt glissé en manière de signet dans un livre, sans un bijou, sans une bague, avec seulement un bracelet d'ivoire au poignet qui n'était pas grêle; droite, avec son nez droit, ses cheveux étroitement tordus serrant la tête et couvrant le front, sa bouche un peu dure, ses sourcils un peu froncés, ses yeux graves où l'on croyait voir une âme, et derrière une autre âme, et derrière une autre âme encore. Et le regard du jeune homme, en croisant celui-là, fut un des plus beaux regards du monde.

Un regard mâle, un noble regard d'homme, chargé d'admiration, de respect, de camaraderie, de gratitude, un regard pareil à une franche poignée de mains, qui ne jouit ni ne s'attarde. Platon avait dit : « Un amant est un ami en qui l'on sent quelque chose de divin. » Ce regard définissait celle-ci, sans qu'elle fût une amante : une amie en qui l'on sent quelque chose de divin.

Alban inclina l'image. Sur la couverture du livre soutenu par la main brune, les deux mots du titre resplendirent : *Taciti Opera.*

« Dominique... Oui, il est bien qu'elle existe. Comme je suis content qu'elle existe ! Ma belle fille, comme tu es satisfaisante ! Quelle joie pour l'esprit ! O invulnérable ! » — « Vais-je mourir ? » se demanda-t-il.

« Non, naturellement, je ne peux pas mourir. » L'existence de cette fille le préservait de la mort. « Quand même ? » Il la regarda encore. Alors une voix se leva, qui ne sortait pas tout à fait de lui, qui venait d'un autre, qui naissait en lui mais qui n'était pas absolument ratifiée par lui : « Cela m'est égal de mourir. »

Redescendu dans le jardin, comme il fermait le Bulletin de son collège, Alban s'aperçut que tout à l'heure, durant sa pensée, distraitement il avait tracé un signe en face du nom de tel camarade, puis de tel autre, puis de tel autre. Un signe ? Quel signe ? Soudain il le reconnaît, c'est un *deleatur* d'imprimerie. « Qu'il soit détruit. » — « Qu'il soit détruit. » — « Qu'il soit détruit. » — Et tressaillant, confus de honte, il couvre d'encre le signe affreux.

II

LA SŒUR DES VICTOIRES

— Il faut que je *maintienne,* Alban, dit Dominique Soubrier, appuyée à la table, dans le salon de son père, — et elle défaisait d'une tape un pli de sa robe gris de perle. Comprenez-vous bien ce qu'il y a dans ce mot-là : maintenir ? Quand vous m'avez dit si brutalement, je pourrais presque dire si grossièrement, tout à l'heure, que vous partiez, vous ne m'avez vue ni me troubler ni me plaindre, — ce n'est pas dans nos conventions, ajouta-t-elle rapidement à voix plus basse, comme si elle voulait que cette parole fût dite et ne fût pas entendue. Mais à présent je sens mieux quelle menace il y a pour moi dans cette nouvelle de votre absence. Pourquoi semblerais-je l'ignorer ? Sommes-nous de ceux qui ont besoin de feindre ? Non, rien ne sera changé parce que je vous aurai dit bien simplement que j'ai atteint un plus haut degré de moi-même à côté de vous. Et voici que vous partez, et j'ignore ce que je vais devenir à moi seule.

— Est-ce une question ? demanda le jeune homme.

— Oui, si vous voulez y répondre.

— Alors ce n'est pas une question.

— Ah ! fit-elle avec regret, et pourquoi ?

— Parce que je me refuse le droit de vous conseiller

aussi longtemps que je vous connaîtrai si mal. On me croit perspicace. On ne sait pas à quel point je suis aveugle.

— Vous avez à l'égard des hommes une indifférence qui est monstrueuse. Comment feriez-vous l'effort de chercher à les comprendre ?

— C'est vrai, je n'aime que les gens que j'aime, je n'aime pas ceux qui me sont indifférents ; n'est-ce pas que c'est inconcevable ? Mais ceux-là que j'aime le plus, quelles ténèbres ! Ainsi je vois à l'intérieur de vous bien des choses que je juge faciles à saisir, mais, si j'essaye, tout de suite je me heurte, comme un oiseau enfermé se tuerait contre la vitre de cette baie en se jetant vers l'apparence du ciel libre.

La grande baie vitrée, d'une seule pièce dans toute la hauteur du salon, dressait entre eux et le Ranelagh un rideau si transparent qu'il en était proprement invisible. On voyait au-delà les pelouses de mars, les femmes, les bébés, toutes les gentilles choses, et, dans le groupe des petites filles, ces jeux et ces bourrades qui finissent par des appuiements.

Elle dit :

— D'où me viendra un conseil ?

Soudain, qu'elle, la fille forte, avec ses épaules droites, le casque de sa chevelure, ses mains héroïques qui lançaient le javelot dans le stade, qu'elle, avec le dur visage qui s'était crispé dans le vent de la course, crispé jusqu'à une laideur splendide, avec la dure âme chaste et sauvage, soudain, qu'elle pût être troublée par quelque chose qui venait de son esprit à lui, par quelque chose que son esprit avait le pouvoir de faire naître ou de ne pas faire naître, de cela il fut gêné, mécontent, comme si cette merveille corporelle, à dépendre de ce qui ne sortait que d'une intelligence, avait dérogé au plan divin par sa faute.

— D'où me viendra un conseil ?

Distraitement, il caressait de la main des albums épars. Dans l'un d'eux, qu'il entrouvrait, il vit l'image d'une forme nue, et son cœur battit, comme il faisait toujours à l'apparition de la chair dévoilée. Et il déploya l'album comme s'ils devaient recevoir de cette fraîcheur humaine un conseil fraternel, tel qu'au milieu des duretés de la nature on va en demander à la naissance des eaux.

Elle comprit le geste et s'assit avec lassitude ; l'art était bien comme la vie : il consolait quand on était heureux. Cependant, appuyant l'album sur le bord de la table, ils penchèrent leurs têtes qui ne se touchaient pas.

A travers les grandes planches d'héliogravure passaient les cavaliers du Parthénon. Ils passaient, tous semblables, tantôt se poussant en une vague, tantôt seuls comme quelqu'un qui a de la valeur ; on tournait chaque page et ils passaient. Et les petits chevaux se cabraient selon le même rythme, si nerveux et frissonnants et pourtant tellement sages, jusqu'à celui qui lance ses sabots vers le ciel avec une sorte d'exultation paisible ; et les garçons étaient sur leurs dos, « nourris parmi les fleurs », fronts calmes qui se baissent un peu sous la science légère du Silène ; et tandis qu'ils penchent un peu le front, comme ils regardent toujours devant eux, leurs prunelles à demi perdues sont pleines de songe. Et tous ils regardaient devant eux, mais il y en avait un qui arrachait son visage à la demi-nuit du profil et qui vous fixait en pleine face, comme si c'était à la pierre qu'il voulait l'arracher, à la pierre, à l'oubli, à la mort, à je ne sais quoi de borné et d'affreux pour le jeter vivant dans l'éternel ; et Alban sentit entre cette image et lui-même une telle correspondance qu'il releva le buste, pris d'émotion. Est-ce que lui aussi il n'avait pas essayé d'arracher de sa vie, au moyen de l'art, les minutes de beauté et de douceur, pour en faire quelque chose qui l'empêcherait de mourir ? Et comme la jeune fille regardait la page opposée, d'un geste de camarade il lui saisit le bras, au-dessus du coude, pour l'attirer vers l'apparition pathétique. Alors il sentit le mouvement de ce bras qui s'effaçait, se dégageait pour lui échapper, fuyait en avant comme une aile. Et il sourit, et il fut rempli de plaisir comme si, au lieu de ce geste de refus, elle s'était soudain plaquée contre lui, toute faible et disloquée d'amour.

Le cavalier était passé ; de nouveau tous passaient. De grandes blessures dans la pierre déchiraient de part en part ces rêves. On ne voyait plus qu'une crinière flammée, une encolure en gorge de cygne, une main qui s'abandonne sur la bonne croupe comme tout à l'heure si gentiment sur la toison de la brebis, une longue jambe humaine, polie et souple, divine de repos. Et puis les voici tous en sens contraire, comme s'ils revenaient, comme s'ils avaient atteint leur but et s'ils revenaient, et il y avait quelque chose d'étrange, d'émouvant et d'indicible à les voir ainsi qui revenaient, yeux songeurs, fronts baissés, bêtes et gens sur le même rythme, tous égaux dans cette fraternité de la grâce. De longues zones érodées les traversaient maintenant ; ah, n'est-ce pas plus au-delà qu'ils repassent, et ce sont des nuées qui les voilent ? Chevauchée de rêve, née de l'antique regret des hommes, de l'antique appel vers une vie plus douce, et qui s'enfuit de votre étreinte, se renfonce sous les âges, s'évanouit, se perd, n'existe plus. Et les pages se suivaient, et à chacune le cœur du jeune homme augmentait, comme une symphonie à chaque irruption d'un nouvel instrument qui grossit la clameur, et cette voix n'était plus la sienne quand il se redressa et quand il dit, n'en pouvant plus de musique à l'apparition d'une vue totale du temple :

— La pureté, Dominique ! Combien d'entre nous, qui rendent un culte à la Sainte Vierge, osent se souvenir que le plus célèbre monument des païens était dédié à la pureté ? Le Parthénon : le temple de la Jeune Fille ! — Regardez-le, fit-il en rougissant, comme si ce n'était pas une idée qu'il venait de découvrir, mais dans la foule indifférente une amante inattendue. Ses colonnes sans base ont l'air de jaillir de l'eau ; elles sont la force de l'homme enracinée à mi-jambe dans la terre, elle qui soutient le ciel sur ses épaules... Voyez-vous, c'est cela que je trouve remarquable, que ce temple de la Jeune Fille soit construit dans le style dorique, comme si les Athéniens, puisque le gardien de leur cité était une femme, avaient voulu qu'au moins par sa demeure elle rappelât constamment qu'elle participait aussi à l'ordre mâle.

Il s'inclina vers elle, tandis que l'hymne homérique lui montait du cœur : *Je chante Pallas Athéné, aux yeux pers, aux nombreuses pensées, au cœur inflexible, vierge très chaste...*

Il s'arrêta, car son cœur lui battait dans la gorge, et il la regarda qui respirait doucement, penchée sur l'album où la feuille un peu soulevée, à chaque fois qu'elle recevait le souffle, se plaquait contre celle d'en dessous.

— Si vous pouviez savoir comme j'ai erré de femme en femme avant d'arriver à vous, la patience, la bonne volonté que j'ai eues, tout ce que j'ai dû leur prêter, tout ce que j'ai dû leur pardonner ! Et puis, un jour, c'était je ne sais quoi, une phrase, un rire, une façon de taper des mains, de jouer du piano, et elles retombaient dans leur pauvre royaume, elles rentraient dans ce petit cercle du plaisir hors de quoi je m'acharnais à les tirer. De sorte qu'en me trouvant devant vous je suis comme un savant devant la solution d'un problème qui durant des années le tourmenta : il reste étonné, n'osant croire, un peu anxieux à cause de cet équilibre si subtil... Chère amie, quel mystère dans cette façon dont vous me satisfaites totalement ! Tout ce que j'aime, je le trouve en vous, et non pas aimé parce qu'en vous : aimé, dispersé depuis longtemps avant d'être trouvé rassemblé en vous. Et ainsi, comme on fait autour d'une statue qui est également belle sur toutes ses faces, je puis tourner autour de vous toujours à la même hauteur de joie...

Il se tut, ne dit plus rien. Une fleur naquit de son silence, comme, dans la notation musicale des Hindous, un lotus dessiné indique la terminaison d'un chant.

Les cheveux noirs de la jeune fille se tordaient sur chaque oreille en une dure applique, puis couvraient le front jusqu'aux sourcils, tournaient tout autour de la tête en l'étreignant. Et le visage sortait de là, comme un fruit à demi tiré de sa cosse, avec la bouche mouillée pareille à la blessure de la pulpe, à la place où on l'a mordu. Mais la peau sombre était plus lisse que la peau d'un fruit, qui porte toujours des nervures. Tendue, polie comme par une délicate vernissure, elle avait l'uniformité du métal ou du ciel, rose seulement aux pommettes, et fonçant vers le cou, où les confins du corps mettent déjà quelque chose d'animal, et qui donne envie de le serrer à pleines mains. La marque d'une cicatrice ancienne, au-dessus de la lèvre, était pareille à la marque d'un coup d'ongle sur de la cire. Et chaque fois qu'un trait de ce visage jetait en Alban une ondée de trouble, il y avait une ondée de gravité, venue de plus loin, de plus profond, d'une pleine mer qui étincelait là-bas, et qui couvrait l'autre et la détruisait, comme une lame de fond couvre et détruit les moutonnements des fins de mer sur la grève. Chaque beauté qui se levait était à l'instant abattue, remplacée, et la nouvelle abattue à son tour, comme des soldats sur une redoute.

Il y a un an, quand pour la première fois il l'avait vue, à « Palestra », remuant les genoux dans le mille mètres autour du stade, elle lui avait donné la joie supérieure par la noblesse de sa foulée et la grandeur de son style. Il l'avait désirée, chaude et éperdue d'effort après le poteau, dans le halètement de la victoire ou de la défaite, avec l'ardeur du risque rapportée sur le visage qui n'avait pas rougi. Unique désir d'un jour ! Car, lorsqu'il l'avait connue davantage, elle lui avait révélé un sentiment qui à son point parfait excluait le désir, que le désir eût dénaturé et déprécié. Pourquoi dès lors chercher en elle, qui y perdrait, ce plaisir que tant d'autres pouvaient lui donner en y gagnant ?

Et tout le sang était remonté des profondeurs au cerveau. Des heures il restait à la couvrir des yeux, sans un désir, tandis qu'en la quittant il débordait, détruisait l'enfant Douce, admirablement sotte, et toujours plus convoitée à mesure que plus sotte ; précieuse fille qui lui avait permis de reconstituer en quelque mesure les sensations du demi-dieu antique épousant une Oie fabuleuse. A cette même époque, Alban prenait conscience que ce qui était singulièrement dans son génie, c'était la camaraderie. Il savait qu'il était capable d'amitié, il savait qu'il était capable de désir, il savait qu'il n'était pas capable d'amour ; mais la camaraderie avec des garçons de son âge, voilà ce qu'il avait poussé à son excellence. La discernant bien de l'amitié, il en avait fait quelque chose de plus charmant que l'amitié, parce que cela ne se contemplait pas soi-même, alors que l'amitié se contemple soi-même, comme l'amour. Et entre Dominique et lui il avait façonné ceci, qui était sa création : une camaraderie émerveillée. Ils s'étaient voulus et faits des pairs, des pairs avec de la religion au fond, quoi qu'ils fissent, parce que l'un était homme et l'autre femme.

Cependant une petite fille, qui venait de traverser le jardin avec sa nurse, entrait à cloche-pied dans le salon :

— Oh ! Dominique, j'ai trouvé un très beau caillou !

Elle tendait un petit caillou rosâtre, bien ordinaire.

— Il est affreux, ton caillou, je n'en veux pas, dit Dominique.

— Qui est-ce ?

— Une petite cousine. Elle vient quelquefois déranger tout dans le jardin.

Elle était enthousiasmante de gentillesse dans son offre vaine, cette mince Psyché, toute pareille à celle qui, sur les sarcophages, figure l'âme du mort s'en allant aux enfers, avec des ailes mouchetées de papillon. Ses yeux étonnés mangeaient l'étroit visage, son teint avait la blondeur du bois tendre dans les arbres frais coupés ; et la somptuosité des cheveux fauves, coulant toute proche, s'entrouvrait sur la nuque secrète. Une oreille rose en émergeait, comme dans un vallon féerique un minuscule rocher de corail pâle, au milieu d'un torrent rouleur d'or.

Tandis qu'elle insistait, et qu'elle était tout implorante pour le don :

— Allons, laisse-moi, coupa Dominique avec colère. Laisse-moi !

— Dominique, dit Alban (qui sentait affluer dans ses doigts le désir de caresser les cheveux enfantins), Dominique, comme vous êtes cruelle !

Il eût voulu la questionner, par jeu : « Est-ce que jamais vous n'avez marché auprès d'elle en la tenant par la martingale de son petit paletot marin ? Est-ce que jamais elle n'a fait le tour de la pelouse, montée sur les arceaux et s'appuyant d'une main sur votre cou nu ? Est-ce que jamais vous n'avez eu un secret à lui dire et n'avez pour cela soulevé ses boucles, glissé le secret dans l'oreille, puis rabattu la boucle sur l'oreille avec une petite tape ? » Il dit seulement, regardant ce corps qui était déchirant de fragilité :

— Je la trouve émouvante à cause de la promesse de sa puissance.

— Sa puissance... Quelle honte !

Qu'un homme jetât le désarroi chez une femme, trop heureuse, pensait-elle, d'avoir des désarrois pour tuer le temps, c'était au mieux ! Mais une femme, le stupide oiseau que serait plus tard cette petite, influer sur une vie d'homme ! Ne serait-il pas inconcevable qu'un homme adressât jamais la parole à une femme, s'il n'y avait le désir ? Elle tourna les yeux vers le Ranelagh, vit les femmes selon sa vision propre : pendues aux bras des amants comme des êtres sans vertèbres et qui sans cela s'affaisseraient de faiblesse, pareilles à de grandes limaces déguisées ; et sur le gravier, devant les bancs, étaient les dessins faits par les écouteuses avec les pointes de leurs parapluies ; et les bancs, les bosquets, les statues étaient marqués par l'attente, le souvenir, le calcul, le trouble du cœur. Une fois elle avait surpris un baiser. « Que c'est bête et laid, un visage qui s'offre, cette chose penchée, tendue, qui a l'air heureux... »

Elle eut ce cri, et voici qu'au même instant elle se souvint qu'il y a deux jours, à l'heure de la sortie des usines, comme elle croisait des amoureux enlacés, elle avait surpris la remarque d'un petit apprenti qui les dépassait, filant vers quelque plein air avec son sac de football sous le bras. « Ballots ! » avait murmuré le gamin. Et elle avait été choquée, et elle avait haussé les épaules, non contre eux, mais contre lui ! D'où venait cette contradiction ? Et, quand l'essentiel de sa vie intérieure était de sortir de son sexe, en particulier par le sport, comment ne parvenait-elle pas à sympathiser avec cette nouvelle génération de jeunes gens sportifs, qui ne s'occupe pas des femmes, n'a que mépris pour la fleur bleue, et brocarde même la volupté ?

Plus que jamais, en cette heure où le départ d'Alban la bousculait, elle sentait le désaccord qui était en elle, l'opposition irréductible entre l'ordre du sport et l'ordre du cœur, opposition dont témoignait le fait que, parmi ses camarades de Palestra, toutes celles qui atteignaient la grande classe athlétique avaient le cœur libre, — et qui peut-être n'eût disparu que dans une amitié amoureuse s'alimentant à l'intérieur du stade et faisant un avec lui.

Tel un chien ou un enfant se rappelle à vous pour qu'on le flatte, une bouffée d'air d'air entra les voir, l'odeur de l'herbe à la chute du jour. Du perron, un pigeon s'envola. Comme les rayons du soleil se couchaient déjà contre la terre, on voyait des reflets roses sur son ventre et sous ses ailes.

Une demie sonna. Alban dit :

— Il faut que je parte.

— Ah ! c'est maintenant...

Elle eut une bouffée d'angoisse. La peur de paraître s'affaiblir, la peur d'être semblable aux autres dans cette scène de départ vécue par des millions d'autres, lui bouchèrent la bouche. Elle resta ainsi, suffoquée, regardant, au bout de sa jambe croisée, son pied qui tressautait à chacun des battements de son cœur.

Cependant Alban la regardait, cette jambe, puissante et chaude pâtisserie, force légère qui tendait la soie noire du bas. Nue dans le stade, quel mal elle lui avait fait ! Il eût voulu la conserver, toujours, la posséder complètement, d'une possession auprès de quoi baisers et caresses ne sont rien ; devant elle il sentait son impuissance, il était tourmenté par l'impossible, elle lui donnait le sentiment de l'infini... Et voici que de nouveau, comme tout à l'heure, il sentit une protestation de tout l'être, une colère de ce que cette fille si prodigieusement achevée dans son corps pût être blessée par une âme, dépendre d'une âme, — oui, ce corps, de son âme à lui ! Et le cri de la fille ne leva rien d'autre en lui que ce sursaut : « Victoire, sœur des Victoires, n'as-tu pas honte d'avoir besoin de moi ! » Et il adora la vie du front, le bain dans l'élémentaire, l'anéantissement de l'intelligence et du cœur.

Il lui donna son adresse, qu'elle nota sans parole, lui dit quelques mots. Puis ils ne luttèrent pas contre le silence.

Dans le silence, ce fut l'heure très ancienne que des hommes avaient appelée l'heure d'Hermès, parce que ce dieu présidait également à tout ce qui s'écoule et passe, la route, le crépuscule, la jeunesse, la douceur de la chair. Des bancs, les êtres se levèrent. Au-dessus de ce jardin d'enfants, le soleil succombait derrière des arbres dépouillés, pareil à un ballon rouge pris dans les branches. Une hirondelle vola d'un trait, vira autour d'un arbre, comme un char dans la carrière. Fut-ce une anxiété, qu'elle avait toujours eue (qu'ont peut-être toutes les femmes), à l'approche des ténèbres ? Fut-ce de voir figuré par cette montée de l'ombre le changement qui se faisait dans sa vie ? Les yeux sur ces grands immeubles si pâles contre le bleu mort de l'occident, sur les grands immeubles hagards, couverts d'une étrange teinte livide, elle eut la sensation qu'elle entrait dans une nuit éternelle, seule, abandonnée comme au fond d'un parc. Ce fut une sensation physique si insupportable qu'elle étendit les bras en avant.

Elle lui mit la main sur l'épaule, comme si elle était aveugle. En face de lui, toute proche de lui, plus proche qu'elle ne s'était jamais trouvée, presque contre sa poitrine, elle le regarda fixement, sous cette main appuyée, sans qu'il fît un geste. Bien des fois, seuls dans ce salon ou dans la rue, avec toutes les apparences de l'amour, elle avait connu en même temps que lui le besoin et la volupté de démentir ces apparences et d'affirmer leur désintéressement. A cette heure encore elle entrevoyait bien qu'il avait raison de ne pas faire un geste, que sans doute même il luttait pour ne pas faire ce geste qui peut-être eût détruit l'équilibre dont ils avaient fait vœu, qu'il était conforme à tout ce qu'il avait toujours été, à tout ce qu'ils s'étaient toujours enorgueillis d'être. Et pourtant, que de cette lutte il pût sortir vainqueur, elle se sentit glacée. Et elle resta ainsi, avec sa main sur cette épaule, comme si quelqu'un l'avait surprise en train de voler dans un tiroir, et qu'elle n'eût pas esquissé un retrait, renonçant à feindre, acceptant tout.

Tout à coup elle le regarda avec horreur, de ses yeux clairs qui eussent regardé une agonie sans nager. Tout à coup elle eut le sentiment qu'ensemble ils avaient engendré quelque chose de monstrueux, comme un enfant abominable. Nulle raison précise ne lui apparut, ce ne fut qu'un soulèvement de ses profondeurs, mais si fort que ses yeux fuirent, s'abaissèrent, avec une gêne jamais connue, et confusément elle retira sa main.

Il s'avança vers la porte. Elle le suivit.

— Au revoir, fidélité, dit la voix.

— Au revoir, dit-elle, levant une dernière fois la tristesse de son visage, vers lui, comme une muette prière.

Il lui saisit la main, sa bonne main, musculeuse et limpide, douce comme le museau du cheval. Comment cela se fit-il ? mais il arriva qu'après quelques secondes elle sentit que c'était elle, Dominique, qui lui tenait la main. A peine en eut-elle pris conscience, elle se dégagea, jeta un coup d'œil sur le bracelet-montre, dit : « Ah ! six heures moins cinq, il faut que je me dépêche », et Alban se trouva seul.

III

AMOUREUX DU FRONT

— Tant que je serai sûr de celle qui a nom Douce, sûr de pouvoir établir le contact avec elle, me charger d'elle comme d'un fluide électrique, je serai soulevé et porté par l'esprit de victoire qui brise toutes choses; tout me sera possible, tout me sera permis. Ma certitude que toujours elle consentira, voilà ma rampe et mon bon ordre. Dominique, avec son esprit et son âme, elle m'est un bien excellent. Mais toi, Douce, avec ton seul corps, ô véritable régulatrice de ma vie!

Le train roulait, emportant vers le front ceux qui avaient quitté leurs demeures à l'heure dite, emportant leurs pensées, leurs souvenirs, leurs amours, tout leur invisible qui se déplaçait avec eux dans l'espace. Dans le coin du wagon, Alban, légèrement, porta la main à son visage, sentit à ses doigts une faible odeur de gomme, l'odeur d'une jeune chair qui n'était pas la sienne. Tenace odeur des corps caressés! Ils la laissent aux doigts comme l'aile du papillon sa poussière. Exprès, Alban n'avait pas lavé ses mains, ce matin; il avait évité le plus qu'il avait pu de contacts, pour que rien n'altérât cette odeur qui demeurait, demeurait, comme si le corps de celle qui a nom Douce avait détaché de soi cette parcelle secrète qui prolongeait sa présence quelques heures au-delà de l'adieu. Vaguement il voyait par les vitres fuir de maigres bouquets d'arbustes, la plaine déserte avec de longues flaques d'eau glauque. Vaguement, par à-coups, les hommes qui l'entouraient existaient pour lui. Alors il se sentait plein du désir de leur passer son vin, ses vivres, de leur faire de la place pour qu'ils fussent à l'aise : la grande fraternité des sports l'avait mis de plain-pied avec le peuple. Puis sa vie intérieure les recouvrait, les dévorait, sa vie à lui, si pesante dans ce train.

« Je monte en première ligne, rejoindre une compagnie d'infanterie, dans les Hautes-Vosges, pour le plaisir. J'espère que je vais m'amuser. C'est égal, un voyage en Espagne m'aurait amusé davantage. » Il y a une heure, devant la barrière qui interdit aux civils le quai de départ, il y avait eu une minute suspendue, six couples pétrifiés au sommet de leur étreinte, tandis que la foule tournoyait autour d'eux. Il y a deux heures, à la maison, quand les musettes étaient bouclées et qu'on attendait la voiture, il y avait eu une minute de silence, de vide, toutes choses étant faites et dites. Sans défense devant la soudaine inaction, sa mère était tombée à genoux, éclatant en sanglots :

— Tu veux dire un *Je vous salue, Marie ?*

Il s'était agenouillé, contracté par le déplaisir de devoir céder au pathétique. Elle s'était relevée. Elle avait demandé :

— Tu l'as dit ?

Il avait répondu « oui », avec une toute petite voix d'enfant qui a de la peine.

Et il y a quatre heures...

« Comme tu me plais, Douce ! Comme tu me plais ! » Cent fois elle était née de lui, cette phrase, involontaire, lancée de sa chair à sa bouche comme le cri du blessé, parmi les petits grognements de l'enfant molle et raide, ah ! crispée de plaisir. Rien de son intelligence ne travaillait par l'enfant ; rien de son cœur que cette fausse tendresse qui est la mousse de la sensualité. Mais une autre réalité que celle de l'intelligence était contenue dans les quatre syllabes : « Comme tu me plais ! »

— « Toi, désir dont je suis toujours sûr, toi, direct, contenable, toi, parfait, connaissant tes fins ! »

Là, dans ce wagon, avec sur son corps l'odeur d'un autre corps qui était aussi sien que le sien, il lui parut qu'un univers décoloré vaguait dans la pénombre au-dessous d'une forte cime frappée par le soleil. Nulle lumière de ces limbes ne pouvait sembler lumineuse, nul de ses bonheurs n'était un bonheur pour ceux qui avaient été portés une fois sur cette cime. A celui qui avait pu dire avec franchise à Dominique : « Vous me satisfaites totalement », cependant il apparaissait en cette heure, quand il était encore comme hébété par le plaisir, que l'art, la connaissance, le commerce des esprits et des âmes n'offraient que duperie, inanition, grise souffrance, un monde plein de landes insipides, plein de barrières, de chausse-trapes et de mirages. Seul le plaisir tenait ses promesses. Seul le plaisir se prouvait, attestait sans doute possible qu'il était réalisé. Et c'est pourquoi, lorsque au bord de l'épreuve il avait dû faire son plein de force et de quiétude pour quatre mois, son instinct lui avait fait décider qu'entre les deux femmes c'était Douce qu'il verrait la dernière. Et il avait été vers la guérisseuse de toutes peines.

Mais il tressaillit comme à un appel musical. Une locomotive camouflée les croisait, puis un canon sur truck, transporté avec les servants assis autour, tels qu'en un tableau vivant sur un char de carnaval. Penché à la portière, il vit qu'un monde était dépassé, qu'un monde était atteint. Plus une femme, plus un enfant, plus d'ennemis en gris et en noir, mais un peuple d'hommes bleus, bleus comme lui, tous ses pareils, tous ses frères. Il se sentit rempli d'émotion, de vacillement, touché déjà, prêt à aimer, avec son cœur qui cognait contre le cadre baissé de cette vitre. Il respira l'air, qui lui parut plus pur, et sacré comme celui qui porte les pressentiments de la mer. Mais quels pressentiments portait-il ? Quelle était cette nouvelle patrie où il s'enfonçait, avec la sensation d'aller à la rencontre de la nuit ? Où allait-il ? Il s'enfonçait dans un rêve. Il allait au pays du front, il allait *là-haut.* Là-haut... Comme des mots dits sous un tunnel prennent une résonance infinie, les antiques mots retentissaient, traînaient de longs coups d'archet sur tout ce qui est à vif dans l'âme. *Là-haut... partir... retour...* Que se disaient les trains, de quels dangers se prévenaient-ils, quand ils faisaient dans l'espace ces plaintes tellement prolongées ? Est-ce qu'ils avaient peur ? Est-ce qu'ils croyaient qu'ils ne reviendraient pas ? Les lueurs et la longueur des rails, cette longueur hallucinatoire, le halètement de la machine, l'évanouissement de la fumée suggéraient des choses qui luttent, qui se déprennent, qui s'en vont, qui sont irrévocables. A droite, à gauche, d'autres trains couraient le long du sien, et ils le dépassaient, ou bien ils étaient dépassés, et c'était tout de suite, ou bien après avoir roulé côte à côte, on ne savait pas pourquoi, pour des fins mystérieuses comme il y en a aux figures des ballets. Et tous s'en allaient vers l'Orient, aspirés par ce grand vide béant derrière la dernière ligne perceptible, invisible vallée de la mort qui les fascinait, progressant le long de leur réseau comme des mouches sur sa toile vers l'araignée, — vers là-bas, vers l'horizon calme, avec ses bois, ses maisons, ses coteaux, pareil à tous les horizons de la terre.

— Révigny !

Des hommes descendirent : ceux qui vont à Verdun. Il regarda le visage des hommes de Verdun : les épiciers, les clercs de notaire, les garçons livreurs de demain, ces hommes qui ne sont pas de *votre rang,* qui vivent, souffrent, s'agitent sans que vous sachiez qu'ils existent. Il porta les doigts à son visage, ne sentit plus l'odeur de Douce. Sa poitrine se serra. Ceci fut vraiment leur adieu. Ou plutôt ce fut comme si Douce le rejetait, l'abandonnait désespéré. Puérilement il regarda l'heure à son poignet. Ce geste lui rappela le dernier geste de Dominique. Il se sentit seul, ayant brisé avec tout ce qui faisait sa vie, précipité par sa volonté dans une grande machine où sa volonté ne comptait plus, où Dominique et Douce et toutes ses suprématies ne comptaient plus, pauvre chose dédaignée, manœuvrée, avec des mains féroces qui déroulaient toute sa chair et toute son âme pour que tous sachent bien que de l'une et de l'autre il n'était pas une parcelle qui fût exempte du pouvoir d'être blessée. Alors une ardeur triste l'envahit, un enthousiasme mélancolique, une nostalgie dont il ne distinguait pas bien si c'était la nostalgie d'hier ou la nostalgie de demain, un délicieux apitoiement sur soi-même. Il partait, il voulait partir, de toutes ses forces il tendait vers la patrie nouvelle comme vers son bonheur ; et dans la même minute il jouissait de ce long regret, de cette longue plainte en mineur, de cette appréhension de la misère et de la mort. Ah ! ce mélange d'attrait et de haine, n'était-ce pas vraiment de l'amour ? Amoureux du front...

Amoureux du front... La parole de Socrate lui revint : « Je ne sais qu'aimer. » Et lui, savait-il rien faire autrement qu'avec cette folie ? Son patriotisme exalté, sa ferveur pour la chose chrétienne, son goût de la vertu, son désir de la connaissance avaient les caractères de l'amour, ses exaspérations, ses absurdités, quelque chose d'obtus et de charnel. Il les avait voulues avec halètement, ces abstractions, comme étendues et adorées dans un délirant plaisir sans parole. Et il acceptait le front de même que deux fois, sur le seuil de l'amour, il avait hésité, puis, par un acte réfléchi, accepté l'amour avec tout ce qu'il apportait de désordre : l'obsession, le temps gâché, le relâchement de sa politique et de son travail, la pourpre nuit de Pénélope qui allait défaire l'œuvre patiente de sa lucidité et de tant de fatigues.

L'idée l'enivra. Sans connaissances militaires, et jusqu'au ridicule, sans entraînement de corps, et jusqu'à la désuétude de marcher, la folie de ce qu'il faisait le sauva. Pour cette nature brillante et déraisonnable, à devenir extrême n'importe quoi se réhabilitait : le fort se repose dans l'extrême. Les innombrables souffrances pressenties ne furent plus pour lui que des modes de la beauté de vivre, opposés à la joie, mais aussi désirables que la joie. Une millième fois, le fort interchangeait les valeurs, fondait les barrières, recomposait en plein arbitraire un monde qui lui fût ajusté et propice. Tout se résolvait en exultation. Pas un instant il ne songea qu'il accomplissait son devoir, parce qu'il ne se sentait pas malheureux.

Sur le quai, pliant sous les lourdes choses, mais qui le soulevaient comme des ailes jusqu'au sentiment héroïque de soi-même, Alban resta un moment immobile. Comme devant un être de son sang, devant l'âpre village des Vosges il avait eu un bondissement d'amour. Une maison effondrée, la bouche d'un abri, des hommes casqués qui montent la garde, pas l'indice d'une frivolité, pas l'indice d'un agrément : la vie dénudée et arquée, pour blesser, pour exister, pour faire face. « Saint ordre mâle, saint royaume des forts, vous êtes miens depuis le lait que j'ai sucé, quand on me berçait sur un bouclier d'airain. Que je meure s'il le faut, j'y consens, puisque c'est mourir dans un mode que j'approuve. »

Alors il aperçut Prinet, debout dans une automobile arrêtée devant la gare, Prinet qui le cherchait des yeux, et il tressaillit. Avec son imperméable qui ne laissait apparaître qu'un peu du col noir des chasseurs (il avait conservé l'uniforme de son ancien régiment), avec son béret « tank » couvrant le front, c'était vraiment le même grand garçon, un peu dégingandé, qui montait la rue Soufflot il y a deux ans, un cahier et un livre enfermés dans un petit tapis sous son bras. Toute leur année d'étudiants lui revint au cœur. Et il resta là sans se faire reconnaître, prolongeant la bonne tromperie, regardant avec une fierté confuse comment est fait le visage de quelqu'un dans le moment qu'il vous attend, vous, vous seul et nul autre de la foule, et désire vous voir, et va s'éclairer en vous voyant...

Il s'avança, ils se virent, et ils échangeaient des paroles sans chair : « Une auto ? » — « Je profite de l'auto de la Division, nous descendrons à Granrupt... » tandis que Prinet lui tenait la main en la secouant un peu, de cette drôle de façon qu'il avait jadis, quand ils se quittaient sur la nocturne place de l'Observatoire pleine de lueurs de réverbères suspendues comme des gouttes de clarté dans l'air pluvieux.

Alors Alban, avec une gentille impatience :

— Parle-moi de toi, voyons !

Mais, sans leur laisser le temps, le vent les emporta. Mille ailettes fustigeantes luttèrent contre leur visage, leur firent un masque frémissant. Ils se précipitèrent à même dans une forêt ; la forêt les engloutit ; les arbres dressèrent un arc triomphal à celui qui entrait dans le royaume de la mort sous le signe du printemps. Et Alban se sentait revivre, à cause de cette vigueur déréglée. La sensation du repos dans le mouvement, de fendre l'air en restant étendu lui communiquait un puéril orgueil. Ses lèvres serrées, ses traits durcis augmentaient l'énergie de son âme. L'avenir le fouettait comme ce vent. La vie de désir renaissait en lui. Tout de lui aspirait à dépasser en vitesse la machine.

Immobiles et silencieux, pourtant il retrouvait son ami, comme vous revient une musique oubliée. Il l'avait retrouvé, il s'était retrouvé soi-même quand, à tel passage à niveau qui allait faire sauter l'auto sur les rails, il s'était, lui, légèrement soulevé, tandis que Prinet, ignorant cette prudence, recevait le coup dans les reins. Et il avait cru l'entendre lorsqu'en ce soir d'hiver, à la recherche de l'église Saint-Séverin : « Alors, nous allons à droite ? à gauche ? » demandait Alban, et la voix résignée, derrière lui, dans l'ombre, avec ce léger blésement par l'appui de la langue contre les dents :

— Oh ! ça ne fait rien, puisque, d'une façon ou d'une autre, nous nous perdrons toujours...

Et il le revoyait devant Saint-Séverin... Et il le revoyait, sous la pluie de sept heures, le col de son paletot relevé, devant Saint-Germain-des-Prés...

Prinet avait derrière la tête ce drôle d'épi de cheveux qui indique, presque à coup sûr, un élève de « nos maisons ». Mais c'est sur la montagne Sainte-Geneviève que s'étaient connus les deux garçons, la première année de la guerre ; Alban terminait ses études de lettres et le plus jeune commençait son droit.

Fils unique, orphelin, vivant avec un triste oncle au fond du lointain Auteuil, Stanislas Prinet était de naissance un isolé. Par quel hasard, entre deux cours, Alban lui parla-t-il ? Dans ces cinq minutes, rien ne fut dit par Prinet qui fût autre que très banal. Or, quand ils se quittèrent, un petit événement formidable s'était fait : Alban avait de la sympathie pour lui.

Quel plaisir d'avoir de la sympathie ! Comme tout, ensuite, s'aménage naturellement ! Comme elle supplée à tout ! Une fois née cette sympathie, diverses *raisons* purent sans inconvénient accourir la justifier : la propreté, pureté de Prinet, sa délicatesse ombrageuse, sa pudeur de soi-même, cette fraîche sécheresse de l'adolescence... Mais que tout cela était donc inutile à celui qui se donnait gratis, sans rien contrôler et sans rien attendre ! Partial et conscient de sa partialité, ce qui l'eût irrité chez un autre l'attachait davantage à Prinet. Prinet était sans mémoire et allait échouer à son droit, qu'il avait accepté de préparer comme on accepte tout en France, comme le soldat accepte la guerre, comme l'arrière accepte le prix du beurre. Prinet disait que Racine l'assommait, Prinet ne comprenait pas les philosophes, n'y connaissait rien en politique, rien en histoire, rien en art, rien en musique, rien aux affaires. Prinet n'avait aucun sérieux, s'il avait souvent de la gravité. Il était intelligent, mais de cette intelligence des enfants, faite d'éclairs dans la nuit, et qui ne suffit qu'à des enfants. « N'est-il pas vrai que je le dédaignerais, si c'était un étranger ? Ne comptent pour moi que les *valeurs.* N'est-il pas vrai qu'il n'est pas une valeur ? Mais qu'est-ce que ça fait, puisque je l'aime bien. »

Cette simplicité, aujourd'hui, rapprochait même les deux garçons. Anéanti, les bras cassés par le contact des intellectuels, Alban n'entretenait avec ceux de l'école que les relations indispensables. On se réunissait pour « échanger des idées ». Alban, le chat de la maison sur les genoux, se guérissait avec la petite vie battante de la stupidité et de l'ennui de ces penseurs.

Parfois de ces échanges d'idées naissait à une froide vie quelque dérisoire amitié de l'esprit, puis une absence, un futile incident (l'*ami* qui va habiter un quartier excentrique) défaisait sans un regret la communion en Debussy ou en Beyle. Mais avec Prinet c'était tout différent. Alban pouvait faire chavirer son âme de cinquante ans pour laisser monter à la surface celle de quatorze, cette âme d'apprenti en goguette qui sans cesse tendait vers le jour, sous les contraintes et les soucis ridicules de la vie moderne. Et cela seul eût suffi à les unir.

O départs des jeudis d'hiver, à une heure, à la Porte Maillot, pour aller voir un match de football ! O départs ! ô joie ! ô joie ! La folie de la première jeunesse remontait dans les deux garçons suspendus sur le marchepied du petit tramway filant le long du Bois, et les branches mouillées, au passage, détachaient une goutte sur leurs cheveux nus. Joie ! Sainte joie ! Qui ne vient pas d'une conscience tranquille mais d'un col souple et suffisamment large ! Et les souliers lacés, et la boue des avenues aux pantalons, et ne pas penser ! ne pas penser ! Ne pas avoir à camoufler les lacunes de sa culture et les infirmités de son esprit ! ne pas motiver ses jugements ! faire des critiques bêtes ! se contredire, être incohérent ! des milliers de questions sur lesquelles on n'a pas d'opinion ! Ah ! les ivres saccages, les massacres de prophètes, de poètes ! La connaissance et l'intelligence et le génie brûlant en un splendide autodafé ! Parfois, pris de vertige au sommet du divin Amusement : « Vrai, nous sommes idiots ! » riait le plus jeune. — « Ah ! idiots ! si on pouvait, toujours ! toujours ! » jetait avec passion le malheureux Alban, songeant que ce soir même il faudrait recommencer à avoir de la valeur.

Une côte brisa la vitesse. Ils purent parler.

— C'est dur, ici, dit Prinet.

Mais l'autre, avec hauteur :

— Voudrais-tu que je sois soumis à des épreuves médiocres ?

Sa dure jeunesse, impuissante, aimez-la ! Le vent lui emportait les paroles de la bouche et il se disait : « Comme la mort peut-être les emportera », sans penser que ce serait la vie qui les ferait un jour si vaines et dépassées.

Droits, immobiles, le visage rigide, chacun tremblait de tout soi-même des grandes choses qui se faisaient en lui, et qu'il eût à son côté ce résonateur vivant pour les décupler. Les premiers barbelés qu'ils passèrent furent comme l'irruption du désir ou de la musique.

— Tu vois le camouflage ?

Un rideau feuillé courait le long de l'étroit promontoire jeté entre la vie et la mort. Alban pensa : « Je peux tout. »

— Nous sommes en vue ? Ils sont là ?

— Tu vas voir les entonnoirs au bord de la route.

Il entendit. « Douce », dit sa chair, « Douce », et puis, ébranlés, son esprit, son cœur, tout répéta : « Douce ». Sa vie fut pleine de choses qui se souvenaient et répétaient : « Douce ». Les odeurs et les couleurs de son corps, toutes différentes selon les endroits, selon les heures et selon les saisons, comme les odeurs et les couleurs de la terre ; l'idée de la lenteur dans les baisers et dans l'amour ; l'étroite portion de nuque entre les cheveux et le col Robespierre, où la bouche est serrée, contenue, beaucoup plus délicieusement que dans le décolleté que rien ne limite, le gonflèrent avec l'orgueil de la vie. Parce qu'elle était à lui tout fut à lui, la force de sacrifice, le goût d'être responsable, la décision rapide, la sécurité des dieux. L'œuvre de chair pouvait bien être la libération et la sauvegarde de l'esprit, au point qu'il n'y aurait pas de Dominique, non, il n'y aurait pas de Dominique s'il n'y avait des Douce : il sentait que du désir seul naissait une puissance universelle, une faculté surhumaine de préhension et d'invention. A cette heure, tout ce qu'il offrait, tout ce qu'il pouvait était nourri par la mémoire, par l'espérance et par la certitude du plaisir. La patrie bougeait, flamme claire, au sommet du bûcher confus. Comme dans les antiques images, du giron de la femme sortait l'arbre immense, portant les fruits de tous les jardins de la terre.

— Ici nous sommes au vrai front, je pense ?

Il eût voulu que cela fût clairement perceptible, comme, enfant, pénétrant en Belgique, il attendait que quelque signe (le ciel soudain rouge ?) montrât enfin, sans doute possible, qu'on était bien « à l'étranger ». La route tournait au flanc de pentes boisées. A leur gauche, au-dessus d'eux, à leur droite, dévalant, la forêt de sapins poussait à perte de vue ses feuilles fraîches, vert-de-gris, avec parfois un arbre teinté de lie-de-vin. Dans les échappées, on voyait des profondeurs denses, les sapins bleus à l'horizon, comme si le ciel délavé coulait sur eux. Par deux fois, sur les bords de la route, passèrent les vergers nouveaux, plantés d'arbres blancs, symétriques, en forme de croix, et qui portent un fruit tricolore à la place du cœur.

— A présent, c'est le front ?

Dans la pente s'ouvraient des guitounes.

— Celle-ci est un abri d'artillerie, expliqua Prinet.

— Et celle-ci ?

— Celle-ci un P.C. de combat.

« Tu en sais des choses ! » pensait Alban, grisé par ces mots techniques, et songeant à l'étudiant incertain qui lui disait un jour : « J'ai à te parler. Voilà, c'est assez bête... Tu devrais me faire un plan de vie, me donner des idées. »

Tassé dans le fond de la voiture, il voyait les omoplates soulever un peu l'imperméable de son ami, le trou d'ombre derrière son oreille trop grande, sa joue qui s'était creusée comme se creusaient les siennes quand il était petit, et qu'il maigrissait en été par la chaleur ; et le vent rougissant les pommettes, où les taches de rousseur n'apparaissaient plus, faisait plus pâles les cernes de fatigue, glacés et bleuâtres comme la nacre. Soudain, le garçon tourna un peu la tête, et ses yeux brillèrent, devinrent fixes. Alban suivit son regard.

Au-dessus des bois sombres, déjà confondus dans la fin du jour, seule une haute crête restait éclairée par le faible soleil, une bande de sol à vif, bouleversé, couleur de lion, avec des troncs nus, par places, tels des mâts dans un port. On ne savait pas si c'était une chose toute proche, à une heure de marche, ou bien un songe qui s'éloigne à mesure qu'on avance et qui va s'envoler dans le ciel de turquoise morte. On ne savait pas si c'était une lèpre, une maladie du monde, cette plaque de cicatrices et de verrues, ou bien le lieu pur, brûlé par les simouns de l'esprit, le sommet d'élection que toute la montagne soulevait, offrait toujours plus haut. En bas, sur les pentes, des êtres bougeaient autour de maisons, une brise courbait les cimes des herbes comme une nappe de gaz qui se fût traînée sur eux, au plus touffu des bois de minces fumées bleues montaient, disaient l'âme avec toutes ses promesses. Et, couronnant tout cela, la terre dévastée, farcie de vivants, était immobile. La terre où des multitudes d'hommes depuis des années souffraient, espéraient, se débattaient, mouraient, apparaissait déserte comme un lieu jamais habité, ou habité par des titans, avant les âges, quand les fleuves naissaient du silence. Elle était comme un coupable qui se compose, — comme des paupières sur des yeux. On ne savait pas si c'était un repaire de maudits, tordu par de merveilleuses effractions, isolé sur cette hauteur pour que le mal montât sans se répandre, ou bien le visage du monde, le visage de Prométhée terrassé, tourné vers le ciel. On ne savait pas si c'était la muraille de Dité, que vit Dante, ou le Calvaire.

IV

PAIN DE BEAUTÉ

Si étroitement restait Dominique dans le sillage de Suzanne Kestner qu'elle maintenait sans peine son regard sur la veine bleue qui traverse le jarret bombé de la jeune fille. Elle avait réglé sa foulée sur celle de Kestner ; leurs actions s'étaient engrenées l'une dans l'autre comme les dents d'un mécanisme ; leurs pas étaient devenus réguliers comme les cinq pas réglementaires qu'on doit faire entre deux haies. Et la tête de la suivante occupait si exactement la trouée faite dans l'air par la tête de la meneuse que le vent chassé ne lui arrivait pas sur la face.

C'était sa course favorite, son « cher mille mètres », comme elle disait, et on terminait l'avant-dernier tour, en cette matinée d'entraînement. Au début elle avait laissé prendre la tête de folles petites, vite essoufflées et dépassées et dont elle n'entend déjà plus, derrière elle, le malingre battement de pieds sur le gazon. Elle avait couru le premier tour en queue de peloton, éprouvant une jouissance singulière à cette humilité pleine d'orgueil. Puis, par l'effondrement des autres, elle s'était trouvée, sans avoir poussé, derrière Kestner, la vieille et dure rivale, et entre les deux filles équivalentes presque tout se réduisait maintenant à une question d'intelligence.

Combien elle l'aimait, cette intelligence des sports, cette allégresse de l'intelligence qui se mêle à l'allégresse du corps pour un composé sans pareil ! D'instinct elle s'était portée vers le mode d'athlétisme qui la provoque davantage, la course de demi-fond, — les courses de vitesse, les concours de saut et de lancement ne lui donnant pas la même excitation, parce qu'ils ne mettent en jeu que la valeur corporelle et technique. En cette minute, elle distinguait à la fois sa perspicacité, sa science du train, sa tenue, sa présence d'esprit, sa vaste organisation de résistance à la nature, et puis la liberté et la solidité de ses jambes, le grain serré de ses joues qui ne tremblotent pas tandis qu'elle tressaute, sa faculté de déplacement, toutes les virtualités dans les corps musculeux, les profondes réserves de force et de souffle non encore entamées dans la poitrine respirante. Bien qu'elle se connût belle, elle savait que dans la course elle était transfigurée ; et le sentiment de cette perfection physique était tel, qu'une tristesse lui venait que rien n'en pût subsister. En vain, trente fois, s'était-elle fait photographier dans le stade : qu'était cela ? « Que je retombe si souplement sur la pointe des pieds, que j'aie l'air de me mouvoir non dans de l'air mais dans de l'huile, que je m'emploie d'une façon si réfléchie, que mes actions soient tellement admirables (j'en ai jugé par les photographies et d'ailleurs je le sens bien), que restera-t-il ? A peine quelques centaines de personnes m'ont vue, dont la plupart même n'ont pas été sensibles à ce que je réalisais d'accompli... » Et, enivrée de son allure, elle avait le même sentiment que si, au milieu du désert, elle avait exhalé d'un instrument divin une musique perdue.

Elles commençaient le dernier tour, maintenant.

Dominique regretta de s'être mise sur les talons de la Kestner. Il lui fallait reprendre sa ligne, la fin de la course approchait ; en la sentant « décoller », Kestner n'allait-elle pas s'échapper, de crainte d'être surprise ? Elle hésita quelques secondes ; puis se décida et prit sa ligne, mais en ralentissant, de façon à ne devenir pas une inquiétude pour sa rivale. Manœuvre audacieuse, qui sans doute atteignit son but, car Kestner n'activa pas le train, mais qui fit perdre deux mètres à Dominique. C'est ainsi qu'elles abordèrent la « ligne d'en face », dernière ligne droite avant celle de l'arrivée.

Ce n'était pas de ses forces qu'elle était incertaine, c'était de sa tactique. Éternelle question : à quel moment faire son effort ? Toujours il y avait en elle un perfide désir de ne le faire qu'à la toute dernière extrémité, l'élégante témérité du lièvre dans sa course avec la tortue. Mais cette fois elle était un peu troublée par ce grand vide entre Kestner et elle. « Au tournant, je la rejoindrai. Je verrai alors ce qu'elle fera. »

Or, comme elles attaquaient le tournant, d'un groupe de camarades, massées à l'extrémité de l'ellipse, des voix montèrent : « Vas-y, Kestner ! », « Suzanne a gagné ! » Et brusquement sa décision fit demi-tour. « Ah ! Suzanne a gagné. Eh bien, elles vont voir ça ! » Et, conseillée par la colère, elle ne rejoignit pas la précédeuse, voulant maintenir jusqu'au bout l'espérance des petites amies, pour la souffler plus brutalement.

La ligne d'arrivée fut devant elles, à leur droite la tribune vide. Elle se dit : « A la hauteur des douches, je pousserai. » A l'instant qu'elles dépassaient le petit bâtiment, avec calme, pleinement maîtresse d'elle-même, elle allongea la foulée. Enivrante, enivrante, enivrante sensation de faire appel à soi-même, et de sentir que soi-même vous répond, de voir que l'on rattrape, de sentir qu'on peut encore bien davantage et que sa volonté est assez forte pour résister à la tentation ! La piste vous fascine, vous aspire comme un abîme, vous entraîne comme si elle était en pente, ajoute à vous comme le vent du sillage ajoute au cycliste qui colle à la motocyclette. Elle repousse votre pied comme du caoutchouc. C'est un mystère pour vous que vous alliez si vite sans effort...

Brusquement, aux quatre-vingts mètres, elle bondit. Le temps d'un clin d'œil, elle entrevit la fille à son côté. Elle se trouva seule devant le grand espace, figure de proue de tout le peloton. Plus un point de repère. Que font les autres ? Cette horrible menace derrière soi. L'unique désir de diminuer cette distance entre soi et un poteau stupide. La limite des forces. Les yeux fixés sur la place d'où va sourdre la ligne verte du fil d'arrivée, les yeux fixés là, pourtant, comme si elle avait des yeux sur les tempes, elle *voit* celle qui est revenue. Celle qui de nouveau est à son côté. Côte à côte, épaule contre épaule, elles fuient, côte à côte et équidistantes comme des choses reliées l'une à l'autre, côte à côte et équidistantes comme deux chevaux d'un char, comme deux roues d'un char. La fille l'a dépassée. D'une poitrine. De cinquante centimètres. Elles font un bruit terrible. La limite des forces ? Il n'y a pas de limite des forces. Elle puise jusqu'au fond. Elle ne peut pas rattraper la fille plus que s'il y avait entre elles une masse d'air comprimé. Elle est inconsciente. Ténèbres de l'extrême effort, quand on ne sent plus bien que l'on court, quand on n'est plus absolument sûre que l'on court, quand on ne sent pas de mouvement en soi au-dessous de la ceinture... Elle ne reprend conscience que dans l'instant où elle perçoit que son esprit ne commande plus à son corps, qu'il n'y a plus d'art mais la seule nature hirsute; sa taille se balance, ses bras battent, elle tire en avant comme sur des rênes. Encore six mètres. La fille est devant elle. Elle met le buste en arrière et renonce.

Mais à peine eut-elle renoncé que Dominique fut vidée de tout. Le buste mis en arrière violemment revint en avant; elle coupa la piste avec trois pas lourds, comme courant pour rattraper son buste, trois pas en donnant du talon, qui firent trois bruits mats; et elle s'affala sur le gazon, elle fut sur le dos, tout étirée, les bras en croix, les jambes écartées, plate comme une chose pas humaine. Le grand ciel opposé coula dans ses yeux qui se fermaient. Sa poitrine se soulevait au ras de la terre.

Elle sentit tout près d'elle cette chaleur étrange de la peau fraîche, avec un arrière-goût de vanille. A son odeur elle reconnut Kestner. Elle rouvrit les yeux. La fille était à son côté, rouge comme si, à lui presser les joues, on eût fait jaillir le sang par les narines, la bouche, les oreilles; et la ligne verte du fil d'arrivée flottait encore sur ses épaules. Elles se serrèrent la main en riant, leurs « poignées » remontées jusqu'à la saignée du bras. Et, soufflante, elle ne pouvait parler, tandis qu'une bouffée d'amour lui montait pour celle qui l'avait vaincue. Elles riaient toujours. « Soubrier, l'émotion a fait pâlir le coup de soleil que vous aviez sur le nez... Tout blanc, votre nez, tout blanc... »

Assises l'une près de l'autre sur le gazon odorant, elles regardèrent, doucement inertes, buvant l'ingénieux matin, vraiment fait exprès pour elles, la bienfaisance de l'herbe, l'atmosphère frugale, les camarades dont il n'est pas une à qui l'on veuille du mal, l'air qui a lui-même quelque chose de féminin, tout un ordre de vie où rien ne vous heurte et où Dominique — miracle! — trouverait le plus fin de ces fins garçons de Paris un petit butor. Dans ce club très sérieux et fermé, des trente jeunes filles qui étaient là, la plupart étaient charmantes ; cinq au moins, maîtresses d'un grand style, créaient de la beauté. En cette minute même, l'une d'elles, qui s'exerçait au saut en hauteur, donnait une grande joie à Dominique. Si jeune, ses jambes fortes et subtiles faisaient songer à l'expression homérique : « virilité charmante ». Prenant de très près son élan, comme dédaigneuse, elle partait avec un sec, nerveux petit battement de la jambe qui mettait dans ses extenseurs des orteils un frémissement. Et chaque fois qu'elle était au-dessus de la barre, suspendue au faîte de son effort, Dominique remarquait un demi-sourire posé sur sa bouche, sur le visage sérieux et serein où n'était exprimé en cette seconde que le plein contentement de l'acte parfait. Et elle aussi, à contempler la camarade, elle était comblée tout entière par sa joie.

Elle en voyait d'autres passer le poteau, souvent en une seule ligne comme une vague, avec leurs têtes renversées, leurs yeux fermés, une expression d'extase ; et leurs gestes ressemblaient à ceux d'une danse, mais ne lui paraissaient pas ridicules parce que cette danse aurait eu pour fin la force et non la grâce. D'autres couraient, le bras ployé tenant le javelot à la hauteur du cou ; et le jetant, avec les creux de leurs aisselles qui se suivaient, se poussaient comme des houles, elles étaient bien belles, bien dignes d'être aimées. Toutes brûlaient sans flamme. Pas une n'eût fait froid aux doigts à la toucher.

Elle les voyait parfaitement indemnes, accomplies dans la vie noble, pareilles aux figures de l'art. Comme elles étaient presque nues, elles étaient plus pures que les femmes habillées.

— Les meilleures sont exactement pareilles, dit-elle, de vêtement et de corps, aux amazones que l'on voit combattre sur les frontons des temples grecs. Croyez-moi, Kestner, j'ai bien présents devant les yeux ces bas-reliefs. Eh bien, Jarrier, Pluvinel, la petite Lemaître sont plastiquement identiques à ces figures. Mais qui s'en soucie ? Qui leur en sait gré ? Qui rend justice à la patience, à l'énergie, à la vertu qu'il a fallu pour arriver à cela ?

Puis, son esprit déviant un peu, à voir partir des belles mains fraîches l'arme qui donne la mort pourprée :

— Des bataillons de femmes ! La première fois que je vous ai vues défiler toutes ensemble dans le stade, sur des rangs, à petits pas égaux, j'ai eu la révélation de ce qu'une armée de femmes (dont l'idée paraît d'abord ridicule) pourrait être, composée de femmes telles que nous.

Elle s'arrêta, songea. Le javelot faisait dans l'air un bruit tremblé de froissement. Le disque tombait sans écho sur le gazon.

— Vous avez été dans les ambulances, Kestner ?

— Oui, mon vieux, en 1914 et 15.

— Vous n'y êtes pas restée ?

— Six mois, puis on se lasse. Mais pourquoi cette question ?

— Parce que l'idée me vient que des filles comme nous, qui sont saines et dignes, qui ne sont pas des femmes falsifiées, il n'est pas d'endroit où elles seraient plus à leur place que dans les ambulances.

— Vous avez attendu trois ans de guerre pour découvrir cela ? Est-ce que votre fiancé serait blessé ?

— Je n'ai pas de fiancé, dit-elle, la jambe droite repliée, piquant son mollet gauche avec les longues pointes de fer fixées à la semelle de son soulier.

Sur les jambes de la victorieuse, couleur de café au

lait clair, sur le devant et rien que là, de petits poils blonds brillaient, minuscules fibrilles d'or pur. Celles de Dominique étaient brunes comme l'olive parfaitement mûre, imberbes comme la cire, avec aux genoux la terre des sautoirs, avec les écorchures récentes, brunâtres, les écorchures anciennes, glacées d'un rose de sorbet aux fraises, et par-dessus une grisaille mordorée pareille à de la patine, et par-dessus encore, collés par la moiteur, des brins du gazon frais coupé. Sa gauche, entourée à la cheville de crêpe Velpeau, était étalée, de sorte que le jumeau, repoussé sur la face interne, dessinait le long du péroné un profond sillon rempli d'ombre. Elle caressait son genou, quadrillé de petites cellules de peau, qui râpent un peu quand la main remonte. Et elle aimait la solidité de son poignet, sa paume large et pulpeuse, pareille à celle d'un Génie ; elle aimait sa main sale, sans plus de bagues que n'en ont les plantes marines, qui vivent et bougent, et que les dieux visitent.

« Vous ne venez pas au javelot ? » cria l'une des filles. Elle dit : « Non, je suis morte. » Mais Kestner se levait, la tirait par la main. Alors elle redevint elle-même, offusquée et sauvage, dressée devant sa tour intérieure comme un dur ange porteur d'épée.

— Mais, puisque je vous dis que non, enfin, n'insistez pas !

Kestner s'éloigna, et les muscles jusqu'à ses genoux lui faisaient comme des bottes. Elle ne suggérait rien d'autre que sa beauté.

Sitôt que Dominique eut fait silence, comme si sa pensée guettait ce vide pour s'y faufiler : « Voilà douze jours qu'il est parti, et pas une lettre. Une ridicule carte postale militaire, découverte, avec quels mots outrageants : « *Fameux. Ai acquis des tas de choses. Ne donnerais pas ma place pour cent sous. Poignée de main.*

Alban. » Elle reconnaissait là cette brutalité mêlée de candeur qui lui était familière, dure et fraîche comme la naissance d'un jet d'eau. « Qu'il est ridicule et offensant ! Comme il est naturel qu'on le déteste ! C'est ainsi que dans chaque endroit où il a passé il s'est rendu intolérable par son impudence et son manque de douceur. Mais dans chacun aussi il y a un être qui maintenant ne l'oubliera jamais plus. »

Elle souleva du doigt la bandelette qui retenait ses cheveux, entrelacée à leurs torsades sur les oreilles ; et là-dessous un peu d'air passa, lui baigna le front. « Il vit ! Il vit ! Il se sent devenir meilleur ! Il m'a dit bien souvent qu'il lui fallait sortir de la société pour commencer à l'aimer, devenir bon, vouloir la servir ; que, si la société voulait l'utiliser, elle devait lui procurer d'abord une retraite, une solitude, fût-ce celle de la prison... Oui, il est content, là-bas ! Oui, il a acquis des *tas de choses !* Il est bien parti, bien perdu pour moi, bien repris par cet ordre mâle, où quoi que je fasse je n'entrerai jamais, et qui est son royaume. *Ne donnerais pas ma place...* Comme on sent bien que là-bas tout lui plaît ! En vérité, je n'imagine rien dans cette vie-là qui puisse le blesser. Il est dur au mal, insoucieux du confortable (et même le confortable le dégoûte), enchanté d'être au milieu de soldats de seconde classe et non d'officiers. Je crois qu'il a une répugnance physique pour les raffinés ; il ne pourrait pas être l'ami de quelqu'un de frileux. Il dit que les génies ont plus que les autres hommes des parties bestiales, parce qu'ils tiennent de plus près qu'eux à la nature ; qu'il y a de la rudesse dans tous les conquérants, conquérants de la guerre ou conquérants de la pensée et de l'art. Il existe toutes sortes de délicatesses et de pudeurs qu'il ignore, ou plutôt qu'il méprise, ou plutôt qu'il déteste comme des entraves, des pertes de temps et de force, des décolorants de la vie. Et lui-même il est grossier, grossier comme ses cheveux durs, ses sourcils d'un seul arc, sa morsure de condottiere, ses mains grandes aux doigts carrés, aux jointures épaisses, des mains pas jolies, qui semblent faites pour tenir le fusil bien plutôt que la plume, ou le fouet, comme faisait son grand-père qui avait des nègres à l'île Bourbon ; pas étonnant qu'avec ces mains-là Alban ait tué un de ses chats en tapant dessus. Il est fort et sain, sain jusqu'à l'ingénuité, sain dans toutes ses recherches et toujours pur, à cause de cette santé et de cette force. Un jour que je me trouvais l'accompagner vers son entrevue de réconciliation avec un prêtre qui avait blessé son amour-propre et qu'il avait giflé, il était si plein de passion qu'il s'est mis à saigner du nez ; eh bien, jamais je n'ai vu un sang si beau, clair et vermeil, vraiment éclatant comme les couleurs qu'on voit sur les prismes ou les glaciers. »

De nouveau elle fut arrachée à sa pensée par le spectacle. Douze filles dansaient sans flûte, et la grâce était avec elles. Un esprit de liberté dansait aussi entre leurs pas. Le soleil jeune coulait sur les peaux jeunes, et l'on eût cru que l'heure matinale n'avait été choisie que pour cette harmonie. En cadence battaient le sol les filles d'un pied rapide. Leurs mouvements semblaient ne rien contenir au-delà de leur beauté ; pourtant chacun d'eux était composé en vue de vivifier ce muscle, de libérer cet organe, de détacher ce modelé, d'assouplir cette articulation, de perfectionner un point particulier dans l'économie du miracle humain ; chacun d'eux parachevait la création. Tantôt elles lançaient leurs bras comme pour adjurer le soleil, tantôt dans la paix de leur âme elles rejetaient la tête en arrière, avec le mouvement classique des ménades prises de fureur ; et c'était d'une attachante ambiguïté, ce geste de thiase fait par ces vierges calmes. Au milieu d'elles, pareil à un satyre, dansait en bras de chemise le petit homme à ventre rondelet, avec ses gros mollets et sa barbe court frisée, tel que vous l'eussiez imaginé derrière un comptoir, adonné à des besognes basses ; et tel, tendant et relâchant des fils invisibles avec ses bras dans l'air, il était beau, léger comme une bulle, bondissant comme un petit cheval, et mettant de l'exquisité dans le cœur. Et elles et lui, sous le gentil soleil, il n'était pas un atome de leurs corps qui une seconde cessât de mourir.

Vraiment il y avait ici quelque chose de *nouveau,* quelque chose qui était un *progrès :* vieux mots tant usés en vain, ils reprenaient ici toute leur jeunesse. Ces petites bourgeoises avaient restitué, perdu qu'il était et profondément effacé sous les déformations imposées par la mode, par la fantaisie sexuelle du mâle, par l'erreur des artistes prenant cette fantaisie pour idéal, par des siècles de conventions nées de l'ignorance et de la sottise, le type féminin pur, tel qu'il fut tiré de la matière virile par la main toute bonne du Père, puis établi dans l'art par la race grecque préposée à cette mission divine. L'ordre, qu'elles avaient appelé dans leur corps, était entré dans toute leur vie. Illuminées par le rire franc, elles étaient joyeuses et sérieuses avec leurs courtes tuniques noires, tranquilles, pareilles à des brins d'herbe pour la simplicité. La grivoiserie, la ridicule curiosité pour les temples sans secret étaient désarmées par ces vierges à demi nues, qui pouvaient rire, qui ne souriaient jamais. L'une d'elles eût retiré ses bas sur ce gazon, huit sur dix des plus grossiers garçons n'eussent pas pensé à une plaisanterie, si naturel eût été ce geste. Et Dominique, songeant aux marraines « distinguées, affectueuses » des annonces de *La Vie parisienne,* âmes dégoûtantes, qu'on ne prendrait pas avec des pincettes, songeant aux misérables singesses, affolées d'impuissance, et qui, perdant l'équilibre, vous griffent dans les métros, regardait ses compagnes du stade comme le véritable sexe féminin, tel qu'il exista à l'origine ; — alors que ces dames bien parisiennes n'étaient pas des femmes mais des monstres nés d'un contact sans nom, dignes seulement d'être tués à coups de pierre, tels jadis les hermaphrodites, comme une insulte à la nature.

Onze heures sonnèrent. Elle sursauta. Une amie l'attendait à onze heures ! Vivement elle fut vers le vestiaire, puis, remettant de prendre sa douche à la maison, quitta le stade.

Le royaume de la guerre lui réapparut, confus, plein de trous, et tout de suite elle buta contre son incompétence. Alban même, si elle fermait les yeux, elle ne l'imaginait pas : beaucoup trop occupée de soi pour être observatrice, elle n'aurait pu dire de quelle façon se coupe, se boutonne une capote... Ce détail bête l'arrêta. Elle sentit mieux combien le moindre événement était puissant contre ce qu'ils avaient cru mettre en commun, combien lourde était la tâche de sans cesse peiner pour rattraper des distances, et s'exagérant sa pensée, avec sa maladresse d'isolée, elle imaginait d'étranges études qui lui seraient nécessaires pour pouvoir participer aux préoccupations d'Alban, comme si elle avait dû pour cela, par exemple, apprendre par cœur les dépôts de tous les régiments de France. Elle projeta de feuilleter les illustrés chez son père pour y revoir les photographies du front. Elle chercha dans l'avenue un soldat qui passerait, comme jadis, petite fille, elle cherchait une nourrice ou un croque-mort, parce que si vous rencontrez dans la journée trois nourrices, trois croque-morts et trois chevaux blancs, il vous arrivera quelque chose d'heureux. Elle en vit un et traversa pour le regarder.

Alban était pareil à cela. D'autres soldats la croisèrent ; elle les regardait attentivement, avec une sympathie nouvelle ; elle les découvrait. Elle s'aperçut que, présent, il lui suffisait. Absent, elle avait des curiosités. Des regrets, aussi ; regrets de ne pas connaître davantage son passé, ses idées, ses plaisirs, de ne pas l'avoir davantage interrogé.

L'amie expédiée, son inquiétude la reprit lorsqu'elle se trouva dans son cabinet de toilette pour la joie d'eau.

Elle reconnaissait loyalement que ce départ avait déséquilibré sa vie, et elle avait horreur de cette solitude décolorée où elle s'enfonçait depuis douze jours. La pensée d'offrir ses services à un hôpital du front ou de l'arrière-front se précisait en elle. Partir ! Par là elle se quittait soi-même ; elle entrait dans cet ordre mâle sur les bords duquel, toujours, elle avait erré jalousement ; elle scellait pour la première fois sa liberté morale par un acte. Se posait-elle la question : « Est-ce que je *courrais après* Alban ? » le spectre de sa faiblesse ne se levait pas pour la paralyser : puisqu'elle ne rejoindrait pas le garçon, puisqu'elle ne serait pas à son côté plus qu'en demeurant ici. Mais le fait qu'elle se créait ainsi des préoccupations analogues aux siennes, des souvenirs qu'ils pussent un jour confronter, le fait seul qu'elle se rapprochait de lui, passionnaient à leur aise un désir dont strictement elle ne pouvait tirer d'alarme.

Elle se déshabillait en songeant, en remuant une odeur de lavande que mettaient dans toute la pièce sa lingerie, sa fraîcheur ; et ses appréhensions, ses incertitudes, le jeu qu'il y avait entre ce qu'elle possédait et ce qu'elle voulait, entre ce qu'elle était et ce qu'est le monde, lui pesaient dans la poitrine, lui engourdissaient la vie, la faisaient si lente, si pleine de pauses que soudain, lorsqu'elle se trouva nue, elle fut prise à l'improviste. Mais, en une seconde, l'image lui aveugla le cerveau, et d'un geste, comme par un réflexe, elle joignit les pieds, mit les bras le long du corps. D'instinct elle allait à cette attitude, non seulement parce que c'était la plus ingrate et qu'elle y triomphait, mais parce que c'était l'extrême de l'austère, auprès de quoi le mouvement le plus simple semble presque une barbarie. Et elle se jetait à cette sobriété, de même qu'en art elle se jetait au dorique, pour en recevoir ce qu'elle ne recevait pas de la grâce.

Elle se vit et dans l'instant son cœur battit devant ce beau du beau. « Mon cher corps ! » dit-elle, gonflée d'émotion, de tendresse. « Mes chers beaux muscles ! » et son ton pénétré, sa gravité puérile, son appui sur le *cher,* avaient un accent d'amour qui détonnait dans sa bouche, comme une parole équivoque dans une église. Les cellules de ses grands droits faisaient l'une sur l'autre comme les tambours de deux colonnes dont les seins étaient les chapiteaux, et de même qu'au bas du chapiteau s'évase le tore, de même les seins ne se détachaient pas brusquement des droits, mais étaient la masse même des droits qui peu à peu se bombaient, soutenus et soulevés par un tore de chair. Elle n'avait jamais mis de corset, mais le développement du pectoral et du dorsal lui avait créé une « taille » naturelle, au point que ses bras tombants ne lui touchaient pas les hanches et que c'était par les épaules, non par les hanches, qu'elle eût touché le contour de l'œuf où fût inscrit l'hermaphrodite. Elle répandait de la lumière et de la chaleur comme s'il y avait eu à l'intérieur d'elle une flamme douce, ou bien la fleur de la vie.

Elle était dorée comme le blé mûr, fonçant à la nuque, aux reins, aux aiselles, couleur de brique aux bras et aux jambes, si souvent exposés à l'air, couleur de feu sur l'étroit rectangle décolleté par sa tunique de sport et qui avait reçu, comme son nez, un coup de soleil. Ses jarretelles avaient imprimé sur ses cuisses une dentelle rose. Et telle, si diverse, pourtant elle était d'une seule coulée sans couture.

Sans changer de pose, elle contracta les muscles, de bas en haut. Alors tout un monde, caché sous la peau, apparut, de même que si une mer était à demi bue par son lit, un monde de continents apparaîtrait à sa surface. Son corps entier fut comme une chose de métal délicatement martelé. Et soudain, par cet enrichissement du corps, — par l'élargissement du cou, aussi, — le visage perdit son importance, toute la spiritualité coula du visage, descendit dans le torse qu'elle illumina ; les genoux eux-mêmes, si fins et travaillés, furent semblables à deux visages par l'intelligence. Les sillons latéraux de l'abdomen s'infléchirent, montèrent en s'écartant l'un de l'autre, glissant sous les seins qu'ils offraient, avec cette courbe qui était celle d'un épanouissement ; et les trois faisceaux du dentelé jaillissaient d'en dessous, splendides, comme les rayons d'un soleil caché. Le droit antérieur des cuisses saillit, faisceau léger et net ; et sous le genou le jambier antérieur, même inclinaison, même forme, en semblait un reflet diminué. Les extrémités inférieures des vastes externes se bombèrent, brisèrent presque trop durement la ligne des cuisses, comme aux danseuses. Leur vigueur justifiait l'apostrophe qu'un jour elles avaient fait jeter à Alban dans le stade : « Tant que ces colonnes de tes jambes soutiendront ta vie et toutes tes choses vivantes... » Et tout le corps s'effilait depuis les larges épaules, tout le grand prodige charnel reposait et tenait debout sur les deux pieds joints, bien construits, et qui étaient grands comme ceux des anges.

Elle effleura de la pulpe du médius sa veine cubitale un peu saillante : son regard ayant tout embrassé, son tact découvrait des valeurs nouvelles. Elle se tourna lentement devant la triple glace, fronça les sourcils dans le jeu subtil de discerner la graisse du muscle, reconnut au passage toutes les chères et gentilles choses : les charmants sillons entre les trois faisceaux du deltoïde ; celui entre les deux portions visibles du triceps ; la vallée d'ombre qui sur la cuisse sépare du vaste externe ses masses postérieures : tout cela moelleux, fondu dans l'unité de la jeunesse. Enfin elle aperçut son dos, et son visage se rembrunit un peu.

En effet, par une de ces particularités qui font de chaque corps un exemplaire singulier, son dos n'avait pas atteint la perfection de ses autres paysages. Les omoplates, certaines côtes, certaines crêtes de l'épine apparaissaient, enchevêtrant avec les muscles des reliefs complexes où elle ne se reconnaissait pas bien, et la conscience de ce double défaut, celui de son esprit et celui de sa chair, cet aspect confus aussi, qui blessait son goût pour la netteté, la portaient à tout désavouer de cette région : les légères érosions roses et grumeleuses sur la face postérieure de ses bras, le duvet dans le creux de ses reins, où la peau est plus sombre, et qui lui déplaît tant avec son air impur...

Soudain, comme un chef d'orchestre, elle tendit un bras, délivra le mouvement. Les clairs, les ombres, les plans, les méplats entrèrent en musique. Un mystère sans limites s'éleva de la chose limitée. Elle fut infinie comme une pensée est infinie. « Je possède cela, j'ai atteint à cela. Tant qu'existera ce corps tel qu'il est là, je ne puis pas souffrir vraiment. Quelque changement qui vienne dans ma vie, en une minute je rejette ces vêtements barbares ; je me vois ; toute joie est décuplée, toute tristesse est allégée. J'ai deux ans devant moi où ne peut pas entrer le désespoir. Ensuite... ah ! ensuite ! » Et toutefois cet « ensuite » même était sans mal. Toute peine était bannie. Elle était guérie dans son cœur.

Chaque muscle qu'elle se représentait, elle le nommait par son nom, lui imaginait un petit dieu pour lui seul, comme les dieux des menus objets dans l'ancienne Rome. Monotone litanie ! Elle nommait les débordements ! Elle nommait les recouvrements ! Le fascia lata comme un grand courant magnifique, ce grand fascia lata étendu sur toute la face externe de la cuisse, depuis la hanche jusqu'au-delà du genou ; le couturier jeté de part en part, promontoire solitaire et superbe ; les fibres des corps charnus, apparentes çà et là, comme si par places la peau était délicatement usée ; les digitations du dentelé, chacune au-dessus de celle d'une côte, telle qu'une marche au-dessus d'une marche ; le profond coraco-huméral, invisible, très secret, mais qui jaillit à travers l'aisselle comme une corde si le bras est levé ; et au-dessus de ce bras levé, à l'insertion du deltoïde sur l'épaule, ce tumulte admirable, ce grand creux démonté, pareil aux entonnoirs de la mer... Toute peine était bannie. La pensée d'Alban lui revint. Elle sut que cette pensée devait être plutôt triste, mais n'en sentit pas la tristesse, comme tel breuvage qu'on boit le nez bouché, on sait qu'il est amer, mais on n'en sent pas l'amertume. Toute peine était bannie. Les sentiments, les pensées, les paroles étaient des ombres sans chair. Ce bien comblait au point d'en être un peu oppressant. Elle était débordée par son corps. Toute peine était bannie.

V

LE DANSANT DE LA FÊTE

Le mont dit « Le Dansant de la Fête » s'éveillait dans les nuées du matin, au-dessus de toutes choses, lointain et perdu et peuplé et vivant. A peine discernait-on les fûts des arbres et déjà on entendait des bruits de maillets qui frappaient, tout grêles et aériens dans l'immensité. L'altitude, l'isolement, la virginité sacrée de l'air, les nuages qui bougeaient plus bas que vous sur les pentes, le lent éclaircissement, les troubles murmures, la montagne comme suspendue dans de l'eau suggéraient un monde en enfance qui d'instant en instant change de forme dans une aurore couleur de pierre de lune, le profond vague musical où monte et descend la symphonie dans le mystère wagnérien.

— Prinet !

Dans la pénombre de la cagna, il vit le garçon se pencher sur l'eau noire d'un seau où se reflétait une flamme de bougie, puis sortir, la tête ruisselante, debout devant le soleil qui se lève, comme opposé à l'Or au fond du fleuve. Et il crut sentir la froide caresse couler sur son propre visage, si vif fut le mouvement qui lui fit sien le plaisir de son ami.

— On s'en va ?

Ils avaient passé la nuit à la Compagnie de réserve,

au cœur des bois, quinze cents mètres en dessous des premières positions, qui occupaient la crête. Et maintenant Prinet, détaché pour quelques jours auprès du Chef de bataillon, allait accompagner son ami jusqu'à son poste sur la ligne de feu.

L'air était intense. La bouche fermée, ils en recevaient autant qu'on reçoit de l'air des plaines dans une lente inspiration. Le matin était dans leurs paumes, contre leurs paupières, à l'intérieur de leurs yeux, entre leur cou et leur col, entre leurs poignets et leurs manches, les entourant et les pénétrant de toutes parts comme la fille Douce avant le don ou après le don.

Le casque de Prinet, mis très en avant, durcissait ses traits, cachait son front, cachait son esprit, ne faisait plus de lui qu'un tueur juvénile. Et le masque contre ses reins, et le revolver dans sa belle gaine, et le bâton dans sa main sèche, et ses jambières sales ! Et Alban lui aussi portait toutes ces choses. Et ils montaient, pareils au jour.

O montée silencieuse, montée suffoquée ! Alban ne parlait pas, ne levait pas les yeux, et il lui semblait que par là se trouvait décuplée sa force contenue : « Ma vie ! Ma vie ! Comme elle est belle ! Comme j'aime ma vie ! »

Parfois il ouvrait l'étui de son browning, y glissait la main avec un geste presque impur, imaginant la souplesse, la mollesse de son bras non tendu lorsqu'il viserait. Il était dans le sentiment d'un jeune catholique qui s'est interdit l'amour jusqu'à ce soir où le mariage lui met entre les bras une femme, avec toutes les licences. « Les morts tués par vos voisins, pensait-il, doivent vous ébranler les nerfs, mais le mort le plus hideux n'est pas laid quand c'est vous qui l'avez tué, comme une femme pleure sans ridicule si elle pleure à cause de vous. » Mais son aisance au meurtre n'était pas plus grande qu'hier, dans le Paris nocturne, quand il n'attendait qu'une provocation pour légalement assassiner.

Sur une plate-forme, Prinet s'arrêta. (« Mais moi, je ne suis pas fatigué », se dit Alban.)

La tristesse, la douceur des arbres vert pâle sur le ciel blanc de lait ! Ils étaient comme des flammes pâles de chlore. Et à perte de vue ils dévalaient au-dessous d'eux ; et la lumière dans les sous-bois elle aussi semblait vert pâle, comme si c'était de ces arbres qu'elle émanait. On voyait étinceler les barbelés, dégouttants d'aiguail, telle la longue trace d'un colimaçon monstrueux. On voyait un oiseau se faufiler au travers, tout gris, pareil à une petite souris, comme s'il ne savait pas voler.

— Ah ! le nuage !

Un nuage passait autour d'eux. Ils étaient dans le nuage. Ils étaient perdus dans le nuage. Ils étaient détachés de la terre, enlevés, devenus irréels. Ils étaient dans la chose que nous voyons, compacte, au milieu du ciel si haut.

— Personne ne peut plus nous voir. Libres ! Libres !

Il étendit les mains, et une buée fine s'effilochait entre ses doigts. Et Prinet, à quelques pas de lui, par moments était visible, par moments s'éloignait, comme un souvenir s'efface, comme un mort recule, immobile, sur la rive noyée.

Quand la brume fut dissipée ils se revirent, et la lumière du matin éclairait leurs visages.

— Regarde !

Assis sur le sol, Alban frotta sa jambe contre la poussière. Sa culotte fut maculée d'une large tache jaune.

— Je puis faire cela ! Comprends-tu comme c'est

immense ? Regarde comme je suis sale. Personne ne me dira rien !

Il répéta :

— Personne ne me dira rien...

Il se releva, comme flottant, comme prêt à se soulever de terre. Et ce qui le gonflait, ce n'était pas seulement cette ivresse que donne la campagne à ceux de la ville, pas seulement ce génie sombre qui le pousse à s'évader sauvagement d'une société qu'il échoue à s'asservir, mais le pressentiment qu'elle était plus proche de la vérité et de la nature, cette grande communauté du front, née à la hauteur des herbes et des eaux. Et il se souvenait de la réponse faite par Jules César au tribun qui lui reprochait de piller le trésor d'un temple, — de cette réponse qui tant de fois allait lui apparaître comme une justification sans réplique : *Le temps des armes n'est pas celui des lois.*

— N'avez-vous pas une Section franche, où la règle du chef est à peu près : « Je t'envoie le premier au péril. En échange, sur tout le reste, je ferme les yeux » ? Affranchir chacun en proportion de sa valeur ! C'est la parole de Paul III : « Les hommes de valeur... il ne faut en rien les contraindre... » Ah ! s'il devait me faire libre, tu ne sais pas jusqu'où irait mon courage ! — Je me mettrai de la Section franche.

Une mitrailleuse claqua à coups secs, rapides, tels qu'on en frappe derrière le rideau, avant les « trois coups ». Alban se dressa, comme si son âme emportait son corps dans les airs pour voler vers cet appel exalté. Alors, en face, une autre mitrailleuse battit, et il eut la sensation qu'elles tendaient un rideau mortel entre le monde et eux, qui les préservait. Il eut la sensation d'une solitude défendue, comme dans un parc.

— Va, tu sauras vite nos déceptions.

— Tu as eu des déceptions ? demanda Alban, mais

d'un ton si ennuyé, avec si peu d'intérêt que Prinet ne répondit pas. Obscurément, Alban en fut soulagé. L'âme lui semblait une maladie. L'image de Dominique, qui le visita, fut jugée importune.

Ils s'étaient remis en marche, et bien que Prinet ne l'en avertît pas, un sens mystérieux lui indiquait qu'ils atteignaient au faîte. Les mitrailleuses frappaient toujours, et les deux sons distincts, de tons différents, cessaient, reprenaient, tantôt seuls, tantôt se chevauchant l'un l'autre, comme deux personnes qui discutent cherchent mutuellement à se couvrir la voix. Et ainsi, à cause de ce soleil, ils allaient dans la direction de la mort, avec le sentiment qu'ils ne pouvaient pas mourir.

Des hommes creusaient une tranchée. « La Section de discipline », expliqua Prinet. Revolver au côté, un sergent les surveillait. Alban eut une bouffée de tendresse, de regret pour les époques d'esclavage. Mais comme ils passaient :

— Attention aux aspics ! murmura l'un des hommes, courbé vers la terre, sans lever les yeux.

— Eh oui, ça mord.

Alban ne prit pas garde, mais après quelques mètres, comme son regard s'arrêtait sur le visage de son ami, il y vit une ombre ; les yeux étaient moins clairs, les coins de la bouche un peu tombés. Il se souvint de sa parole : « Tu sauras vite nos déceptions. » Il se souvint de la parole du soldat. « Y aurait-il une corrélation entre *aspic* et *aspi,* diminutif familier d'aspirant ? Un jeu de mots blessant pour lui ? Et pourquoi est-il toujours sombre ? Qu'y a-t-il sous tout cela ? »

Ils marchèrent encore quelques pas en silence. Puis :

— Tu as des embêtements, ici ? Pourquoi ne veux-tu pas les dire ?

La phrase lui était venue ainsi : « ... pas *me* les dire ? » Mais elle lui déplut, trop intime, et de même qu'il avait parlé sèchement, ce fut sèchement que Prinet répondit :

— Parce que.

A cette dureté, Alban devina qu'il parlerait.

Il le savait, le plus jeune, il le savait, qu'il parlerait. Dans le même instant où il disait : « Parce que », il savait que ce refus était absurde, puisqu'il n'attendait qu'un mot pour parler, puisque dans une minute il parlerait, puisque depuis l'heure où, debout dans l'automobile, il avait aperçu son ami, il avait souffert de ne pas parler, et insidieusement, par petites phrases craintives, sollicité qu'on lui donnât un départ. Et il avait besoin de parler ; pourtant il se demandait comment il pourrait parler.

— Ce sont les types qui ne sont pas gentils ?

— Oh ! je crois que tout cela vient plutôt de moi-même.

— Tout vient toujours de nous-mêmes, tu le sais bien. En somme qu'y a-t-il ? Tu ne prends pas, ici ?

— C'est évident, je déplais. Il y a quelque chose qui ne va pas.

Ils étaient sortis de la forêt ; ils s'étaient assis sur la terre, avaient enlevé leurs casques. Prinet tapait avec sa canne contre l'une de ses jambières de cuir.

Autour d'eux c'était la crête nue sous le soleil, la « chaume » retournée par les obus, davantage par des travaux abandonnés. Mais, entre les grandes plaies scandaleuses, l'herbe des anciens pâturages apparaissait encore, toute fraîche de fleurs.

— Je suppose que je dois être maladroit. C'est curieux, les gens à qui je parle pour la première fois sont toujours très gentils, puis la seconde ils le sont moins, la troisième fois ils me battent froid ; la quatrième fois n'a pas lieu : ils ont fait ceux qui ne me reconnaissaient pas. A présent je blesse d'abord, pour bien montrer que je ne recherche pas.

« Je blesse d'abord », se répétait Alban. « Quelle détresse dans ces trois mots ! » Il songeait encore : « Sa phrase : " Les gens à qui je parle pour la première fois... " est trop bien venue, balancée ; il y a longtemps qu'il lui a donné cette forme. Tout ce qu'il va dire ne vient à l'expression qu'aujourd'hui, mais cela roule depuis des jours et des jours dans son esprit et dans son cœur, et à se trouver paroles cela va être un peu ivre, comme un malade qui fait sa première sortie. »

— A Paris, ici, je vois partout les gens se trouver un milieu où ils puissent se mouvoir à l'aise, cordialement, quand moi je suis toujours en territoire ennemi. Ici, dans les commencements, j'ai cru que ça allait marcher. Et puis, je ne sais comment, j'ai irrité ceux qui me témoignaient de la bienveillance. Je ne peux en vouloir à personne. Je sais que tout est de ma faute.

« Hélas, pensait Alban, démon des âmes, que me veux-tu ? Comme une bête est invinciblement attirée vers le trou où une autre bête agonise, je croyais aller vers ma paix, et un obscur instinct me conduisait vers cette blessure et vers ce trouble. Quand vingt milieux me proposaient une vie romanesque — les chasseurs, les zouaves, l'Orient, le front vénitien —, j'ai choisi celui-ci parce que j'y retrouvais un vivant en lequel j'ai confiance. Il faut donc que j'accepte les charges de cette confiance, qu'au bord d'une des plus grandes joies que j'aie jamais pressenties je revienne en arrière et je souffre, à cause de cette souffrance qui n'est pas mienne. » Et malgré tout il la trouvait lourde, cette charge, parce que toute l'affection qu'on a pour un être n'empêche pas que cet être ne soit pas vous.

— Je suis forcé, disait Prinet, de manger avec les officiers. J'ai mangé d'abord à la roulante, avec les hommes, mais les officiers ont été furieux ; ils ont cru que je cherchais à me rendre populaire. Quant aux hommes, ils ont pensé que c'était un genre. Il y en a un qui a demandé « ce que j'avais donc à me faire pardonner ». Au début, je ne pouvais donner mon avis sur une chose militaire sans qu'on me prouvât qu'il était idiot. Si je lisais le *Manuel du Chef de section,* on ricanait : « Science livresque »... A présent, sur quelque sujet que ce soit, je ne puis dire une syllabe sans être repris. Ah ! ce sont les êtres qui vous tuent, pas les marmites.

— Oui, et ce sont les êtres qui vous sauvent.

— Quand je suis au milieu d'eux, la tête me tourne, je suis comme un homme dans la mer Morte, qui ne peut pas soulever l'eau autour de lui. Je sens comme si rien ne pouvait plus sortir de moi... ne plus pouvoir même faire un geste... Mais ensuite, quand j'ai bien laissé déposer tout ce que j'ai reçu d'eux, je me retrouve pareil. Il me faut ce long temps de solitude pour reprendre un peu confiance en moi.

Il sentait en lui une volubilité intérieure, le flot de ceux qui se sont longtemps contenus. Et pourtant il ne parlait pas vite. Depuis un an il n'avait jamais parlé d'une façon un peu profonde ; il ne savait plus bien. Et il peinait un peu, était sûr que ce soir il aurait mal à la tête, qu'il serait obligé de prendre un cachet de pyramidon. Et se livrant ainsi avec pudeur, avec effort, il était comme deux mains qui soutiennent une masse de sable, mais le sable coule un peu entre les doigts.

Alban écoutait, et au milieu du grand soleil il frissonnait comme à l'heure où le soir tombe. Il le sentait crispé, tout resserré et comprimé comme l'étaient son front et ses oreilles sous l'étroit béret qui lui mangeait les sourcils. A la fin ce béret lui parut un symbole, lui devint insupportable. Il ne le lui retira pas ; la familiarité lui est physiquement impossible ; des étrangers appellent Prinet *Stanislas,* ou *Stann,* mais lui jamais autrement que *Prinet.* Il ne le retira pas, mais il lui conseilla de le faire, comme lui, Alban, il avait enlevé son casque, pour avoir frais. L'autre, sans prendre garde, se mit tête nue.

Mais alors, quand il le vit dépeigné, avec ses cheveux fous retombant un peu sur les oreilles (qui étaient trop grandes et translucides contre le soleil), il ne lui parut plus resserré et contracté mais au contraire tout en désordre et perdu. Et il le regarda avec effroi, comme si dans ce geste il n'avait pas enlevé une coiffure mais un masque, et décelé l'âme avec tous ses abîmes.

Et il fut rempli de pitié, et sa pitié ne lui faisait pas de bien.

Prinet disait encore, mordillant la tige d'une graminée :

— A la fin de l'année dernière, épouvanté par tout ce qu'il y a en moi qui ne réussit pas, j'avais décidé qu'à partir du 1er janvier j'allais réformer ma nature, avoir plus d'allant et d'audace. D'alors daterait ma véritable possession de moi-même. Jusqu'au 1er janvier je pouvais être comme je voulais ; ça ne comptait pas si j'étais inférieur.

Parole perdue, que l'un n'acheva pas, que l'autre ne releva pas. Mais chez les jeunes gens c'est l'inexprimé qui lie : ils s'entendent par des balbutiements.

Ensuite il dit :

— Je suis resté si longtemps silencieux ! Je crois que ç'a été très mauvais pour moi, parce que maintenant, la première fois que je m'exprimerai, j'attirerai tellement l'attention ! Il faudra que cela soit très bien.

Il ajouta, assez vite :

— Puisque te voici, je compte que tu m'aideras.

C'était un écho de l'étonnante phrase de jadis : « Il faudra que tu me donnes des idées, que tu me fasses un plan de vie. » Il tapait toujours avec son bâton contre sa jambière. On peut dire que, depuis dix minutes, pas une fois Alban n'avait surpris ses yeux. Mais, après cette dernière parole, il le vit rosir, s'aviver, comme une braise sur laquelle on souffle. Il dit :

— Tu as dix-neuf ans, il est naturel qu'on te jalouse. Et puis tu déplais parce que tu as l'air de ne pas aimer les choses. Serre un peu ta cravate, ça te fera venir le sang aux joues et on croira que tu es heureux.

Il vit Prinet tourner vers lui le bout de sourire le plus triste du monde. Il eut dans ses oreilles le cri des enfants : « Oh, non ! Pas d'ironie ! » Il détesta la phrase qu'il avait dite et tout ce qui pouvait faire douter ce garçon de la vie.

— C'est étrange, disait Prinet, je suis comme les Boches (et il souriait encore). De ceux-là mêmes que je recherche, je ne sais pas bien me faire aimer. Ceux-là mêmes avec qui je crois être vraiment lié, il faut que je fasse effort pour qu'ils se souviennent de moi. Parfois, en voyant tout ce qu'il y a en moi... Enfin, tout de même, tant de choses... je suis...

Il hésita.

— ... je suis étonné de pouvoir être si indifférent aux autres. Ah ! comment puis-je te dire cela ! Comment puis-je être à ce point sincère avec toi ! Vois-tu, c'est une des choses qui m'empêchent de me confier maintenant à quelqu'un : la peur qu'ensuite il soit exactement comme auparavant. Avant on peut penser : « Il ne me connaît pas », mais après : « Il sait maintenant, et il est le même. » Et toi, peut-être que tu seras demain comme si ce que je te dis là n'avait pas existé.

Alban serra les lèvres. « Que puis-je pour le rassurer pour toujours ? Quel remède ? Quel remède ? » Il le voyait souffrir à soixante centimètres de lui, comme il l'eût vu blessé sur le lit d'hôpital. « Alors on aurait des piqûres, des potions. Il y a une matière qui guérit la matière. Mais y a-t-il dans l'esprit de quoi guérir l'esprit ? » Profonde était l'émotion de son amitié. Comme son penchant vers les êtres était l'ennui et l'antipathie, cette émotion avait une valeur.

— Je ne puis rien pour toi. Peut-on rien pour personne ?

Douloureusement il mesurait les parties d'ombre de son intelligence, l'impuissance qui l'empêchait de discerner et le vrai mal de Prinet et son remède. Si l'instinct de celui qui aime conduit une chasse infaillible dans le labyrinthe de celui qui est aimé, ceux-là mêmes qui étaient sa curiosité et son tourment, toujours il en arrivait à buter contre eux, ou plutôt contre ses propres ténèbres, avec un éternel : « Je ne comprends pas. » Son lyrisme, l'hypertrophie de sa personnalité, l'ardeur qu'il portait à ses passions, l'exploitation qu'il faisait de soi en ne demandant que très peu au monde, une trop bonne connaissance de ses mouvements particuliers, différents et souvent inverses de ceux des autres, avaient fini par créer en lui une inaptitude, parfois dramatique dans ses conséquences, à rien comprendre parfaitement de ce qui n'était pas lui-même. Et le mot cruel d'Épictète mettait dans son cœur une vibration toujours suspendue : « Quand on se trompe sur quelqu'un, crois-tu qu'on l'aime réellement ? »

— Moi aussi, pendant six années, de mes seize ans à l'année dernière, j'ai été dans la nuit, et appelant au secours, et seul comme tu ne le sauras jamais. Dur et intransigeant et cassant, je dédaignais de m'exprimer à ceux que je n'estimais pas, et chacun d'eux est devenu mon ennemi. Et pour ceux que j'estimais, aucun d'eux ne m'a reconnu. Les tenants de ce que j'adorais m'ont tenu à l'écart, et ceux que je voulais servir m'ont craint.

« Tout, tout, j'ai tout fait tout seul, toujours. J'ai erré, j'ai souffert peut-être, je ne me rappelle plus bien... Je crois me souvenir que tel et tel ont eu des torts envers moi, mais je serais bien incapable de préciser quels torts. Aujourd'hui je leur dis : " C'est vous qui m'avez sauvé. " Quelle rigolade que la politesse ! De mon passé il ne me reste que les joies. J'ai étouffé tout ce qui fut ma peine. Si tu savais comme je sais bien oublier ! Et c'est sans peine que je proclame ceci : je n'ai jamais obtenu un appui, jamais un conseil, — que de ceux qui m'engageaient doucement à m'enferrer sur ce qu'ils savaient être mes erreurs... Je dis cela sans peine. »

Il voyait les yeux de Prinet fixés sur lui, et sa figure s'éclairer ; et il comprenait que cette parole de guérison qu'il avait cherchée en vain, il venait de la trouver à son insu, puisque toute la détresse dont il se chargeait, il la retirait à mesure à l'autre. De même qu'Alban, tout à l'heure, avait senti une vague répugnance à participer à l'ennui de son ami, ainsi maintenant Prinet était heureux, vaguement, parce que son ami avait souffert. Et leur amitié, touchant ses limites, revenait sur elle-même et se sentait plus dense. De tout cela naissait un bien.

Il acheva :

— Et pourtant, me voici au calme. C'est étrange ; je n'ai rien obtenu encore, mais j'ai un peu le calme de celui qui aurait obtenu tout. Oui, calme, Prinet, très calme.

— Tu as fait du mal, aux autres. Tu as troublé et fait souffrir. Crois-tu que ces choses-là ne finissent pas par se savoir ?

Alban leva les sourcils. Il ne se souvenait plus très bien... Qui donc avait-il fait souffrir ? Il vit une expression bizarre, pénible, sur le visage de l'aspirant. Alors Prinet lui dit :

— Je sens en moi que souvent tu te trompes. Mais je ne sais pas assez pour pouvoir te répondre. Ah ! je voudrais que quelqu'un qui sait te dît tout ce qui doit être dit.

— C'est bien inutile.

— Inutile ? Et la vérité ?

— Qu'est-ce que la vérité ?

Il y eut un silence, puis Prinet dit :

— Allons !

Ils se levèrent, marchèrent sans une parole. Entre eux quelque chose s'était cassé. « Est-ce de lui avoir dit : " Je ne puis rien pour toi " ? » se demandait Alban. Est-il à ce point maladroit qu'il n'ait pas reconnu ma plainte ? »

— Pourquoi fais-tu la tête ?

Pas de réponse. Il reprit, impatienté :

— Écoute, nous aurons assez de souffrance ; n'en rajoutons pas pour faire joujou. Si je t'ai blessé, dis-moi en quoi.

— Tu me trouveras bête. Tu te diras : « Ce vieux, il est bête... »

Soudain, dans l'esprit d'Alban, une idée absurde germait.

— Non, ce n'est pas possible... Ce n'est pas parce que j'ai dit : « Qu'est-ce que la vérité ? »

— Si.

Les yeux baissés, la voix un peu honteuse.

Derrière eux, le claquement d'un 75 déchira le ciel. Comme un paquet d'eau, une tristesse impétueuse s'abattait sur Alban, un découragement à vous casser les membres. Ainsi, à cette heure, sur des centaines de kilomètres, des centaines de milliers d'hommes ne vivaient que pour contraindre la matière ou pour se préserver de la matière. L'intelligence humaine était arrêtée sur le chien d'un fusil, sur l'emplacement d'une gerbe de branches, sur la résistance d'un fil de fer ; des vies étaient suspendues à une pépite de métal dans la chair obtuse et sourde ; le destin des peuples, peut-être, à quelques pieds de décombres que l'on perd ou que l'on prend. Mais sur cette hauteur assaillie par la mort, contractée dans son repos même sous le vol de la mort qui à chaque seconde pouvait s'abattre, deux êtres liés se trouvaient déliés, — à cause de la vérité ! La pensée, l'horrible invisible s'était glissé entre eux, sous le dôme de froissements que faisaient au-dessus d'eux les obus. Et les hommes qui mouraient par le fer et par le feu, ceux qui luttaient contre la nuit qui cache, contre l'espace qui étouffe, contre la boue qui suce, contre la terre qui écrase, contre l'eau qui noie, mettaient un immense ridicule sur le scandale et sur le drame de ces deux qui luttaient contre quelque chose qui n'était rien.

« Tu me fais envier la vie des chiens », eut envie de dire Alban, secouant enfin sa mélancolie. Mais il ne voulait pas peiner le garçon ; et avec douceur :

— Va, ce n'est pas un honneur d'être troublé, pas plus que d'être malade. Nous sommes tous plus troublés que nous ne valons. Pour moi je n'ai pas honte de trouver ma force dans mon calme.

— Et d'ailleurs, j'ai eu tort de m'en faire, car tu n'es pas si calme, oh non, pas si calme...

— Calme et libre, si tu savais ! Tiens, tu entends ? Eh bien, ce qui monte de moi a cette sérénité...

Du fond de la vallée, de Granrupt, l'horloge de l'église détachait dans l'air, comme des bulles, ses sons ténus. L'esprit cristallin s'envolait dans la lumière, entre deux éclats de 75, extraordinaire chanson de la vie bonne arrivant jusqu'à ce plateau désolé. Chez ces misérables, prisonniers de la zone de mort, que pouvait lever cette voix qui vingt-quatre fois par jour répétait : « A quinze cents mètres de vous c'est la paix » ? Était-ce une douloureuse amertume ? ou bien une consolation, une croyance extravagante que, si proche de la sécurité, il était presque impossible de mourir ?

— Tout à coup les deux garçons, d'un même mouvement, se tournèrent l'un vers l'autre, se regardèrent, les yeux larges...

— La musique qui répète !

Écrasant la sonnerie de l'église, une symphonie surnaturelle éclatait sous eux. En bas, dans la forêt, défilés par l'angle mort de la cote, les musiciens du régiment, chacun pour soi, répétaient leur partie sans souci l'un de l'autre, et l'écho de la montagne, exagérant leur proximité, donnait l'illusion qu'ils jouaient à quelques pas de là. Cela faisait une symphonie surnaturelle, ce discordant concert de pistons, de trompettes, de hautbois, jouant à contre-mesure et à contre-temps, par moments s'exhaussant tous ensemble et par moments retombant, ne laissant place qu'à une petite modulation aérienne, par moments n'étant que du vacarme et par moments une musique barbare qui faisait songer à celle des Russes, étrange, effrayante et tordante, bien au-delà, bien au-delà de la beauté. C'était comme la voix d'un autre monde, comme si (pour quelle fin ?) à cette sonnerie de neuf heures, tous les génies du mystérieux Dansant de la Fête jetaient leur cri. Mais dans ce tumulte brusquement substitué au chant limpide où il voulait reconnaître son âme, Alban entendait bien d'autres choses. Des appels, des clameurs héroïques, des soupirs de volupté, de longues plaintes humaines, des trilles d'enfants, des sons de cristal et des sons de pourpre, toute la Grèce dont le lumineux hautbois, tout Rome dans les cuivres prétoriens, toutes les voix de toutes les passions, chacune n'écoutant qu'elle seule et furieusement refusant de connaître les autres, toutes les voix de l'immense orchestre du monde ; et ils se regardaient, et une mains transie serrait le bas de leurs joues et dans le fond de leur cœur une petite voix battait comme le battement frêle du hautbois : « Pas si calme, Alban, oh non, pas si calme... »

VI

CORPS EN PEINE

Il y a des heures de sa seizième ou de sa dix-septième année dont l'homme fort lui-même se cache comme de fantômes. Pauvres garçons, que n'est-on plus gentil avec eux ! Devant cette impuissánce, cette vision fausse, ces indéchirables chaînes de papier, cette pusillanimité sous les insolences et tant de bruit, l'homme fort a honte de ce qu'il fut. Souvenirs, que ne peut-on vous tuer !

Ainsi fuit Dominique quand son souvenir aborde par aventure cette semaine d'apprentissage à l'hôpital, — cette semaine où, pour la première fois, elle s'est empoignée avec la vie.

Faite pour la solitude, déshabituée de s'exprimer, elle était revenue épuisée de son premier entretien avec Mme Verlet, l'infirmière-major, épuisée, se disant que jamais elle ne pourrait supporter ce changement d'existence, puisqu'une seule conversation d'une heure suffisait à l'annihiler ainsi, et pleine d'angoisse à se sentir si inférieure à l'occasion. Ah ! qu'elle devait donc être détraquée, désorganisée sans le savoir, malgré les triomphes de son corps, puisque le moindre événement inaccoutumé l'échouait de la sorte, bouche amère, n'ayant pas faim, disposée au mal de cœur ! Les mille obstacles contre lesquels on l'avait mise en garde, l'appréhension de ces *absences* où elle se laissait aller lorsqu'elle était en compagnie, le dégoût et la détestation qu'elle se sentait par avance pour les autres infirmières, la perspective de se trouver au milieu de jeunes hommes, les questions qu'on lui poserait, la nécessité de s'imposer dans un sens qui n'était pas celui de sa nature, de se forcer pour rire, de s'intéresser, de « savoir les prendre », tout lui composait un avenir hérissé vers lequel elle s'avançait en tremblant.

N'était-elle donc forte que dans sa chambre, la porte fermée, en face de son journal intime, puisque à présent elle reconnaissait que pour avoir confiance en soi il lui faudrait un petit événement exaltant, être un peu illuminée ? N'était-elle forte que sur la piste ? Elle ricana en évoquant les lieux communs : « La maîtrise du corps, obtenue dans le stade, mène à la maîtrise de l'âme », etc. Cet esprit, viril et sage lorsqu'il ne sortait pas de soi, et qui ne savait que par les livres, au seuil de l'action se révélait puéril, pareil à celui d'un petit collégien empêtré. Dupe des mots, prenant tout avec un égal sérieux, pleine de scrupules et voyant partout des choses qui s'opposent, elle se faisait un monde des formules clichées que l'excellente Mme Verlet lui répétait avec une conviction de confesseur : « Votre rôle... pas seulement des soins, mais une influence morale... » — « Une influence morale », songeait-elle, vacillante, « quand je ne sais même pas si je pourrai *tenir !* »

Elle se demandait encore : « Vais-je prendre le genre ouvert, électoral ? ou bien grave, imperturbable ? ou bien bébête, pour passer inaperçue ? ou bien l'œil brillant, le sourcil froncé, pour qu'on dise : " Elle est remarquablement intelligente " ? » Puis, s'enflammant, déformant monstrueusement la réalité, elle s'écriait : « Mon échec sera la preuve de la faillite de ma personnalité. Voilà ce qu'il y a de solennel dans cet instant : je vais savoir si oui ou non je puis encore mener ma destinée dans la voie où vont mes sœurs, après l'avoir si tôt quittée. »

C'étaient ces pensées qui la secouaient, assise dans le blanc petit bureau de l'infirmière-major, où celle-ci l'entretenait le premier jour. Soudain, par la porte ouverte elle avait vu des « blessés légers » traverser la salle, parlant haut et riant, et quand elle s'était dit qu'elle les voyait, non comme la spectatrice détachée qu'elle avait été toute sa vie, mais comme une participante, elle avait eu l'anxiété et l'ivresse du dictateur à la rumeur de la foule. Elle avait murmuré : « Je les tiendrai dans ma main », et toutes phrases de pauvres petits garçons émaciés par des rêves de géants.

Le lendemain elle était là, hésitante, au milieu des hommes qui musaient, sans parler à personne, sans que personne lui parlât. Elle se réfugia auprès de l'infirmière-major, s'entretint de la psychologie du poilu avec des souvenirs de *Revue des Deux Mondes,* où elle avait cherché des idées avant son départ. Leur promenade à petits pas, coupée d'arrêts ! Après un silence trop long, la vieille dame lui dit : « Savez-vous ce que vous devriez faire en ce moment ? Aller leur parler, vous jeter à l'eau. » Ainsi menée, sans un essai, en face de l'obstacle, Dominique glissa sur le côté, se déroba en frémissant. Prenant un prétexte, elle s'enfuit, monta jusqu'au premier sans tourner la tête, comme si une divinité la poursuivait. Elle s'appuya contre la vitre, les regarda dans la cour. En vain les sophismes vinrent à la rescousse : « On m'a dit d'avoir une influence morale. Pour cela il faut les connaître. Or, à vivre au milieu d'eux on ne les connaît pas ; c'est soi-même que l'on surveille. J'en apprends plus en un quart d'heure contre cette vitre qu'en une journée à bêtiser avec eux. » C'était la parole de Sordello aux pèlerins dantesques : « D'ici vous pourrez remarquer leurs gestes plus facilement que si vous étiez dans leur compagnie. » Mais la part même de vérité contenue dans de telles pensées ne la consolait pas, parce qu'elle la savait trop une défaite : ce n'était pas cette part de vérité qui leur donnait tant de pouvoir.

Elle se vit pusillanime et incapable. Une heure elle erra terriblement dans la grande maison vide de midi, allant de pièce en pièce, traquée par les bruits qu'elle entendait, voulant descendre, se l'ordonnant et ne pouvant s'obéir, craignant des filles de salle soupçonneuses, craignant surtout la brave Mme Verlet et, dans son regard, l'aveu qu'elle désespérait d'elle. Les lèvres sèches, ayant soif, elle les rejetait tous, reculait, renâclait en se débattant devant l'effort, impuissante à soulever ce poids, et la sensation du temps perdu l'enténébrait. Toutefois, exactement, elle ne souffrait pas, car le geste de rejeter un devoir, ce devoir ne lui fût-il pas pénible, lui insinuait un obscur contentement. Ah ! dans sa nature, ce secret pli indomptable !

Alors, et toute l'âme tremblante dans cette tension extrême, elle s'élança vers la vie reposée, la chambrette sur le Ranelagh, les lectures dans les tramways, les entretiens avec le grand ami. Elle songea à renoncer. Renoncer ! Renoncer ! le plus beau mot de la langue française, et qui vous injecte à le prononcer de la douceur ! Elle imagina un télégramme supposé, la rappelant, un départ hâtif, une longue lettre ensuite à Mme Verlet : comme tous ceux qui ne savent pas parler, elle avait besoin de longues lettres. Elle lui dirait : « Excusez-moi. Je me suis trompée. Je n'ai pas le droit de continuer dans un sens contraire à ma nature... » Elle imaginait quatre pages de cette écriture-là.

A cinq heures et demie, sans qu'il y eût à cela aucune raison, elle fut un peu mieux.

Cette semaine fut faite tout entière, par à-coups, de jours d'espoir et de jours de découragement. Les premiers, le soir venu, elle les décrivait en détail dans son Journal. Les autres, elle notait seulement : « Mauvaise journée. » Et son écriture était alors presque illisible, tant elle allait vite pour y penser moins.

Or, voici maintenant qu'elle était ici depuis huit jours, et elle se sentait... oui, mon Dieu, elle se sentait heureuse. Elle s'en étonnait, s'en indignait presque. Tandis qu'elle était à faire une manille avec les cartes graisseuses : « Quoi ! moi ! Et j'y trouve mon plaisir ! » Mais tout de suite : « Les gens ne voient que la surface médiocre, ils ne savent pas toutes les résonances que j'y mets, comme je fais quelque chose d'immense avec rien. » Cette idée la berçait, splendide de mauvaise foi inconsciente, et d'autant mieux qu'elle ne pouvait admettre que les soins donnés par ces femmes, surtout par les jeunes, fussent des soins entièrement gratuits. Ce n'était pas seulement cette impossibilité presque physiologique qu'elle avait toujours eue, d'exprimer de l'admiration, comme si, une qualité qu'elle louait, c'était une qualité qui lui était retirée ; c'était le goût de les rabaisser et de les salir. Si l'une d'elles tient un garçon par son bouton de veste, ou lui donne une petite tape sur la joue, elle ricane, pense qu'ils sont complices.

Elle savait bien qu'elle aussi elle avait de ces petits gestes qu'avaient les femmes. Mais les siens étaient choisis, longuement médités, lourds d'intentions. C'était de les prendre sous le bras, de leur mettre la main sur l'épaule la plus proche (et non sur l'autre, ce qui serait enlacer). Par ces gestes, elle voulait dire : « Je suis une camarade, un frère pour vous, rien de plus... »

Elle se rendait compte aussi qu'elle ne les employait qu'avec quatre ou cinq d'entre eux. Mais ne pouvait-on avoir des préférences ? Qui n'en avait pas ? Mme Verlet elle-même ne lui avait-elle pas dit : « Il y a un tel et un tel, et ce petit Bouchard, par exemple... » ? Elle avait regardé Bouchard. Il avait les yeux petits, le nez trop gros, la bouche trop large, enfin il était charmant. Elle avait été feuilleter le répertoire des présents : Bouchard Marcel, classe 1918, 8e génie, électricien, recrutement de la Seine, balle dans la cuisse. » Elle avait noté cela sur son calepin, souriant qu'il s'appelât Marcel, un nom si peuple. Elle n'avait pas cherché à connaître son nom d'âme.

Un soir, à dîner, parlant des grosses pertes dans l'Oise, un major dit : « Il y a des sacrifices nécessaires. » Ce mot entra en elle inaperçu. Deux heures après, il remontait. Elle tressaillit : « Il y a des hommes, dans un hôpital, dont une infirmière ne doit pas s'occuper, si elle veut que les autres soient bien soignés. Partout il faut des sacrifices : dans le dévouement, comme dans la stratégie, comme dans l'art... »

L'idée l'exalta. Mille idées affluèrent : « Sont-elles dévouées, celles qui soignent aussi bien Pierre, et Paul, et Jean ? qui ne mettent rien de personnel, rien d'intime dans leur action ? Joli plaisir pour Pierre de se dire que ces bontés qu'on a pour lui sont une sorte de matériel de secteur qui reste à la disposition de l'hôpital et dont bénéficiera également l'inconnu qui le remplacera dans son lit ! Puis à s'attacher à tous on se disperse, on n'en connaît plus aucun ; oui, il faut une élection, il faut une sorte de sympathie physique, il faut qu'on puisse dire : « Mes soldats » comme on dit : « Mon soldat ». Et d'ailleurs l'un appelle l'autre, car c'est toute la masse qui bénéficiera bientôt de ce sentiment conçu d'abord pour un seul. Si on vous demande : « Que pensez-vous de vos poilus ? » vous ne répondrez pas : « Il y en a un qui est digne d'être aimé », mais : « Ils sont dignes d'être aimés. » Et quand vous aurez répété cela plusieurs fois, cela sera vrai...

Couchée sur le rude petit lit, respirant l'odeur forte du phénol, entendant le bruit étouffé des camions qu'on déchargeait dans la cour, Dominique Soubrier atteignait à ce haut point de la volupté cérébrale, quand l'intelligence vole au secours de l'instinct. L'Intelligence volant au secours de l'Instinct, quel sujet d'allégorie pour le plafond du cabinet chez Alban ! Et si une voix l'interpellait : « Mais ce que tu demandes là, c'est de l'amour ! » — « Oui, se répondait-elle d'un air docte, de l'amour dans le sens où les Grecs disaient : l'amour entre le fer et l'aimant. » Comme il arrive quand ce que nous enfantons est dérisoire, elle sentait le besoin de mettre en formule ses mouvements, de construire autour d'eux toute une dogmatique, selon les mœurs des intellectuels. Tout cela sur le rude petit lit, respirant l'odeur du phénol, entendant les camions et aussi, dans la salle voisine, les gémissements. Et chacun de ces gémissements lui faisait quelque chose qui n'était pas du mal, non, qui n'était pas du mal.

Le lendemain matin, en entrant dans la grande salle, un extraordinaire sentiment de liberté la soulevait. Tout devenait facile, car il lui était possible de s'avouer désormais sans scrupules que les trois quarts de ces garçons lui étaient indifférents.

Leur guérison, leur retour au feu, leur situation d'après-guerre lui étaient indifférents, mais elle aimait leur genre, leur bonne humeur, elle se sentait contente au milieu d'eux; reconnaissante au plus infime qu'il lui adressât la parole, elle se sentait contente de s'affaiblir de tout le pouvoir que l'on donne sur soi à des êtres insignifiants. Quand ils étaient tous rassemblés, elle choisissait, selon leurs visages, ceux à qui elle se fût dévouée et ceux qu'elle eût laissé mourir. Elle était pleine de pitié et de peur pour celui-là, pour celui-là, pour celui-là, — bourdonnant autour de leurs êtres comme une guêpe enfermée le long d'une vitre. Et il lui semblait que son inclination pour ces trois se répandait sur la masse entière. Chaque fois qu'elle touchait l'un de ces trois points, son inclination prenait de la force et rayonnait alentour pour les autres. A cause de ces trois-là, et à cause d'eux seuls, Dominique se sentait capable de faire du bien à tous.

Au-dessous de cette petite sympathie vivait un absolu détachement. Ce détachement maintenait le lien entre sa vie d'hier et celle d'aujourd'hui. C'est à cause de lui qu'elle ne s'inquiétait pas en voyant germer de soi ces soucis et ces gestes inattendus. Elle se trouvait installée dans ce qui avait toujours été l'objet de son dégoût, trouvait tout simple d'être là et de s'y plaire, parce qu'elle se sentait en sécurité sous le bouclier d'un « Je n'aime pas ». Mais à la pensée d'Alban elle prenait peur. Elle en conclut que moins il y aurait de sentiment dans son commerce avec les soldats, plus elle serait fidèle à son idéal. Par une étrange aventure, c'était un certain cynisme qui devenait la sauvegarde de sa dignité.

Un jour que Bouchard et les autres épluchaient des pommes de terre, elle les regardait : c'était au fond, toujours, son véritable plaisir que de regarder. Ils jouaient à se bombarder avec les épluchures. Bouchard en recevait beaucoup ; très vite, il se baissait pour les ramasser et les renvoyer. Riant, surexcité, essoufflé, tout à coup un vilain mot jaillit de sa bouche comme en eût jailli un cri inarticulé, et ce mot, s'échappant comme malgré lui, prenait une intensité merveilleuse de passion. Et, pour la première fois, Dominique fut émue.

Au même instant Bouchard l'apercevait, venait vers elle, lui demandait à voir *L'Illustration*, où l'on parlait de son régiment : dans une salle restaient sous clef des livres et des revues dont les soldats pouvaient disposer à de certaines heures. Elle répliqua qu'il était trop tard, l'accès de la salle était à présent interdit.

Il fit signe que cela ne faisait rien, avec un mouvement de la tête un peu voyou. Elle sourit. Ils y allèrent.

Elle lui donna l'illustré. Ils dirent quelques mots. Vaguement elle mettait en ordre, plutôt mettait en désordre l'armoire. Alors il tourna les pages et lut.

Elle s'approcha de lui, étala sur son épaule tout l'avant-bras, et, se penchant au-dessus de lui, elle feignit de lire. Un fameux article ! Si elle avait su seulement de quoi il s'agissait !

Elle voyait de tout près ses cheveux secs, elle aimait la façon dont ils finissaient sur le derrière de sa tête, haut, récemment coupés, dégageant beaucoup la nuque fraîche, qui donnait ainsi une sensation de nudité. Elle se dit : « Si je me baissais de dix centimètres, ma bouche toucherait son cou et il la sentirait à peine. » Elle eut conscience que pour faire cela elle devrait tourner la tête, afin que son visage pût s'emboîter dans le creux du cou, elle se dit que sans doute ces cheveux, qui portaient encore la marque des ciseaux, devaient picoter un peu, elle s'imagina dans l'acte de passer son doigt dessus en les rebroussant, ou bien de gratter un peu, pour voir s'il ronronnerait comme font les chats (elle lui trouvait des yeux de petit chat). Elle avait l'impression qu'il ne dirait rien, qu'il sourirait peut-être. Elle le sentit presque sa chose, si proche, si peu défiant, tout contre elle et sans odeur.

Instant fruste et doux. Autour d'eux quel silence! quelle réelle solitude! Cependant l'air était périlleux, les baies vitrées ouvertes sur la cour, la porte ouverte sur la maison. De partout peut-être on les épiait. Mais s'en fût-elle aperçue, qu'elle n'eût pas eu la force de s'arracher. Même, elle ne pouvait imaginer un cas où lui en vînt la volonté.

Il bougea un peu, elle retira son bras. Quand il fut de nouveau immobile, elle le remit, sans une hésitation. Ceci à plusieurs reprises. Sa prudente audace!

La lecture finie : « Allons », dit-il en se levant. Puis lui demanda : « Vous venez ? », et ils sortirent.

Elle n'avait jamais cru que la sensualité fût un mal, mais seulement la sentimentalité. Le plaisir qu'elle avait tiré de Bouchard l'amusa et ne la troubla pas. Elle eût vu des amants se tenir la main qu'elle les eût comme autrefois vilipendés.

« N'aurais-je pas dû parler ? se demandait-elle, lui dire de ne pas souffler mot ? Ou si c'était, au contraire, maladroitement attirer l'attention ? » Elle était un peu oppressée quand, le lendemain matin, ils furent tous rassemblés pour la visite. Assis dans son lit, avec sur le couvre-pieds ses culottes encore rondes, faites à ses cuisses, Bouchard causait avec son bon camarade Carton, et plusieurs fois Carton la regarda. Elle trembla qu'il n'eût parlé. Quand le major fit des observations à la cantonade, de sorte que les deux compagnons durent se taire, elle respira ; mais lorsqu'il commença le tour de la salle, s'arrêtant auprès de chaque homme, et que Bouchard se tourna vers son ami, elle entra en désarroi. Pouvait-elle vraiment aller leur demander le silence ? Ne serait-ce pas un aveu de quelque chose qui, sans cela, n'avait peut-être pas existé ?

Lorsqu'elle était entrée il lui avait souri devant tous ; elle avait soutenu son sourire sans y répondre. Mais quel effort ! D'ailleurs peine perdue, son regard avait été tel qu'une pression de mains.

A présent c'était lui qui la regardait, — longuement. Déjà elle connaissait bien chez lui cette insistance dans le regard, qui lui donnait par instants une pointe de strabisme. Les paupières baissées, profondément absorbée dans une feuille de température, elle tendait tous les muscles de son visage pour le maintenir impassible, mais elle sentait le sang battant lui monter à la face, comme une nuit qui obscurcissait son cerveau. Elle devinait autour d'elle les yeux plissés, madrés de ces petits campagnards qu'à cette heure elle redoutait tant. Elle se disait : « Que pense-t-il de ce que j'ai fait ? Sait-il seulement que cela a existé ? » C'était une question d'espèce, peu lui importait qu'il fût ou non intelligent. Elle pensait qu'il était « un peu au-dessus de la moyenne ». Mais parfois, à quelqu'une de ses paroles, il avait tourné vers elle un regard interloqué, choqué peut-être, et elle avait été gênée qu'il n'eût pas l'entendement plus vif.

Mais lorsqu'en se levant il la croisa, il se mit à siffloter d'un air dégagé. Alors elle comprit qu'il savait et qu'il dissimulerait, et elle eut une poussée d'amour, non pour n'importe quel Bouchard, mais pour Bouchard dissimulant. « Seulement, quel gosse ! Il sifflote pour avoir l'air naturel. Il va nous perdre avec ces candeurs. » Elle entrevit une éducation à faire. Elle était rouge à en cligner les yeux. Se baissant, elle feignit de renouer un lacet, pour qu'on s'expliquât ce sang à ses joues.

L'après-midi, à l'heure où « on ferme », ils étaient tous en bande dans la salle de lecture. Doucement elle les poussa dehors. Quand elle vit le petit électricien tout simplement rester en arrière, montrer qu'il ne s'agissait pas de lui, cette complicité la combla de satisfaction. Enfin les hommes l'appelèrent :

— Hé, Bouchard, tu viens ?

Elle dit :

— Vous savez bien que Bouchard aide à ranger les revues.

Ce fut son premier abus de pouvoir. On ne goûte pas de cela impunément. Elle en sera intoxiquée pour la vie.

Mais quand elle le vit s'asseoir et lire, comme l'autre fois, et qu'elle, lui tournant le dos, déplaça au hasard des livres dans l'armoire, comme l'autre fois, elle sentit avec violence la lassitude des circonstances identiques, le besoin de quelque chose de nouveau, et en même temps ce qui l'avait laissée calme la veille, plutôt même amusée, aujourd'hui la désordonnait. Elle battait et ses doigts étaient égarés. Elle dit, regardant ces doigts empoussiérés par les vieux livres :

— On se salit, ici, c'est un bonheur.

— Vous trouvez ça un bonheur ! jeta-t-il, dans un sursaut de garçon bien lavé. Cependant elle aimait beaucoup ses mains à lui, jamais tout à fait propres, un peu gonflées par le travail, avec de jolis ongles rectangulaires.

— On étouffe, soupira-t-il après un instant, sous la lourde journée orageuse.

A ces mots, face à face, l'occasion lui apparut. Admirable d'instinct, d'opportunisme, elle dit avec autorité :

— Je vous conseille d'enlever votre veste. Vous savez ce que le major vous a dit : « Tu es encore faible, évite tout ce qui peut te fatiguer. » Rien n'affaiblit comme de transpirer...

— Ah, voilà ! fit-il, sans qu'elle comprît bien le sens de cette exclamation. Alors elle se rappela une servante qu'elle avait eue, et qui disait de même, sans raison : « Ah, voilà ! » Elle eut pour lui un dégoût délicieux. Elle pensa aussi : « A certains moments, il y a dans son visage quelque chose de laid que j'adore. »

Et puis, tout de suite, elle le vit obéir, si docilement, enlever sa veste, et quand elle vit cela, comme si elle oubliait qu'elle le lui avait presque ordonné, elle crut à une sorte de provocation. Et le sentant là au milieu de la pièce, chose préparée et utilisable, avec ses yeux de petite bête intelligente, elle allait d'armoire en armoire, comme pourchassée, sans se tourner vers lui, à la façon d'une boule de billard qui ricoche d'une bande sur l'autre en intersectant les coins.

Tandis qu'il lisait, elle demandait, sans le regarder : « C'est intéressant ? » et d'autres questions perdues, par quoi elle préparait le geste de venir lire au-dessus de lui. D'un coup elle vint.

Sans hésiter elle referma les doigts sur sa bretelle, et ensuite, hardiment, glissa la main dessous, entre la bretelle et la chemise. Sa main monta, erra, s'arrêta enfin, enchantée. Elle sentait l'odeur de la chemise fraîche, elle sentait la chaleur humaine, traversant la toile, entrer dans sa paume bien appuyée, et cette chaleur se répandait, faisait une atmosphère qui la tenait dans son rayonnement. Elle lui parla en riant d'un grain de beauté qu'il avait sur le cou. Il y mit le doigt avec un geste charmant, comme pour s'assurer qu'il était toujours là. Et dans ce soulèvement de son bras elle sentit sous sa main un trou se creuser, un muscle fuir. Presque calme, avec la certitude d'un plaisir soutenu, jamais pressenti, jamais approché, elle restait là, le remerciant en silence, passionnément, d'être si immobile, de ne rien faire pour se dégager, rien non plus pour souligner. Et ce qu'elle avait vécu, ce qui cessait, ce qui commençait entraient en fusion dans cette joie éclatante.

Tout cela sans le regarder, sans savoir quel visage il pouvait faire.

Des pas résonnèrent. Précipitamment elle retira sa main.

— Ah, Bouchard ! Voilà donc pourquoi on ne vous trouvait pas !

Le major ! Elle pressentit l'inévitable. Mais comme le taureau parfois arrive sur le torero à découvert, donne un coup de corne dans le vide et passe sans l'avoir touché, le docteur, ayant ainsi effleuré, poursuivit. Il donna des explications, devint paternel et technique. Dominique se souviendra toujours de cette scène. Tandis qu'il parlait, elle avait le regard des gens qui sont très attentifs pour comprendre, en apparence dans le vague, au-delà de lui. Mais ce regard n'était pas dans le vague : il était ardemment fixé sur Bouchard qui se trouvait derrière l'homme, et cette communion par-dessus le péril, ces histoires de pansement auxquelles elle faisait oui de la tête tandis qu'elle s'élançait toute hors de soi-même par les yeux vers le donateur de sa joie, l'enivraient. Ils quittèrent la salle tous trois ensemble.

Dans toute sa vie d'hôpital peu à peu se glissa quelque chose de soupçonneux et de gêné, parce qu'elle craignait de laisser voir qu'elle y trouvait un plaisir secret. Après avoir crié bien haut son enthousiasme et étalé son zèle, elle crut prudent d'affecter une certaine indifférence : indifférence très nuancée, dont on devait comprendre qu'elle s'appliquait non à sa tâche mais aux personnalités des hommes ; on devait connaître son dévouement mais croire qu'il lui était pénible. Elle ne parla donc plus des blessés qu'en termes cliniques ou administratifs. Elle surveilla ses gestes, exagéra la froideur, en public, avec ceux qu'elle préférait, comme si chacun devait penser, ainsi qu'elle le pensait des autres infirmières, qu'elle ne pouvait se trouver ici que pour un motif inavouable. Toutefois, d'instinct elle flairait les pures, et ses propres entraves accroissaient son animosité envers elles, qui pouvaient se permettre tout impunément. En même temps, comme on l'imagine, elle se rapprochait de ces gens-là, faisait des avances, donnait des gages, se ménageait des amis pour l'éventualité. Du moins elle tentait tout cela.

Dieu sait pourtant si elle y eut du mérite ! Elle les détestait. Entre elle et le chien de l'hôpital, elle trouvait moins de différence qu'entre elle et ces femmes. Naturellement, leur bon cœur, leur dévouement, leurs sacrifices, parfois leur courage, elle ne voyait rien de tout cela. Ce n'était pas dans son génie.

Mme Verlet elle-même, qui lui était sympathique les premiers jours, donna lieu à un trait amusant. Dominique avait écrit à son père : « Cette Mme Verlet est sympathique. Qui est-ce ? etc. » Quand elle reçut la réponse : « Je suis content que Mme Verlet te plaise... » elle la lut en ricanant, car le temps que voyageassent les deux lettres, elle l'avait déjà prise en horreur. Elle la bafouait ouvertement, singeait ses mines pleurardes, car la malheureuse venait de perdre un de ses fils. Au surplus, Mme Verlet était dévote, et Dominique, libre penseuse, avait pour le catholicisme plutôt de la nausée que de l'indifférence. A la table que préside la vieille dame (elle se mouche, elle toussote, elle renifle, elle soupire, elle s'humecte les lèvres et on entend ses lèvres sèches dans leur acte de se décoller), Dominique se détournait pour ne pas voir ce masque ravagé de sainte Monique, avec cette même répulsion de toute la chair qui faisait se détourner des cadavres les dieux grecs : « Cadavre ! Saleté ! Cadavre ! Je hais ta souffrance ! » Autant elle aimait la souffrance des jeunes gens, autant elle exécrait celle-ci. Alors un geste montait d'elle, une caresse ébauchée, et sa main retombait sur n'importe quoi où elle restait comme sur de la chair, sur le col d'une bouteille où elle restait, comme sur un cou de chair.

Ah, l'admirable, l'adorable premier contact avec la vie ! Chaque jour elle s'instruisait, se modifiait un peu, se conformait un peu plus à *ce qui est,* sentant toutes les parties d'elle qui étaient rigides et construites s'assouplir et s'adapter. A la maison, quand on parlait de certaines intrigues de la « vie parisienne », quand elle lisait certains romans, elle se disait, n'ayant pas l'imagination de l'événement, que dans une vie à ce point complexe elle serait toujours maniée sans pouvoir manier elle-même. Et voici qu'aujourd'hui, plongée dans cette vie, elle y manœuvre d'instinct avec la souplesse et la ruse de ces vieux renards qui l'émerveillaient. Un seul petit détail à corriger : sa voix baisse encore un peu quand elle ment.

Elle aima, elle bénit les rendez-vous, les inquiétudes, les signes (ô signes !), toute la menue stratégie : quand l'un, de l'autre bout de la salle, lève les mains, doigts écartés, en souriant, pour signifier : « Dix... je vous verrai à dix heures » ; quand elle s'offre pour faire une commission (qu'elle est serviable, Mlle Soubrier !), mais c'est seulement pour pouvoir entrer dans la salle B, et rencontrer le regard d'Hérivel ; quand elle classait des fiches et Bouchard entre : « Je vais faire une petite promenade. Voulez-vous m'accompagner ? » : avec folie elle défait son travail d'une heure, pousse pêle-mêle dans le tiroir les fiches si bien classées... Tout cela, loin de l'humilier par sa mesquinerie, l'enorgueillissait. « Je vis ! je vis ! se criait-elle, je suis seule à vivre au milieu de ces sottes ! » Étouffant de mépris, un impétueux dégoût exaspérait ses contentements.

Délicieux départs à l'anglaise, avec ce garçon ! Elle lâchait tout, les autres se débrouilleraient. Quelle volupté de ne pas se mêler, d'être à côté, d'être dans du travail tout fait, dans le travail des autres ! Remettant sans cesse au lendemain, rudoyant ceux-ci et ceux-là, comme enivrée, comme obscurcie d'ivresse par son manque de conscience, elle fonçait à travers les devoirs avec sa seule idée fixe. Comme tout tombait dès qu'il s'agissait de son plaisir ! Pas même de son plaisir ; comme tout tombait par son seul goût de rejeter ! Rejeter ! Rejeter ! Son geste essentiel était bien celui de rejeter ! S'évader, glisser non seulement hors des soucis et des responsabilités et des obligations, mais hors de *tout* ce qui ne vous est pas agréable !

Chaque ordre qu'on lui donnait, elle en était sincèrement révoltée, comme d'un empiétement ; le seul fait de devoir plier elle-même ses affaires en se couchant lui apparaissait presque une brimade, au moins une insupportable perte de temps, que ne compensaient pas les vingt-deux années de sa vie qu'elle avait passées à ne rien faire. Elle finit par n'avoir plus d'autre règle dans le service que celle-ci : en faire le moins possible. « J'ai une âme de domestique », se disait-elle. Et seule sa situation un peu à l'écart l'empêchait d'aller le crier partout, tellement elle avait d'enthousiasme à découvrir en soi une bassesse, une vilenie spontanées. Ainsi, dans cette maison de douleur, où ses compagnes viennent pour se donner, véritable poids mort et inerte elle se laissait aller dans la joie sur l'effort de tout ce qui n'était pas elle, consommant sans produire, recevant tout et ne donnant rien. Mais en vérité, que pouvait-elle contre cette impossibilité foncière de prendre intérêt à autre chose qu'à soi ? Pas plus que ne peuvent, pour rester impassibles, ceux qui ont dans le sang de se dévouer.

Ses manières devinrent étranges. Sa fantaisie, son arbitraire, sa passion de favoritisme et de passe-droits, son impuissance à supporter ce qu'elle n'aimait pas, sa façon de rompre selon l'occasion avec ce qu'elle affirmait le plus, tout ce qu'il y avait d'âpre et d'excessif dans sa nature fut accompli. Plus que jamais elle fut inégale, à la merci des heures, sans aucune direction. S'en fût-il trouvé là, elle eût durement fait souffrir des êtres qui l'aimaient. Elle sentait bien, d'ailleurs, qu'elle dépassait la mesure. Portée à tout s'exagérer, elle imaginait que le moindre de ses actes était un sujet de conversations. Et pourtant, de même qu'en cette heure où, appuyée sur le jeune homme, elle savait qu'ils étaient peut-être épiés et elle restait, pour rien au monde elle n'eût renoncé à ses satisfactions.

Même, en quelque sorte, elle les régularisait. Elle se fit la charmante joie d'apporter à Bouchard des cigarettes, des friandises, puis peu à peu tout ce qu'il demanda. Il ne se fit pas faute de demander, et elle comprit vite qu'il considérait ces menus cadeaux comme un dû. Mais que lui importait, à la Dominique, que diable lui importait s'il n'avait pour elle que cette sorte d'intérêt ! Ce qu'elle recevait de ses propres générosités, c'était sans doute le contentement de lui être agréable, d'affirmer sa supériorité sociale, de dépenser, etc. C'était aussi celui de le lier par un marché, un donnant-donnant, un moyen de pression. Cette introduction d'une idée mercantile dans leurs rapports, loin de la choquer, lui souriait. Elle simplifiait les choses, les libérait de toutes délicatesses par un rapide règlement de comptes. Surtout Dominique affirmait par là, une fois de plus, ce mépris pour le sentiment, qui lui permettait de se croire intacte. Et puis, quel amusement! ces cachotteries pour des cigarettes et, quand elle brosse ses culottes, ces poches qui ont toujours une odeur de chocolat...

D'ailleurs elle attachait de moins en moins d'importance à se croire intacte. Sa façon d'être avec Bouchard était exactement ce qu'elle avait toujours méprisé? Eh bien, mais c'était cela qui était drôle! « Si j'en voyais une faire ce que je fais, quel haut-le-cœur! Tourner autour d'un soldat! lui donner pouvoir sur soi! Mais elles, c'est mal. Moi, c'est bien. » Ces énergiques simplifications l'enchantaient. Perdre une occasion d'agrément afin d'accorder sa vie à ses principes lui semblait le fait d'une dangereuse malade. Soit, elle était incohérente, puisque l'objet et son contraire la recevaient tour à tour; mais l'élan de s'abandonner sans scrupules à l'un et à l'autre, parce qu'ils s'étaient assez justifiés en lui plaisant, cet élan-là restait toujours le même et faisait l'unité de ses états disparates. Prenant conscience de cela : « Mais c'est de l'Alban tout pur! » se disait-elle. En une seconde elle mesurait alors combien il avait déteint sur elle, combien il l'avait fait se réaliser. Et elle se rembrunissait, ne se sentant plus assurée à l'égard de soi-même.

Elle regardait les autres garçons, aussi, quelquefois. Quand, à la lecture du communiqué, elle en voyait « faire du mauvais esprit », elle se disait (singulière psychologie!) que leur moralité devait être sur tous les points également basse, que peut-être, à l'occasion, ils fermeraient les yeux comme les fermait Bouchard. « Chères petites canailles », songeait-elle, fondant d'amour, de plaisir, de quelque chose.

On comprendra que de la sorte, ne quittant guère les bords de l'infraction, elle évitait les majors, se troublait comme un écolier si elle rencontrait l'un d'eux, attendant sans cesse qu'il lui fût signifié qu' « on ne désirait pas voir se prolonger son séjour à l'hôpital ». Elle s'imaginait le jour de la tempête, semblable à ces tiges de caoutchouc des salles de boxe, qui fléchissent en tous sens sous vos coups redoublés, mais toujours à la fin se remettent droites. « Dans ce cas, mademoiselle, nous vous rendons votre liberté. Nous nous sommes trompés sur vous. Nous croyions avoir affaire à une jeune fille du monde... » — « Monsieur le médecin-chef, je vous promets que désormais je vous donnerai toute satisfaction. Je pourrais peut-être rester huit jours encore à titre d'essai... » Elle discernait bien qu'il y a une démesure dans la platitude dont n'est capable qu'une démesure dans l'orgueil. Se souvenant du proverbe japonais : « La victoire est à celui qui peut tenir un quart d'heure de plus », elle le modifiait ainsi : « à celui qui peut se laisser insulter un quart d'heure de plus ». Et chaque jour, à chacune de ses peurs, la scène lui jaillissait à l'esprit et comme à la mémoire avec le relief d'une chose déjà vécue, moitié volupté et moitié cauchemar.

Elle retrouvait là, poussé à l'extrême, ce goût de plier qu'elle avait mis à présent dans toute sa vie. Dominer en pliant. Plier pour conserver sa tranquillité, plier aussi parce qu' « elles sont trop sottes, je ne m'opposerai à rien de ce qu'elles veulent ». Cette dernière raison lui donnait par surcroît le plaisir de collaborer à une injustice, à cette victoire des médiocres qu'Alban lui aussi voit se faire sur le front (où un officier froussard, par exemple, on est bien obligé de le renvoyer à l'arrière).

Toutefois, presque toujours, du fond de ses craintes, Dominique en revenait au mot qui avait été celui du duc de Guise : « Ils n'oseraient. » Elle s'énumérait les relations des Soubrier, mesurait leur surface dans la société : le ministre avait dîné chez eux il y a deux mois... le général... Elle sentait alors combien tout cela, qu'elle avait tant dédaigné lorsqu'elle était hors de la vie, avait au contraire d'importance. Non seulement cela retardait le scandale en éloignant les soupçons ; mais, le scandale éclaté, ce serait peut-être un de ces hommes qui l'étoufferait, à qui elle avait tourné le dos hier si insolemment. Et la nécessité de flagorner lui apparut, versa dans tout son avenir une liqueur nouvelle. Rien ne déniaise comme l'attente quotidienne d'un cataclysme.

Cela dura jusqu'au matin où, entrant dans la salle, Carton l'aborda avec ces mots : « Vous savez, Bouchard est sorti. » Que signifiait cela ? Pourquoi lui parler de Bouchard ? Que lui importait Bouchard ? Alors le premier venu (ce fut Mainadier), elle se montra avec lui, demanda partout s'il était digne d'intérêt, lui fit promettre une place de jardinier chez un oncle, à son retour. En même temps la saisissait une frénésie d'hypocrisie. « Vous savez ce qu'est pour moi l'hôpital... grande famille... » etc. Bruit merveilleux que faisaient ces paroles, tandis qu'elles couvraient ses ricanements ! Ainsi sa vie devint faite de relâchements et de reprises, imprudence et comédie par à-coups.

Elle songeait parfois que la guerre finirait, qu'en une semaine cette gentille camaraderie avec le peuple serait devenue anormale et *déplacée* aux yeux du monde, que tout pont serait coupé entre ce peuple et elle, que jamais elle ne pourrait lui dire *tu* et dans ce tutoiement mettre une âme, que toute cette liberté et cette bonne simplicité ne seraient plus. Et par avance montaient en elle une nostalgie de cette promiscuité et un vœu candide, qu'elle écoutait, qu'elle ratifiait, dans la même minute où elle voyait le sang et entendait les gémissements : que la guerre ne cessât pas avant le jour — inéluctable — où elle serait fatiguée de tout cela.

Qui ne dira : Mauvaise Dominique ! Mais d'autres en soignant, elle en vivant, elles ont fait vivre. Remercions-les toutes.

Le 20 juin, le désir de lui donner un baiser se précisa en elle. Un baiser par-derrière, sur le cou ; parce que c'est son cou qu'elle connaissait le mieux, et de plus près ; et parce qu'ainsi, ne voyant pas dans cet instant l'expression de son visage, elle avait l'impression (étant femme, malgré tout) que ç'avait beaucoup moins d'importance. Elle l'imaginait très bien se laissant faire, riant un peu, peut-être. Il ne provoquait jamais, ne repoussait jamais. Il avait un style tout à fait particulier.

Cette idée de baiser commença de lui empoisonner leur tête-à-tête. Elle se disait que jamais pareilles circonstances ne se retrouveraient, que le temps passait et que tout allait être fini. Pendant et après elle se maudissait. Elle *voulait* avoir la volonté ou l'audace de s'y décider la prochaine fois. Il le fallait. Il fallait à tout prix que cela s'accomplît. Elle s'assignait le lieu et l'heure...

Toutefois elle sentait bien que sa timidité n'était pas seule fautive. Elle se voyait faisant cet acte avec de l'énergie, un aveuglement brutal, mais la sensation qu'elle imaginait n'était jamais celle du plaisir. Elle sentait bien qu'il lui apparaissait, cet acte, — mais pourquoi donc ? — moins comme un agrément que comme l'accomplissement d'une sorte de devoir, qui ne calmerait que sa raison ; ce qui serait satisfait, ce ne serait pas le désir d'un visage, mais l'idée de ne rien laisser perdre et de n'avoir rien à regretter. Elle était inquiète de ne pas faire l'acte, mais le seul bénéfice à le faire serait de n'être plus inquiète. « Comme j'aurai faim, se disait-elle, quand ce sera fini. » Exactement, il y avait obsession, non tentation.

Le 23 juin, un petit fait, de ceux qu'apporte le hasard, la poussa à une démarche qu'elle n'eût jamais envisagée sans lui.

A dîner, Mlle Roselier, une des infirmières, parla des sections du « Foyer du Soldat » qui, dans les villes proches du front, vont donner des représentations au régiment du secteur le plus voisin. C'est ainsi qu'hier la section de Lunéville avait été donner une séance à Gemaincourt, que, le 28, celle de Saint-Dié irait à Granrupt... Dominique sursauta.

Elle savait la difficulté qu'ont les femmes à parvenir sur le vrai front. Surtout elle n'avait jamais senti le besoin vif d'aller rejoindre pour quelques heures Alban. Mais cette fois (et d'autant plus qu'une auto de liaison allant à Ch..., c'est-à-dire à mi-chemin, passait chaque matin devant l'hôpital), pouvait-elle dédaigner l'occasion ?

Elle s'informa, parla d'un proche parent, le compagnon de jeux de toute son enfance... On fut très aimable ; au point de l'en rendre un peu honteuse, elle qui les avait tellement rabrouées ! Une permission de quatre jours pouvait lui être accordée : quant à user de l'auto, rien de plus facile. Mais à Ch..., gros bourg, trouverait-elle une autre voiture ? Et au prix de quels tracas ? Après combien de temps ?

Elle balança toute la matinée du lendemain. D'une

part la circonstance était précieuse, et par surcroît Mlle Roselier, qui connaissait quelqu'un au « Foyer » de Saint-Dié, lui offrait un mot d'introduction. Mais, d'autre part, la perspective des difficultés à Ch..., et puis le projet qu'elle avait fait de sortir dimanche avec Bouchard, la rendaient indécise. Dimanche... Elle se voyait, une fois seule avec lui, lui tenant le bout du coude et s'amusant à faire rouler l'os, ou bien lui serrant le bras très haut, sous l'aisselle, serrant son bras fort. Elle avait quelque peine à ramener son esprit sur Alban. L'autre plaisir lui avait décoloré l'univers.

A midi elle vit Bouchard. Comme il la quittait pour la journée, allant à quelques kilomètres de là, dans un centre de mécano, elle lui dit au revoir. Et lui, après son au revoir, d'ajouter : « Pensez à moi », puis se reprenant et faisant la liaison, comme on enseigne à l'école : « Pensez-*z*-à moi. » Elle en fut touchée. Déjà, tout à l'heure, il avait eu une façon d'éternuer si enfantine qu'elle en avait été prise de tendresse, prise de tendresse et prise de la joie d'en avoir. Et elle résolut de rester.

Brusquement, à sept heures, peut-être seulement parce que l'image l'avait traversée de la grande voiture roulant vide jusqu'à Ch..., elle décida de partir. En une seconde cela fut décidé sans retour. Mme Verlet était introuvable. Il fallut courir partout. Elle eût été déchirée si un empêchement fût survenu.

Le lendemain matin elle filait sur la route de Ch... Le chauffeur était insignifiant.

VII

UN JEUDI SANS FIN

Un matin, pour la première fois, la compagnie d'Alban fut sérieusement bombardée. Alban fit bonne contenance. Mais le temps lui parut long.

Il songeait, le calme revenu : « Quand le sifflement descendait sur moi, et qu'en une seconde je pouvais être jeté dans l'éternité, je n'ai eu ni une pensée religieuse, ni un repentir, ni un élan vers aucun de ceux que j'aime. » Depuis le jour qu'il avait décidé de venir au feu, il ne s'était pas arrêté une seule fois sur l'idée de la mort, il n'avait écrit à personne, rédigé nuls papiers testamentaires.

Et cependant, c'était bien ensemble l'intelligence du danger et l'appétit du danger qu'il rapportait de cette alerte. Il se réjouissait d'avoir senti enfin la peur de la mort. C'était un très beau sentiment, très émouvant. Comme un homme qui a longtemps vécu dans un élément qui n'est pas le sien, s'y est habitué et n'en souffre pas, mais s'il goûte un jour de son élément natal, il ne peut plus vivre dans son présent état ; ainsi Alban ne se sentait plus vivre que dans l'éréthisme que donne le danger. Là était l'atmosphère qui lui était favorable, celle de son meilleur rendement.

Sans doute, pour ce baptême du feu il n'avait pas

gardé tout son sang-froid. Mais c'est qu'alors il avait été surpris. Dans le danger qu'on recherche par un acte de volonté, une merveilleuse exaltation de la vie lui venait, parce que là c'est proprement le jeu.

Quand il pointait sur le plan directeur une piste bien en vue, et la prenait de préférence aux autres ; quand, voyant un obus tomber à deux cents mètres, il pressait le pas vers son point de chute ; quand il musait avec intention dans un lieu battu par une mitrailleuse, il sentait quelque chose de pareil, peut-on croire, à ce que demandent à l'ivresse certains artistes, une accélération de pensée, un flux de mémoire, un épanouissement d'images, jusqu'à des éclairs de pénétration pour telles âmes qui lui étaient un peu nocturnes, jusqu'à des explosions de joie créatrice qui lui faisaient s'écrier : « J'aurai beaucoup d'enfants ! », une plénitude dont il prenait conscience les yeux baissés, avec un sourire des lèvres closes, comme s'il faisait quelque chose de mal. Et c'est vrai que cette sorte de courage vous a des apparences de péché. Elle n'est pas qu'une forme de la curiosité de la vie, comme le goût du sacrifice n'est qu'une forme de la prodigalité de la vie : elle est l'envahissement de tout l'être par la tentation d'un acte, l'abolissement de tout ce qui pourrait y faire obstacle, et l'héroïsme n'est plus alors de voler à l'appel du péril mais d'y résister. Puis toute cette joie était couverte de sang. La guerre existera toujours, parce qu'il y aura toujours des garçons de vingt ans pour la faire naître, à force d'amour.

Cette menace plus proche de la mort réveilla sa sensualité. « Encore une fois avant de mourir ! Encore une fois et j'accepte de mourir ! »

A plusieurs reprises, son service le fit descendre au village pour la nuit. Il ne savait jamais, en descendant, qui lui donnerait le plaisir ce soir-là.

La nuit tombée, il se mettait en chasse. Comme certains animaux prennent en chasse une physionomie particulière, ainsi le jeune homme, à sa seule tournure, du premier aspect on eût reconnu son souci. Penché en avant, les bras pendants, marchant vite et les pieds un peu rentrés, du pas d'un homme qui a beaucoup marché dans la brousse, avec les traits figés dans le visage qui ne pivote pas, mais les yeux virent, virent, à droite, à gauche, et le visage est d'une admirable gravité ; tel il retrouvait peut-être les gestes des premiers ancêtres lorsqu'ils s'enfonçaient dans la forêt polychrome. Et ce qui le poussait, ce qui poussait tous ces hommes qui se dispersaient dans les fins de jours, ce n'était pas seulement la recherche de la joie brève, mais, dans l'être si longuement tendu pour détruire et toujours détruire, l'obscur besoin d'un simulacre de création.

Parfois la femme l'insultait. Miettes de pain lancées contre une forteresse : exactement, il est inhumiliable. D'autres fois c'étaient de brusques ténèbres, une horizontalité, la nuit de la bouche, le renversé visage consentant. Et puis le rapide départ, la volonté de ne savoir ni le nom ni le prénom, ni même l'apparence distincte de la face, la volonté que rien n'existe de commun entre eux que cette haute seconde aveugle et dévorée. « J'ignore qui j'ai aimé dans la nuit. » Et c'est vrai que souvent, ces esprits de la nuit, il eût été incapable le lendemain de les reconnaître.

Une fois ce fut dans les grandes herbes qui vous cachent. Une fois dans le grenier, et du foin s'élève une poussière qui les enveloppe. (Ah ! toute sa vie pour la minute dans le grenier, effrayante de bonheur !) Une fois dans la carriole nocturne, parmi l'odeur de chanvre des sacs vides, derrière le gros dos immobile du père qui feint de ne pas comprendre... Quels hennissements !

Ainsi se prémunissait-il contre l'atroce question dans l'agonie : « Ai-je usé suffisamment des êtres ? »

Pourtant, sous ses joies vivait un regret, celui de n'avoir pas tué. Quoi ! cette occasion de la guerre passerait en vain ? Et cela lui laissait un sourd sentiment d'infériorité, analogue à celui qui lui venait jadis en songeant que sur le ring, dans les championnats d'amateurs, il avait battu de ses adversaires aux points, il en avait forcé d'autres à abandonner, mais jamais il n'avait pu réussir un knock-out.

Une nuit, ils furent attaqués. Le réduit était tenu par de la gossaille. En secteur pour la première fois depuis cinq jours, cela se battit comme des diables, lançant la grenade avec les cris, l'excitation, les bousculades d'hier, quand ça se bombardait de boules de neige à l'école. Alban s'employa de façon un peu confuse, pas très efficace. Cependant il visa un personnage qui dépassait tous les autres par la taille, et qu'il prit à cause de cela pour un dieu. La grenade éclata. Dans le désordre il ne sut rien de plus.

Une autre fois, usant de la liberté que lui donnait son service de liaison, il pénétra pour s'amuser dans les lignes allemandes, tomba sur trois pépères qui ne soupçonnèrent pas sa présence, caché qu'il était derrière un talus. Si grand que fût son désir de les tuer, prudemment, devant leur nombre, il battit en retraite. Mais il grelottait de regret.

Une autre fois, étant dans la première tranchée, une balle lui siffla aux oreilles. Furieux, il sort son browning, s'élance sur le parapet, mais un camarade, le voyant dément, l'empoigne par les pieds. Il bascule.

Dans cet instant une balle traversait l'espace, à la place que debout il eût occupée.

C'est ainsi que, chaque fois, une gloire légitime lui était dérobée.

Le fait d'avoir avoué naïvement, à son arrivée, qu'il était passé sur sa demande du service auxiliaire dans le service armé et, sur sa demande, de l'intérieur dans ce régiment d'infanterie, avait créé chez les officiers une telle méfiance à son égard, qu'il avait compris que ses « héroïsmes superflus » devraient avoir pour condition le secret. Toutefois un fait insignifiant, mais qui eut un témoin, lui valut d'être cité à l'ordre du régiment. Il en eut du plaisir.

Un matin, en apportant la soupe, le cuistot lui tendit trois lettres :

— Le sergent de la coopé a ramené ça de Saint-Dié pour toi.

Il les prit, regarda les enveloppes, glissa l'une d'elles dans sa poche. Tout le temps de la soupe, elle resta là. Il aimait ces menus exercices de volonté, qui lui faisaient savoir si tout en lui fonctionnait bien. Il avait reconnu la petite écriture de Dominique, si intelligente. Ah ! vrai, on voyait tout de suite que ce n'était pas une lettre qui venait de Deauville !

Il lut les autres. L'une était de Marseille, d'une confrérie de pénitents — une des dernières de France — qui accompagne à la fosse commune les corps des condamnés à mort. On l'invitait à des cérémonies. Il ne put s'empêcher de penser qu'ici aussi il faisait partie d'un immense tiers ordre, peut-être plus grandiose que celui de là-bas ; qu'ici aussi il vivait près des condamnés à mort. Et il vit sa capote comme un froc.

La soupe finie, il sortit la lettre de Dominique, — et

en lisant son nom sur l'enveloppe il eut un étonnement amusé, comme s'il apprenait qu'elle savait son nom !

Mon cher ami,

C'est assez absurde. Je n'avais nulle raison particulière de venir vous voir. Mais une occasion s'est présentée et je pars.

Vous savez sans doute que, le 28, le Foyer du Soldat de Saint-Dié donnera à Granrupt une soirée pour votre régiment.

Je viendrai avec ces gens. Nous causerons un peu.

Je vous serre la main bien amicalement.

DOMINIQUE.

La surprise ! L'orgueil ! Elle, la fière fille, venue pour lui ! Mais dans le mouvement de son visage qui se relevait, ses traits tombèrent.

Où allait-il ? Où allait son fleuve ? Mais elle, avec tous ses biens, soudain là, elle faisait obstacle. Et un remous naissait de cette gêne, et un amoindrissement. Toujours il avait pris garde, dans ses relations avec les êtres, que les initiatives ne vinssent que de lui. Les êtres les plus aimés, que de fois il les éloigna, avec une sagesse cruelle, parce que ce n'était pas l'heure opportune ! Ainsi le choquait obscurément celle qui s'offrait, comme une ennemie de sa liberté. Et confrontant à cette lettre les autres, la religion, la guerre lui parurent toutes choses beaucoup plus agréables que Dominique.

N'importe, en relisant : « Oui, la fière fille ! C'est bien le mot qu'il faut. » Il aimait la sécheresse de ce billet, et ces courts paragraphes dont il sait, par expérience, que chaque « à la ligne » est un serrement du frein. Et sur le texte si voluptueusement froid, ce prénom seul qui, quoi qu'on fasse, met le sceau de leur intimité !

Il allait dans la tranchée, dans les boyaux, faisant rouler des douilles de balles, suivant au hasard l'étonnant dédale de ces lignes avancées, où on marchait dix minutes sans rencontrer un vivant. La mauvaise volonté des hommes, outrés que la relève pût trouver propre ce qu'eux ils avaient trouvé sale, la monstrueuse insouciance qui toujours leur fit préférer le péril à la peine d'organiser des abris, auraient fait de ces « défenses » d'affreux coupe-gorge, si l'ennemi n'avait pas eu un égal désir de justifier l'appellation du secteur : secteur de repos. Parfois la tranchée était obstruée, et pour y poursuivre il fallait grimper sur ses décombres, s'exposer au-dessus du parapet ; parfois elle était si large et érodée sur ses bords qu'elle avait plutôt l'apparence d'un petit chemin, où l'on devait marcher plié en deux ; parfois un tronc d'arbre était disposé en travers pour maintenir les parois qui glissaient. C'était là qu'Alban se trouvait engagé, entre les quatre parois d'azur et d'or éblouissants : jaune de soleil et de terre, bleu du ciel et des ombres. Et le contraste entre l'ombre glaciale où il plongeait son visage quand il se courbait, et le soleil brûlant qui le frappait quand il marchait dressé, était si vif qu'à chacun de ces passages il était pris d'un éternuement.

Le désir de relire la lettre fit irruption en lui, violent comme le désir de boire, en été. Dans la pénombre il la relut, et elle lui parut bien plus merveilleuse qu'au plein jour. Alors, peu à peu, le fait que cette fille était venue, qu'elle était là, à dix minutes d'auto du fauve royaume, loin de lui paraître plus longtemps une violation, souleva en lui cet orgueil de la vie qu'il connaissait bien. Il devint pareil à une montagne. Du haut de soi-même il vit les choses du monde bouger, s'ordonner autour de lui à la façon d'une limaille autour d'un aimant ; et les sommets de sa vie allaient s'allumant l'un après l'autre comme les feux de liaison des cohortes se répondaient dans la nuit romaine. Il vit qu'il avait durement lutté, mais que tout ce qu'il avait voulu, avec plus ou moins de persévérance il l'avait obtenu ; que les plus extraordinaires, fous rêves de bonheur qu'il avait faits, après des années, sans effort (sans joie non plus, quelquefois), ils s'étaient réalisés, — tous les fous rêves et les égarements qui montent en lui avec le jour. Il vit les êtres qu'il aime sans qu'ils le lui rendent et ceux qui l'aiment sans qu'il le leur rende, les ennemis ramenés à lui par sa valeur, et les amis changés par sa valeur en ennemis, et tous s'harmonisaient, se complétaient, se compensaient l'un l'autre, étaient également nécessaires ; et la pureté de tel petit camarade, l'impureté de Douce, la force de Dominique, la faiblesse de Prinet elles aussi lui étaient nécessaires, et pas une ne valait moins que l'autre ; et la richesse de sa nature avait concilié l'inconciliable, l'enthousiasme et le calcul, la brutalité et la culture, la dévotion et le dérèglement, l'amitié et l'amour ; et du bien, du mal, du plaisir, de la souffrance il prenait les quantités qu'il lui fallait, comme le peintre prend une touche de couleur sur sa palette...

Tout à coup une sèche détonation percuta l'air ; près de sa nuque, un bruissement, semblable à celui que fait la ligne quand la jette le pêcheur... Il plongea. Deux secondes plus tard, relevé, il voyait dans le parados, où venait de se ficher la balle, un petit trou d'où la terre coulait.

— Charogne ! cria-t-il. Sa main tressauta contre le fermoir de sa gaine à revolver. Il se jeta à droite dans un élément de sape, entendit du bruit, tourna au hasard, se trouva face à l'homme.

Il vit les bras levés, le visage blond. Il eut un éclair

de pensée : « Désarmé... prisonnier... » Puis, à bout portant, en pleine figure, lui tira dessus.

Si proche était-il que le corps s'abattit sur lui. Ils roulèrent; embrassement sans limites. Alban sentit contre soi la chose qui se raidissait, s'élargissait, s'en allait dans des proportions surhumaines, comme la femme au sommet du spasme. Se dégageant d'un coup de reins convulsif, il se glissa au-dessus de l'être; et il lui mettait les mains à la gorge, tandis que son genou droit, de toute sa force, lui bourrait le ventre et les parties. Enfin il devina qu'il était mort. Un instant encore il continua d'étrangler ce mort.

Il se redressa, restant agenouillé.

L'Allemand avait une trentaine d'années. Son visage était intelligent et noble, avec la courte barbe en éventail, blond de la blondeur du beurre ou de l'huile. Jamais Alban n'en avait vu de si fier à un simple soldat, chez nous.

Au fond de lui quelque chose se mettait à sourdre, et cela coulait, coulait. C'était une antique haine, venue de très loin, de très bas, parce que cet inconnu était né à droite d'un poteau frontière, alors que lui, Alban, était né à gauche; c'était une détestation vive et personnelle comme si cet homme lui avait volé son argent, l'avait humilié, l'avait frustré d'une femme. Cela se formait dans le plus bestial de sa chair, dans ces mêmes entrailles d'où naît la volupté, s'amalgamait à d'autres sentiments — celui de la pitié, celui de la joie, celui d'une ineffable délivrance —, devenait une possession qui montait en se gonflant dans la poitrine, dilatait le cœur, enténébrait le cerveau, comme une fumée épaisse roulant toujours plus fort, tandis que les prières qu'il commençait d'égrener pour le bonheur éternel de cette âme tintaient au-dessus de tout cela comme le tocsin au-dessus d'un incendie.

Brusquement, de cette fumée confuse, une flamme éclata, couvrit tout, ronfla avec un bruit terrible. Joie ! Joie ! Joie ! Joie !

Il resta là, longtemps. Un entêtement d'animal le retenait auprès de cette chose qui était sienne, comme une chatte auprès de la souris qu'elle a tuée. Il craignait que, s'il s'éloignait, quelqu'un ne la trouvât, ne l'enlevât. Ah ! celui-là, ce camarade, s'il l'eût entendu se targuer de ce meurtre, est-ce qu'il ne l'eût pas tué, lui aussi, de colère ? Et il demeurait agenouillé, glissant ici et là des regards inquiets. Et — chose à peine croyable —, les lèvres fermées, pourtant sa gorge, par à-coups, faisait une sorte de grondement.

Enfin des hommes passèrent. On décida d'emporter le corps au poste de secours. Alors il se pressa vers le réduit, où il pensait trouver Prinet, pour lui dire d'aller voir son mort tandis qu'il en était encore temps.

Dans la nuit, le bataillon descendit au repos. « Qu'ai-je acquis ? » se demandait Alban, songeant à la jeune fille devenue son témoin. Ce qu'il avait acquis ? Cette première œuvre de sang. Elle était pour lui ce qu'avait été sa première œuvre de chair. Il en sortait avec le sentiment d'un progrès, d'une plus haute virilité, d'une confiance en soi rajeunie, délivré de ce malaise qui le tourmentait depuis son arrivée au front, analogue à la fermentation de la nature chez un jeune garçon encore vierge.

A Granrupt, ils trouvèrent des visages changés.

On va dans l'Oise.

— Cette fois c'est bien le coup dur.

— On passe sous les ordres de Mangin.

Une voix :

— Mangin ! Oh, ça c'est chic !

C'est Prinet, que le sergent du bureau des détails tuerait volontiers pour cette exclamation.

Autour d'eux, les planqués du colonel faisaient de tristes figures. Mais les hommes du bataillon restaient insouciants : « Il paraît que ça va être le coup dur. Enfin il ne faut pas se plaindre ; voilà quatre mois qu'on n'en a pas pris. » De groupe en groupe il n'était question que du « coup dur ». Le risque prochain apparaissait presque comme un amusement, à cause de la *scie* qu'il avait fait naître.

La séance aura-t-elle lieu demain ? questionnait Alban. Mais oui, elle aurait lieu.

Ils passèrent la journée chez les sergents de la compagnie hors rang. Dans ce village systématiquement épargné, où la mort ne purifie plus, c'est une grossière médiocrité. Et puis, par toute l'armée française, rien de sot, feignant et méchant comme un sous-officier de bureaux. Ici on est en société, c'est le dimanche chez la portière. Grand étonnement réprobatif parce que *Monsieur* de Bricoule n'a pas fait coudre des poches de fantaisie à sa veste. Un adjudant imite Mayol. On dit : « Bien le bonjour aux amis. » On parle de *cousines*. Alban est hébété. Pour la première fois depuis qu'il est sur le front, il se préoccupe de n'avoir pas l'air *fier*. La saine liberté de là-haut n'existe plus. « Sales demi-messieurs, qui vous pincez si on ne dit pas pardon en passant devant vous, ou si on oublie de choquer le verre avant boire, vous êtes aussi dégoûtants que les daims dans les cotillons. Ah ! là-haut ! là-haut, et vivement le brutal ! »

Ici chacun sait que le plus déplaisant camarade — c'est collègue qu'il faudrait plutôt dire — peut, malgré tout, à l'occasion, lui sauver la vie : on n'ose plus, comme dans le civil, se faire des ennemis pour s'amuser. Donc café, cartes, passe-boules, la France est perdue, il n'y a pas de troupes américaines, les officiers sont des assassins ; par-dessus tout perdre son temps. Oui, c'est bien dimanche sans arrêt, dimanche, le jour le plus bête de la semaine, celui où davantage on tue le temps (ô temps ! tue-les, tue-les !). Tout vous est pardonné si, de manière ostensible, vous perdez votre temps. Alban, qui sort un livre, est un « séminariste ». Même, quelqu'un suggère : « Peut-être bien un officier dégradé. »

Le lendemain, dimanche pour de bon, la musique joua.

Toujours Alban se rappellera ce grand soleil, l'éclat de la musique, et puis la menace suspendue, les visages graves. Il était parmi les groupes, avec Prinet, dans la cour du château. Tout l'État-Major était là. « Ces beaux uniformes, ces galons, est-ce que je vais les voir fuir sur la route, dans la débâcle ? Comment seront les visages ? Est-ce que le lieutenant pleurera ? Comment peut-il être quand il pleure ? » Les cuivres héroïsaient leurs sentiments. Un appel de trompette était pareil à celui des buccins, aux portes du cirque, saluant l'arrivée de César. Un petit paysan-soldat, assis les jambes pendantes sur un mur du château, était le même qui contemplait le spectacle, il y a vingt siècles, assis sur un éperon de la *spina ;* était le même petit légionnaire qui, un jour que Néron jouant la comédie se faisait enchaîner par un des acteurs, courut jeunement à son secours.

Prinet s'amusait à voir les yeux d'Alban toujours revenir et s'attacher malgré lui sur les brochettes de décorations que portaient ces officiers supérieurs.

— Il faut bien espérer que tu auras un jour la Légion d'honneur, disait Alban.

— Si je la mérite, oui.

— Un de mes cousins, qui est à l'État-Major de l'armée, pourra peut-être...

— Oh non ! pas ça ! coupait Prinet avec un sursaut. Je l'aurai proprement ou pas du tout.

Et Alban s'en voulait de son inadvertance. Ne se souvenait-il pas de cette ridicule histoire : Prinet perdant la tête à son baccalauréat, se faisant recaler, devant refaire un an d'études, après s'être abruti de travail maladroit, tout cela pour avoir refusé de se laisser recommander, quand rien n'était plus facile ? Alban était ému au plus vif par une telle délicatesse, qu'il s'inquiétait en même temps de voir liée à tant d'impuissance. Hier encore, au cours de cette journée qui les mettait en contact avec des personnes nouvelles, il avait pu remarquer combien maigre était le crédit de l'aspirant, combien il était inapte à se faire apprécier, et presque installé dans cette inaptitude : on n'écoute pas ce qu'il dit, on lui coupe la parole, on ne se tourne jamais vers lui lorsqu'on parle. Mi-officier, mi-sous-officier par son grade, il était curieux d'observer que c'était toujours de ces derniers que se rapprochait le garçon ; de sentir qu'il acceptait d'avance d'être toute sa vie dans les emplois subalternes, qu'il serait celui qui n'a affaire qu'aux secrétaires, qu'un instinct secret le portait de préférence vers ceux qui n'ont pas réussi. « Dans dix ans, nous connaîtrons-nous encore ? » se demandait Alban, soudain recouvert par la tristesse comme par une vague.

La musique venait de cesser. Alors, d'une porte du château, on vit le capitaine Véran sortir brusquement, apparaître dans l'espace laissé vide entre les musiciens et l'assistance, comme un taureau qui apparaît dans le cirque. Inquiet, félin, l'échine ployée et regardant en dessous, ses yeux se mouvaient sans arrêt, et il sursauta quand le colonel lui fit signe, car une pensée le consumait : « Le coup dur me fera-t-il commandant ? »

Alban le regardait avec une admiration enfantine. Il savait que ce ruban rouge sur sa poitrine, c'était le sang de ses soldats. Mais il restait muet, les yeux fixes et pleins d'amour, fasciné par le dominateur cruel. A mots couverts, Prinet l'attaquait.

— Pourtant, dit l'autre, est-ce que tu arrives, est-ce que, physiquement, tu peux arriver à te le figurer disant : « M... ! je me suis foutu dedans » ?

Prinet ne répondit pas, et ce mot descendait en lui. Et lui aussi il se mit à regarder d'un regard enfantin, dompté et plein d'amour pour l'homme qui avait de la valeur.

La musique reprenait. Manifestement le chef de musique, glabre et avec un beau profil, tenait bien en main son orchestre.

— Je suis sûr qu'il ferait un bon chef, dit l'aspi, d'un air entendu.

« Parce qu'il tient son orchestre, et a le profil de Napoléon, ce garçon pense qu'il ferait un bon chef ! » songeait Alban. « Hier, quand on sonnait l'avion allemand, il criait : " Oh ! il est en feu ! " et c'était le soleil qui étincelait sur l'hélice. Quelle jeunesse ! Et pour moitié dans ce bataillon ils sont ainsi ! Et la vie battante de la France est entre les mains de ces collégiens ! »

Il tressaillit d'ambition lorsque, en une minute éclatante de musique, les groupes s'ouvrirent pour livrer passage à une belle auto qui entra dans la cour, très vite et glissant sans bruit. Des officiers couverts d'or en sortirent. On les vit parler au colonel, et puis tous, précipitamment, entrèrent dans le château. Alors, tandis que les danses de Brahms dénouaient et, au-dessus des têtes désignées, balançaient toutes les écharpes du monde, des hommes se retournèrent, n'écoutèrent plus, des voix coururent :

— Qu'est-ce qu'ils disent ? Qu'est-ce qu'ils disent ?

— Ça ne va pas.

— Ah ! Encore !

Encore ! Toujours ! Le cœur se serre.

Alban, comme on partait, aborda l'abbé Perrin, secrétaire du colonel. Jamais il n'oubliera, dans la fin de ce jour de fête, le désespoir sur la face de cet homme.

— Est-ce que la séance a quand même lieu ?

— Oui, mais vous savez, nous sommes fichus.

« Elle viendra ! » pensait Alban.

Et ce soir-là ce fut après une lutte sauvage, et les meubles sont renversés, et le chat épouvanté saute par la fenêtre, et ils palpitent tous deux comme à la cime d'un incendie...

Calme s'endormit le jeune homme. Il avait tué. Il avait possédé. Dominique pouvait venir. Il était prêt pour l'âme.

VIII

DANS LA MUSIQUE

Derrière le rideau, dans le silence, dans la demi-obscurité, une voix de femme monta, puis une autre, puis une autre, à la façon de jets d'eau que successivement on eût ouverts, puis le chœur total, et toutes les têtes s'inclinèrent. Les soldats, les sergents, les pépères, les petits ouvriers, les petits bureaucrates, les plus obscurs, les plus dénués, tous avaient senti qu'une présence surhumaine venait de descendre dans l'humble grange. Et les fronts s'étaient courbés à l'Élévation d'un invisible ostensoir; et la pauvre vie avait été transfigurée comme est transfiguré le paysage où vient de tomber le premier obus, comme est transfiguré le salon où l'homme attendait et la femme entre; et le chant tiède avait soulevé la toiture, comme la vapeur de l'eau qui bout un couvercle, et s'était répandu au dehors; et les guetteurs, levant la tête à cette musique qui se promenait, avaient cru que Dieu faisait sa ronde de nuit sur les lignes.

Sitôt arrivée, alors que les dames du Foyer se dirigeaient vers le bâtiment, déjà plein de rumeur dans le crépuscule, Dominique, se mêlant aux groupes, avait cherché Alban. Elle ne l'avait pas aperçu; elle était entrée la dernière dans la grange, très morfondue à la pensée qu'elle ne le verrait pas. Et maintenant, adossée au mur du fond contre la porte, l'ayant découvert enfin parmi les garçons, elle regardait celui pour qui elle était venue.

Lucide, habituée à se scruter et à se découvrir, elle n'hésitait pas : son expérience de l'hôpital eût suffi à l'éclairer. Tandis qu'elle le regardait, tandis qu'elle rapprenait son visage, sentant soudain ces masses infinies de tristesse, sentant ce bien cruel qui l'avait prise comme un accès de fièvre, aucun doute ne lui restait : elle reconnaissait que, pour la première fois à cause de lui, quelque chose de plus total que son intelligence était ému.

« C'est affreux ! » dit-elle, car elle avait vu s'ouvrir la gueule de la lionne que, comme Cybèle, elle avait tenue endormie sur ses genoux. « Mais est-ce possible ? » Elle écarquilla les yeux, elle se secoua, de corps et d'âme, se redressa, de corps et d'âme, comme un pilote redresse son appareil qui tangue. « Avec lui comme un Bouchard ? » Le temps d'un éclair elle l'imagina dans les circonstances et dans les gestes où elle avait connu l'électricien. Rien d'elle ne sursauta mais une voix qu'elle n'avait jamais entendue lui jeta ce cri hors de l'être : « Ah ! ma main sous sa bretelle comme au petit, et lui ne repoussant pas... »

Le rideau venait de se lever, découvrait le chœur floral, quinze jeunes femmes, jeunes filles, petites filles. Elle l'eût deviné au seul changement sur les traits de son ami, à ses lèvres poussées en une moue plus impudente qu'impudique, de cette impudence qu'il mettait dans toute sa vie. « Il a dû se demander si leurs mains tremblaient avant qu'elles ne commencent le chant. S'il sentait en ce moment devant une de ces femmes ce que j'ai senti devant Bouchard, il n'hésiterait pas une seconde ; il l'emmènerait, lui enfoncerait un baiser dans le visage, lui demanderait comme une brute si oui ou non. Il a le sentiment que tout lui est permis ; n'importe quoi lui paraît glorieux s'il vient de le faire. Avec ce quelque chose d'insultant qu'il y a en lui, arrivera-t-il au bout de sa vie sans encombre ? Et comme il doit souffrir pour briser sa nature jusqu'à ce qu'elle compose tant bien que mal avec la société ! Car il lui joue trop de tours, à cette société, pour pouvoir se passer de son indulgence le jour où elle le prendra dans un de ses pièges, et il se fait de la jaunisse à sans cesse lui donner des gages... »

Ensuite elle regarda les femmes sur la scène. « Moi, pareille à ça ! Moi, pareille à ça ! » Elle ne riait plus, maintenant, de pouvoir être confondue avec cette racaille. « Elles, c'est mal ; moi, c'est bien » : l'*énergique simplification* ne simplifiait plus rien du tout ! Lorsqu'elle avait senti monter son goût pour les hommes de l'hôpital, quelques sophismes avaient suffi à la rassurer ; même, peu à peu, elle avait trouvé piquant de contredire ses principes. Mais à présent elle se révoltait ; des choses trop profondes étaient engagées. « Une amoureuse... Comme celles-ci ! Comme chacune de celles-ci ! » Quand le rideau s'était levé, dans la salle avait passé un frémissement. Ce frémissement, elle le dénatura, y vit une grossièreté. Vaine était pour elle la gratitude qui soulevait ces misérables vers les messagères de la vie douce ; vain le miracle musical qui transformait pour une heure en instruments enchantés ces maîtresses de chant, ces jeunes filles d'ouvroir, ces commerçantes de chef-lieu d'arrondissement. Elle les salit, les voulut sales et stupides. « Plus une femme est *musicienne,* plus elle est bête, je l'ai cent fois vérifié. La petite oie qui a des talents de société, qui fait de la musique avec le cousin et suit les concerts du dimanche... et qui aime ! et qui aime ! » L'horreur de ce qu'elle imaginait la rejeta loin de l'amour, et c'est presque sûre d'elle-même qu'elle vit Alban fendre les groupes, venir vers elle. Ce fut elle qui lui serra la main, qui tint la grandeur de sa main, la moiteur de sa main, pleine de sang et d'eau. Elle se sentit forte.

— Je vous remercie d'être venue, dit-il, pour moi et pour les autres. Les avez-vous vus, tournés à la dérobée vers vous ? Exactement, ils vous boivent. Demain ils vont vous emporter, vivre sur vous pendant des mois...

Il avait vu un des garçons la regarder d'un regard perdu ; il l'avait senti amolli par toutes ces promesses de bonheur, bien faible dans les mains de la vie. La musique était comme le souvenir des joies qui sont passées.

— Mais c'est pour vous seul que je suis venue, dit-elle simplement.

Elle regretta cette parole, se demanda si elle l'eût prononcée quand elle était autre. Elle ne se souvenait plus de ce qu'elle pouvait être, de ce qu'elle pouvait penser et dire quand elle était autre. Elle ne sentit plus sa force.

Il s'enquit de sa vie nouvelle. Elle répondit prudemment. A prendre conscience qu'ils causaient tous deux à mi-voix au milieu de cette foule, alors qu'Alban ne parlait à nul autre, tous deux isolés davantage encore par ces visages impatients qui se tournaient vers eux avec des « chut ! », elle s'était reprise à vaciller. Et lui, quand il s'approchait de sa bouche, c'était comme s'il s'approchait d'une flamme ; et il se penchait plus bas, toujours plus bas, pour se mettre dans l'odeur de sa bouche, car aujourd'hui sa bouche sentait bon (certains jours elle ne sentait rien) ; et il la faisait répéter, comme s'il eût été un peu sourd, pour sentir une fois de plus cette odeur. Et peu à peu — adorable mystère —

il remarquait que l'air autour d'elle devenait sur un grand rayon les domaines de sa bouche, s'imprégnait de celle-ci ; car tout d'abord il avait dû s'incliner pour la sentir, alors qu'à présent, sans bouger, de sa place, il en recevait des bouffées. Et il s'émerveillait, s'effrayait, se demandait par quel prodige une bouche humaine, qui mange et boit, peut avoir un parfum si exquis. Il se souvint de sa mère disant que, petit garçon, sa bouche avait l'odeur de la pêche ; il se souvint de toutes les odeurs de celles qu'il avait désirées ou connues, toutes différentes comme diffèrent des visages, et chacune différente de celle de la nuque, qui elle-même n'était pas celle du cou, qui n'était pas celle du dessus des mains, qui n'était pas celle des paumes, qui n'était pas celle du front. Telles étaient ses pensées et aucune d'elles n'était impure.

Mais, auprès de la porte, des mots glissèrent :

— Ça sonne, là-haut !

— Ça sonne ?

Il l'entrebâilla.

— Ah !

Elle se faufila dehors, derrière lui.

Le *trommelfeuer* était comme une chaîne de montagnes faite de sons, sans un silence, sans une fente, ininterrompu. Par milliers, les bruits des départs se heurtaient, s'entrechoquaient, suggérant au jeune homme des poignées que des milliers d'hommes tireraient et rentreraient, dans une usine, tandis que leurs échos les soudaient l'un à l'autre, créaient avec eux une continuité. Ce roulement mortel semblait faire partie de l'ordre, semblait être un mode du silence. Alentour était la nuit.

Elle demanda quand partait le régiment.

— Après-demain, peut-être, en camions. Nous attendons l'ordre.

— Que la fatalité s'accomplisse !

— Quoi ! fit-il tout hérissé, parce qu'il la prenait en flagrant délit de n'être pas intelligente, je suis ici sur ma demande, par ma décision et mon obstination, et vous appelez ça la fatalité ! C'est ma volonté qui constitue la fatalité, ajouta-t-il avec une dureté charmante qui la fit frissonner de goût. D'ailleurs, je ne mourrai pas, mes passions me tiennent à la terre. Mais enfin, que d'histoires autour de la mort ! Quoi ! être triste parce qu'on va retrouver Platon et Marc-Aurèle ! J'ai aimé tout ce qui est élevé ; il n'est aucun plaisir que je n'aie connu ; j'ai eu du bonheur, aussi, du vrai bonheur... Après cela ça ne me choque pas du tout si je suis obligé d'arrêter là le jeu. J'ai vécu à ma faim.

Il sourit, non sans gravité :

— Si je reviens, par la grâce de Dieu, et que quelque jour, avec leurs idées de l'arrière, des gens viennent vous dire que je fais bon marché de la vie du prochain, vous pourrez leur répondre que je suis de ceux à qui cela est permis, parce que d'abord ils ont fait bon marché de la leur.

Elle ne répondit pas, agacée par cette « grâce de Dieu » et le trouvant un peu *jeune*. « Comment peut-il me parler de ses plaisirs ? Et ce : " J'ai vécu à ma faim " » Brusquement, un vieux, vieux détail lui sauta dans la mémoire. Un jour, elle avait remarqué, sur le gras de cette main d'homme, trois petites cicatrices disposées en arc, la marque indubitable de trois dents. « Qu'est-ce que vous avez là ? » — « Oh, ce n'est rien », et il dérobait sa main. En une seconde elle embrassa tout ce qu'on rapportait, tout ce qu'elle entrevoyait de la liberté et de la violence de sa vie. Mais soudain : « Hier, je me serais réjouie de sa franchise. C'était un signe de notre solidité que nous pussions parler de ces choses en égaux... »

— Rentrons, dit-elle, avec un obscur instinct que les femmes sur la scène la raffermiraient, comme elles avaient fait tout à l'heure, la rétabliraient par contraste dans l'ordre dorien. Cependant Alban se repentait de son cri d'impatience : « Que d'histoires autour de la mort ! » car il venait d'imaginer la mort de Prinet, et devant cela il fuyait sans force.

La musique les happa, mais une musique nouvelle, secouée par l'orchestre seul, cette fois, comme une folie monstrueuse. Ils devinèrent les Russes, un élève des Russes plutôt, car ils ne reconnaissaient pas cette musique, et Dominique, qui croyait retrouver dans la grange son équilibre, se pencha sur ce gouffre qui l'aspirait, soudain angoissée comme si là-dessous se débattait un être qui savait ses secrets et allait prononcer son nom.

Les chœurs mélodieux et simples avaient créé une communion ; l'orchestre dressait une barrière, parlait une langue hermétique où la plupart n'entendaient qu'un pathos scandaleux et dément, quelques-uns une annonciation mystérieuse qui leur était murmurée à l'oreille. Il y avait de brusques éclatements, puis toutes les notes dévalaient, ruisselaient en désordre, comme un liquide qui se répand ; et les femmes, descendues dans la salle, soufflaient fort et dressaient le buste, soudain plus belles et anxieuses ; et les petites de quinze ans regardaient autre part, comme si on leur avait dit quelque chose de mal. Le remous musical enveloppait Alban comme une profondeur marine, qui bougeait, coulait tout autour de lui, et sur cette facilité, de tous les points visibles et invisibles, des délices lui arrivaient. La palpitation des mains contre les cordes (est-ce qu'il ne les *écoutait* pas, ces mains ?), les muscles fuyant le long du bras nu qui câline un violoncelle, et cet effort de la tête avec ce contraint sourire comme celui d'un jeune rameur fatigué : moins distincts étaient pour lui ces détails que ceux qui remontaient du fond de sa vie entrouverte. Des serments éternels, des pays lointains, des unions qui s'étaient nouées et dénouées avec la facilité des groupes dans les ballets, des minutes où Dieu lui avait sauté dessus, comme un chien qui vous fait une fête, et le brusque éclatement de leur plaisir quand on croyait qu'elles allaient seulement laisser faire, — une impétuosité de la vie, un simultané souvenir de toutes les joies données et reçues le gonflait, l'obturait, lui mettait un tressaillement des nerfs autour des lèvres dans l'effort pour rester un homme. « O Dieu ! laisse la vie à ces enfants qui ont tant à connaître. Pour moi, j'ai tout eu. Sans doute il serait plus doux de vivre ; mais vraiment je ne puis trouver injuste d'être choisi pour retourner dans l'ombre. »

Il regarda Dominique. Un soldat s'était glissé entre eux et, selon qu'il se penchait ou se relevait, apparaissait ou disparaissait le beau et charmant visage virginal, comme une étoile que couvrent et découvrent les nuages. Il la regarda longuement, songeant à ce qu'elle serait plus tard, avec un sentiment sûr et calme. Il croyait à son cœur, à ce qu'il y avait en elle de sérieux et de solide, à ce qu'il y avait de bon et de fin, de sensible au grand, de tourné vers l'avenir. L'homme se déplaça un peu. Alban fut trop rapproché d'elle pour pouvoir la regarder plus longtemps.

Tout d'un coup la musique devint plus barbare encore, l'élève renchérissait sur les maîtres, et Alban devinait maintenant que l'élève n'était autre que le chef de musique du régiment, celui-là même qui conduisait l'orchestre, compositeur de la jeune école, et bien connu des amateurs. Il y eut un instant égaré où tous les orchestrants furent agités comme s'ils boxaient, comme s'ils faisaient une course et cherchaient à se dépasser sans bouger, et quand les femmes, pour pincer les cordes des violons, renversèrent leurs mains, leurs archets soudain dressés eurent l'air de cierges, et tous les orchestrants semblèrent les prêtres et les servants d'un culte nouveau. La barrière dressée par la musique devint haute comme une barricade. Au milieu des hommes, des officiers, la Révolte se dressa et cria. Le brisement des lois, le débordement des instincts, la libération de la pensée et de la vie, l'espoir de l'ère meilleure furent dressés et crièrent en face de ceux qui demain allaient mourir pour l'ordre établi. Instant tragique que celui de cet appel caché, dont nul ne pouvait savoir qui l'entendait et qui ne l'entendait pas.

Dominique se penchait, avec les yeux grands, avec ses yeux comme ils eussent été dans l'amour. Et qu'elle ne trouvât rien en elle qui protestât contre cette musique, elle avait la sensation de toutes sortes de clôtures intérieures qui étaient détruites et piétinées, de son bien le plus précieux exposé à la merci d'une horde d'assaillants sauvages. Tel le satyre endormi qui fut surpris par les troupes de Sylla, conduit au général et interrogé par des interprètes, mais sa voix n'était qu'un cri abominable, hennissement de cheval et bêlement de bouc, et Sylla, saisi d'horreur, le fit ôter de sa présence : tel devant le colonel et les hommes le mode phrygien était amené et déchaîné, et, avec des mots inintelligibles, il se tordait écumant sous leurs yeux. Mais le colonel n'était pas horrifié comme Sylla. Au premier rang, il écoutait, vieux noble d'antique race, symbole de toutes les choses anciennes, avec ses yeux bleus, plus clairs que le bleu horizon de son uniforme, amusé et placide. Alban eût voulu aller à lui, le secouer par le bras, lui crier : « Tu ne vois donc pas qu'on te trahit, qu'on te gifle, que cette musique te sape, sape tout ce qui fait ton autorité et ta nécessité ? Ah ! malheureux aveugle, et qui fais figure de complice ! » Il le voyait inconscient comme un homme qui rit tandis que des meurtriers cachés le guettent, inconscient comme une mère au milieu de ses petits enfants sages, mais eux, plongés dans leurs livres, comme ils sont loin d'elle et la trompent ! Soudain, au milieu d'une phrase, la musique s'arrêta court, coupée, suspendue dans l'air. On crut qu'après une pause elle allait reprendre, on attendit. Le chef de musique se retourna, sourit de la méprise espérée, s'inclina. On applaudit.

— Vous applaudissez ? dit Alban à la jeune fille, avec une sorte de stupeur, comme si publiquement elle avait approuvé quelque chose d'impur. Et c'était bien une bouffée impure qu'elle venait de jeter en lui. Son geste avait été de ceux qui donnent le désir, parce qu'ils semblent témoigner d'une faiblesse qui rendrait possibles tous les consentements : la femme qui jouait aux cartes et on s'aperçoit qu'elle triche, la femme qui a une quinte de toux...

Mais le colonel s'était dressé. Il disait qu'on allait finir par le chant du Régiment. Il demandait qu'on le chantât debout. Sa voix était celle d'un homme. Chacun en reçut le bienfait.

Tous se levèrent. La musique se leva, pareille elle-même à une foule qui se lève. Toutes les âmes aussi se levèrent. Dieu se leva. La multitude céleste se leva. Une fraternité frissonna de l'échine. Bien commun était le chant, et pourtant, avec ses grandes mains, il resserrait à nouveau le faisceau mâle. A l'instant que l'on chante :

*Les vieux du N^ème^*
Les vieux sont toujours là !

Alban entendit Prinet chanter : « Les *jeunes* du N^{ème} » ! substitution puérile, touchante, où était toute l'âme du bataillon, — et il suffit de ce petit mot pour lui rompre le cœur, et un fleuve de tendresse en coula, recouvrit ces hommes. Loin étaient les voix bébêtes des femmes, qui tout à l'heure avaient tant de puissance, méchante invitation à la mièvrerie et à la faiblesse. Dans la grange une église invisible était dressée. Tous chantaient et Alban lui-même, ceux-là qui tantôt ricanaient sur la défaite, et Prinet comme un souffle immobile, et le colonel aux doux yeux bleus, dont on n'entendait pas la voix, et elle aussi, la camarade. Alban voyait ses traits durcis, le gonflement de ses narines, la solidité de son cou, le soulèvement de ses épaules lorsqu'elle reprenait le chant, la cendre dans ses orbites comme dans celles des morts ; il percevait la jeunesse de ses dents et de son palais, l'ample volume d'air qui se formait en elle et jaillissait en la secouant. A travers la masse des voix il avait la volupté de distinguer nettement et de suivre parmi toutes les autres celle de Dominique ; et que cette voix lui fût discernable, c'était comme le signe d'une intimité qui eût été aussi étroite avec l'âme. Et, dans un sentiment chaste, il eût voulu prendre le chant à la sortie de cette bouche, avant qu'il ne fût refroidi, avant qu'il n'eût perdu son odeur, et le coller contre soi comme une chair. Mais que n'entendait-il quels mots disait la fille au lieu des pauvres mots de l'hymne !

Toutes ses puretés brûlaient dans le chant ; elles brûlaient, fondaient en brûlant, et, à la façon des neiges, montraient au-dessous la terre sale et la boue. « Je sens, je sais que ceci est le bien. Que je reste digne d'avoir chanté avec eux leur chant d'hommes ! Que je reste vraiment le frère de ces braves garçons qui partent vers la mort ! Que je trouve en moi ce qu'il faut pour résister à la tentation ! Mais quoi ? quoi ? Ah ! partir... tout de suite... »

Les voix se détachèrent des lèvres, s'envolèrent, n'existèrent plus. Le brouhaha s'éleva. Tous se mettaient à parler, enjambaient les bancs, dégringolaient des balcons, se poussaient vers la porte. Elle dit : « Pardon... » aux plus proches, qui s'effacèrent, entendit Alban derrière elle : « Où allez-vous ? », répondit : « Le colonel offre une coupe de champagne aux dames » (aujourd'hui elle ne se souvient pas d'avoir répondu cela), alla droit à l'estrade en disant toujours : « Pardon... pardon... », rejoignit le groupe des dames et des officiers. Alors seulement, à la dérobée, elle tourna la tête.

Elle ne le vit plus. Elle sentit une faiblesse, une mollesse au-dessus de ses genoux, comme si cette partie de sa chair était morte ou sur le point de mourir. Elle fut jetée au sommet de sa souffrance comme l'œuf au sommet du jet d'eau dans le tir forain. Une des jeunes filles l'interpella. Alors elle parla de la soirée, avec des mots excessifs, et ce mensonge de sa parole à sa pensée lui faisait un bien aigu.

« Qu'il ne me suive pas ! Qu'il ne me suive pas ! Que la lutte me soit épargnée ! Que rien de lui ne vienne recouvrir le chant de mes choses bonnes ! — Je puis me dissimuler... Peut-être que l'appel sonnera, il devra rentrer. Il pensera que je comptais revenir, que la malchance... » Alors elle l'aperçut dans la foule, causant avec Prinet, la main gentiment posée sur le ceinturon de l'aspirant. Sans un mot de plus à la jeune fille, elle traversa la salle vers lui en le fixant, comme un funambule, pour ne pas tomber, fixe le poteau au bout de la corde.

Il dit :

— Comme vous êtes restée longtemps ! Allons, sortons.

— Où cela ?

— Écoutez ! Ah, jamais Dieu n'est descendu si près de moi ni ne m'a offert de si grandes choses !

Le bombardement n'était plus continu. Il y avait des instants de silence, puis des éructations de la terre convulsée, semblables à ces grands soupirs des enfants après les larmes ; puis des frénésies de nos pièces, derrière eux, comme si en se retournant ils allaient voir une Présence, la mort frappant furieusement à une porte close, l'ébranlant, prête à l'abattre et à s'engouffrer. Il vit son visage incertain :

— Vous avez eu un regard comme une petite fille qu'un ogre va manger.

— Vous croyez que j'ai peur ! dit-elle d'une voix étranglée, étouffant de ne pouvoir dire que c'était de lui qu'elle avait peur.

La lune, cernée de safran au centre de son halo, glaçait les champs d'une neige rosâtre, faisait briller les feuilles des arbres comme des feuilles de métal. Au loin des fusées montaient. Fusées vertes : « Donnez l'artillerie », fusées rouges : « Allongez le tir », elles montaient, arrivaient à leur zénith dans le mouvement d'une joie, d'un spasme aigus, puis brusquement tombaient, comme si un obus voyageant les eût atteintes. Tragiques appels ! Pauvres cris ! Longues larmes descendant du ciel ! Qui eût osé faire un vœu dans le temps de ces étoiles filantes ? Elles suggéraient le peuple d'hommes tapis, l'angoisse, l'arrivée de la mort, le vigilant calcul en vue de tuer, toute la souffrance et la bestialité invisibles sous cet horizon noir, innocent comme la plus innocente campagne, et d'où montait le hoquet hideux dans la nuit divine.

La peur ! La peur ! Elle était tremblante en le suivant, oui, il avait dit vrai, tremblante comme une petite fille qu'un ogre entraîne. Il le vit, il lui dit :

— Vous avez froid ? Voulez-vous que nous retournions ? Et cette fameuse coupe de champagne ?

— Mais non... mais non...

De même que tout à l'heure, l'ayant quitté, elle lui était revenue, de même pour la seconde fois, pouvant le fuir, elle s'attachait à lui. Car dans le fait qu'ils fussent là, au milieu de cette nuit, terriblement seuls et presque se compromettant, elle percevait des ponts coupés, un excès qui confusément la libérait. Et la conscience de ses capitulations était en partie endormie par celle plus vague d'une nécessité.

Maintenant Alban lui décrivait le secteur. Elle sentait bien qu'il eût aimé de poursuivre sur ce sujet. Toutes ces histoires de guerre, de soldats, c'était sa partie, le lieu de sa vie meilleure. Mais de nouveau elle avait la sensation que quelque chose en elle était brisé et ouvert, qui laissait échapper cette fois tout ce qui n'exprimait que l'intelligence et l'âme de son ami, et elle heurtait affreusement contre ce vide comme contre un mur. Oui, en vérité, elle ne s'intéressait pas à ce qu'il disait, pas à ce qu'il pensait, pas à ce qu'il était. Ce qui s'imposait à elle, en cette heure, implacable, c'était le souvenir de cet autre garçon auprès de qui, il y a quelques jours, elle marchait comme auprès de celui-ci. Elle revivait la minute où, marchant ainsi à son côté, elle avait passé son bras derrière sa taille, glissé sa main sous la veste, sur sa hanche et, la laissant posée, avait senti le jeu de l'articulation à chacun de ses pas... Et elle se demandait si l'autre, qui glissait en ce moment à côté d'elle, avec la souplesse et la majesté de ses longs pas de héros, si l'autre avait là, lui aussi, à chacun de ses pas, cette chère petite chose qui se déplaçait.

Cependant, tout ce temps, tandis qu'elle l'aimait bien davantage, elle avait l'impression de le trahir, comme si elle l'eût aimé moins. Le sentant si proche d'elle, et qui la croyait la même, alors qu'elle n'était plus la même, elle avait l'impression qu'elle le trompait, qu'elle faisait quelque chose d'indigne, et une pitié lui montait pour lui. Cette pitié, cette pensée de mal faire nourrissaient puissamment son amour.

Dans un de ces instants, elle aperçut, à un jet de disque, deux soldats qui les précédaient sur la route. L'un tenait l'autre par la taille, de cette même façon qu'elle était en train d'imaginer, puis sa main monta, et il le tenait sous le bras, cependant qu'il tournait la tête de côté et d'autre, avec un air inquiet. Dominique fut intriguée, un peu gênée. Mais Alban :

— Voilà un pépère qui n'est pas ivre que des Russes. S'il n'avait pas un bon copain pour veiller sur lui, vous le verriez marcher à quatre pattes...

— Est-ce qu'il est ivre ? demanda-t-elle candidement.

— Vous ne le voyez pas !

Alors elle songea à ce geste d'enlacer, pour elle une caresse, pour celui-ci un soutien fraternel ; elle songea que son regard à elle était inquiet de crainte qu'on ne les surprît, le regard de ce garçon de crainte que son camarade ne se fît punir. Elle fut remplie de dégoût pour soi-même, mais ce dégoût était sans armes.

Ils dépassèrent une source, qui coulait dans le repos nocturne, comme si on avait oublié de la fermer hier soir. Plus loin, l'eau était immobile et la lune s'y reflétait, petite chose ronde, qui allonge là-dedans une infinie colonne de feu : ainsi un petit mot d'une syllabe peut mettre une chose infinie dans un cœur. A l'horizon, devant eux, resserrées au fond de la vallée de W... comme au fond d'un creuset, les fumées de nos éclatements s'accumulaient, couleur de rose et de violettes, semblables à un nuage tombé du ciel. Et les longues voix musicales des obus les appelaient comme des voix de Walkyries.

Elle plissait le front, serrait les paupières pour retenir et ordonner ses pensées. « Nous sommes seuls. Dans un quart d'heure nous serons séparés, pour un temps imprévisible. Demain peut-être il sera mort. Cela d'une part... (Il lui fallait un effort terrible pour rapprocher seulement ces constatations.) Et d'autre part j'ai un désir, un tel désir de le toucher, de... Si je résiste, je reste intacte dans mon orgueil et dans tout ce qui fait ma force, intacte dans mon pouvoir sur lui. Si je succombe, je perds tout cela pour une minute de plaisir, mais ce plaisir, je le désire tant que cela balance tout, absout tout, et qui sait si lui aussi, dans l'avenir... Que faire ? Que faire ? Où est mon bien ? » Depuis l'instant qu'elle avait senti cette mollesse au-dessus de ses genoux, et traversé en le fixant la grange, plus rien de ses résolutions n'était acquis. Tout était remis en question.

Elle se sentait obstruée de toutes parts, incapable de décider, incapable de parler, avec dans son corps une impossibilité de faire d'autres gestes que celui de mettre un pied devant l'autre pour marcher, avec dans ses yeux une impossibilité de regarder rien d'autre que la surface de cette eau, couverte de petits mouvements comme s'il pleuvait, et il ne pleuvait pas. Derrière eux, des vagissements de clairon blessaient l'air, entrecoupés, comme ceux qu'on entend le dimanche en banlieue, après déjeuner, de garçons qui partent en traînassant pour le patronage. Puis une voix s'éleva ; un homme rentrant au cantonnement chantonnait le refrain d'un air populaire qu'on venait d'entendre à la séance :

Si tu n'aimes pas ça,
Dis-nous c' que tu préfè-è-res...

et elle tressaillit de la nuque à cette sorte de joie dans la nuit mortelle ; et dans ce tressaillement elle se trouva rapprochée de lui. Ah ! tous les bonheurs levés pour cette pauvre voix d'un grossier ! Successivement elle reçut l'odeur de l'herbe, l'odeur de l'eau, l'odeur de la terre, l'odeur de la nuit, l'odeur du foin, chacune prévalant à son tour, et on pouvait croire que celle de la terre était celle de l'eau, que celle de l'herbe était celle de la nuit. Un geste aussi instinctif que celui de mettre la main sur l'oiseau qui fuit d'une cage la poussait à toucher celui qui était à son côté, toucher ne fût-ce que l'étoffe de sa veste, quand même elle ne sentirait pas au-dessous son corps ; et le ululement des sirènes, l'horizon fabuleux, avec ses violettes et son sang, mettaient cet instant au-delà de la vie.

« L'heure permet tout, se disait-elle. A quoi bon cet immense dérangement dans le monde si nous n'avons pas le droit d'être nous aussi exceptionnels ? Quoi, elle passerait, l'époque d'extraordinaire désordre, sans que ce désordre une fois nous eût servi ? Les règles n'existent plus, le bien n'est plus le bien, le mal n'est plus le mal, les usages, les illusions, toutes les vieilles assises sont bouleversées, et moi je suis ici, seule, libre, loin des miens et de nos lois, et demain je recommencerais telle qu'avant ? Demain ? Mais dans cinq minutes !... » Elle se vit dans le car, au milieu des femmes jacassantes, quand cette minute-ci serait du passé, le même passé que les minutes d'il y a dix ans ; et demain matin, dans la chambre étrangère, elle se pencherait sur son Journal et elle décrirait ce qu'elle n'avait pas eu, en relevant parfois le buste, d'oppression, pour respirer; et il faudrait qu'elle ait le courage de chercher à se rappeler les moindres détails, quand il serait si bon de pouvoir oublier... Ah, ce regret, demain ! ce remords !

Elle entendit son « N'est-ce pas ? » qu'il disait à voix forte, comme une phrase qu'on répète. Elle n'avait pas entendu qu'il parlait. Il y eut un instant assez confus. Elle se trouva quelques pas en avant de lui, qui s'était arrêté.

— Revenons, dit-il, j'entends le moteur d'une de vos voitures qu'on met en marche.

Elle le regarda; alors qu'ils marchaient côte à côte, elle n'avait pas pu le regarder. Dans l'ombre, son cou lui apparut étrangement lumineux, comme s'il concentrait tout ce qui traînait de clarté par la nuit, inaccessible et proche à la façon des mirages. Et dans cette seconde où elle éprouvait à le revoir comme si une injection d'alcool lui était faite, le geste de se retourner vers l'arrière, de perdre de vue l'horizon de flamme et ce paradis impossible agrandissait en elle la conscience du départ jusqu'au point où la réalité se résout en musique. Elle crut qu'il y avait quelque chose de désespéré à prendre, à employer, une possibilité qui ne se retrouverait plus jamais sur la terre. La guerre envisagée comme une époque où tout est permis et excusé — ainsi le temps de carnaval dans l'antique Venise —, cette idée l'envahit et la posséda comme font les idées qui naissent non de notre intelligence mais de la couche la plus profonde de notre terre charnelle. Elle sut qu'elle ne résisterait pas, qu'elle ne voulait plus résister. Aurait-il résisté, lui qui avait dit : « Je n'ai jamais résisté que par exercice » ? Et devant l'imminence de l'acte qu'elle méditait, et la pensée qu'il devrait être fait avant qu'ils eussent atteint ces voitures dont elle entrevoyait la masse dans l'ombre, elle s'avança chancelante, et réellement craignant de défaillir.

« A l'instant que nous passerons les barbelés, je me dresserai, je l'attirerai à moi, je l'embrasserai. Tout sera fini ou tout commencera. » Elle n'imaginait plus aucun plaisir dans ce baiser, pas plus de plaisir qu'à embrasser le tronc d'un de ces arbres ; elle le voyait comme un devoir difficile, une nécessité pour calmer son tremblement, une sorte de formalité qui l'introduirait dans un monde nouveau. Toute sa vie affective anesthésiée et inerte, seule l'occupait sa délibération sur la manière dont ce baiser serait donné. Prendrait-elle d'abord le bras d'Alban ? Que ferait-il ? A quel endroit de ce visage tomberait sa bouche ? — Devant eux les barbelés se rapprochaient, long ruban étincelant à travers la campagne obscure, semblable au reflet de la voie lactée sur la terre.

Le jeune homme disait :

— Si vous saviez comme en cette heure je suis heureux ! Et pourquoi ? Parce que vous existez, et que vous existez telle que vous êtes. Parfois je peux vous oublier, pourquoi ne pas le dire ? Parfois je peux rester plusieurs jours sans avoir une seule pensée pour vous, mais sous cet oubli il y a la connaissance que vous continuez à être ; et si j'imagine ma vie privée de cette connaissance, soudain — savez-vous cela ? — tout croule. En vérité, si je ne vous avais pas connue, il se lèverait de moi en ce moment un regret atroce, une révolte atroce qui me feraient protester et maudire dans l'agonie, demain peut-être... Soubrier, Soubrier, quel désespoir si ce qui est par vous n'était pas !

« Pourquoi a-t-il dit cela ? Pourquoi a-t-il dit cela ? Pourquoi ne puis-je plus croire que toutes ses choses de guerre comptent pour lui bien plus que moi ? Non, il n'est plus possible à présent que je détruise... Ah, pourquoi m'a-t-il voulue ainsi ? Mais pourquoi étais-je ainsi ? Pourquoi, lui et moi, ne sommes-nous pas pareils aux autres ? » Fuyaient les pensées de Dominique, fuyaient avec le bruit d'un train terrible. Elle eût voulu parler, dire quelque chose, réparer son silence de tout à l'heure, et elle ne le pouvait pas plus que si sa langue avait été coupée, et elle crut qu'elle n'avait rien répondu, sans se rendre compte qu'elle avait murmuré une petite phrase puérile, absurde d'ailleurs, presque inintelligible : « Je suis comme vous pensez... » Elle ne vit plus les barbelés devant elle. Ils étaient passés.

Passés ! Elle se souvint. Ses yeux s'agrandirent. Elle se sentit mieux, comme lorsqu'on a vomi. C'était comme si ce baiser devenait matériellement impossible ; comme si réellement, passés les barbelés, elle n'avait plus à vouloir, elle n'avait plus qu'à accepter. Eh bien ! elle acceptait. Elle vivrait en ne s'alimentant que d'orgueil. Elle quitterait l'hôpital et toutes ses choses troubles. Elle retrouverait sa vie d'autrefois, rétablirait et maintiendrait le style de cette vie qui était sa part irremplaçable. De nouveau ils feraient « progresser quelque chose dans le monde », comme le lui avait dit un jour son ami. Elle serait héroïque ; cela lui avait manqué. C'était une grâce qui lui était faite, que de pouvoir être héroïque.

Mais à sa gauche la voix venait sur elle, et la force et la douceur étaient mêlées dans chaque phrase, et il n'y avait pas de phrases fortes et de phrases douces : « C'est pourquoi j'ai pu me trouver aveugle, oui, aveugle au milieu des précipices pleins de musique, mais sans faux pas tant que j'ai mis ma main sur votre épaule comme sur une rampe, et marcher au milieu des flammes avec la pensée de votre existence autour de moi comme une cuirasse impénétrable... » Elle n'entendit plus, puis entendit encore : « Quand il me suffisait d'apercevoir au loin votre silhouette pour sentir comme une bouffée le désir que vous fussiez heureuse, et quand ce bien que je vous veux me déchire l'âme... » Elle n'entendit plus, puis entendit encore : « Je vous ai clouée à toutes mes choses fortes. Encore ma force avec vous ! Encore ma force avec vous ! » Elle se souvint d'une parole qu'il lui avait dite : « Il faut que toujours vous imaginiez ce que je vous dis prononcé au milieu d'une musique sublime, Beethoven ou Wagner, ou telle qui soit sublime pour vous, car cela naît en moi d'une pareille musique et ne peut être compris que dans cette musique. » Elle lui avait demandé : « Comme les éclairs dans le bruit d'une tempête ? » Il avait répondu : « Plutôt comme des oiseaux emportés. J'ai lâché mes cris comme de grands oiseaux qui reviendront tourner dans tous vos crépuscules. » Alors le chœur immense des soldats se gonfla, la souleva, l'emporta à des hauteurs inhumaines, parmi les vents prestigieux. Elle vit le grand ciel noir se fêler comme une tasse, une source de feu couler de la fente, un autre ciel s'entrouvrir, où étaient les purs et les pures. « Ne craignez pas ! Ne craignez pas ! Je ne serai pas celle dont le corps toujours offre ou demande. Je resterai dure pour pouvoir vous soutenir, et hors d'atteinte, et fermée, et ennemie, et stérile, et sans mouvement, et sans parole, et sans sourire que le sourire des glaciers éblouissants et brûlants de froid comme moi, — ainsi que je vous le promets ce soir, dans cette ombre, vous seul auprès de moi seule... »

Ils étaient arrivés derrière la grange, où l'on entendait encore la rumeur des voix. De l'autre côté, les voitures ronflaient. Ils s'arrêtèrent.

« Dominique Soubrier, lui dit-il, lui prenant la

main, je vous dis au revoir. » Et puis, avec une émotion intense, mais souriant, les paupières un peu baissées : « Soyons toujours sage. » Sans cesser de sourire, il lui dit encore, comme à un enfant : « Je vous aime bien... »

Elle fut devant lui, face à face. Elle le regarda, vit son sourire, vit le plus profond de sa grande âme qui descendait vers elle comme un fleuve. Trois secondes elle le regarda ainsi. Puis tout fondit, défaillit en elle. Elle baissa le visage sur cette main qui tenait la sienne. Et elle y appuya sa bouche, ne la bougea plus, lèvres immobiles, ne baisant pas.

IX

ARGO

Elle était pareille à la nef Argo, la profonde voiture où dans l'ombre on ne voyait briller que les reflets bleus des fusils, les boîtes de métal des masques, les têtes casquées qui, face à face, émergeaient des fenêtres, comme dans un dessin de coupe grecque les têtes des héros hors les hublots de la nef ; elle était une belle chose guerrière qui, dans le silence de la nuit finissante, roulait vers la dure bataille. La lune, qui avait suivi pendant un temps les camions, définitivement dépassée, s'était posée sur un toit pour y mourir. Peu à peu alentour les masses des arbres prenaient forme, on discernait les meules et les bas hameaux solitaires ; soudain tout l'Orient éclata en musique. C'était plein d'incandescences et de laves qui de seconde en seconde allaient chacune attisant sa couleur, brillant en brillant, sombre en sombre, et cela restituait des acropoles de Titans, des querelles de dieux au-dessus d'Iliades, de fabuleux passages de mer Rouge, avec dans le fond, par-derrière ces nuées barbares, des cités d'orangers qui descendaient. Puis tout s'apaisa. Alors le soleil vint dehors, blanc et net comme une hostie ou comme une perle, et il roula sur la route à la façon d'un avion qui roule avant de s'enlever ; enfin se détacha et monta.

Les premiers paysans apparurent. Arrêtés au bord de la route, ils regardaient les braves hommes qui s'en allaient vers la dure bataille, et, levant leurs mains, ils les saluaient.

Tristesse de l'aube. Qu'y aurait-il dans ce jour? Il était si beau! Qu'éclairerait ce soleil qu'on avait regardé naître et qu'en cette même heure des gens voyaient dans le Ranelagh ou dans le boulevard de Courcelles, tout bas entre les maisons comme un lampadaire électrique pas encore éteint? Chacun observait en silence les changements de visage des pays traversés. Au centre d'une immensité déserte, pleine de cris de corneilles, en face de l'horizon sournois, on aperçut trois, quatre saucisses qui *vous voyaient,* et dont on ne savait si elles étaient françaises ou allemandes, on aperçut de chaque côté de la route les entonnoirs fraîchement creusés, et bien des yeux virèrent, cherchant un fossé proche. Et puis, comme pour blesser un peu plus, on obliqua, on revint vers l'arrière; il y en eut de la classe 18 qui se demandèrent (puisque après tout rien n'avait été dit que de vague) si on ne descendait pas simplement au repos. Cependant on voyait au loin sur la plaine de longues buées que l'on crut d'abord de celles qui suivent au matin les rivières; mais le vent se leva, et on distingua que c'était la poussière d'autres convois, d'autres innombrables convois qui tous roulaient dans le même sens que le vôtre, car le vent, soufflant la poussière derrière eux, les détachait par là-dessus en ombres chinoises; et les espérances s'éteignirent. On passa d'autres villages pareils, d'autres champs pareils; on croisa des troupeaux, et des sansonnets étaient perchés sur le dos des moutons, et les moutons paraissaient presque noirs sur cette terre toute blanche de givre; on vit des laboureurs, et le fer de la charrue luisait par à-coups dans cette étendue avec un éclat insoutenable, comme si l'homme, creusant la matière mystérieuse, en avait fait jaillir des étoiles. Et au coin des charrettes, sur les chalands qui glissaient, sur les pas des portes, derrière les grillages où le givre mettait en argent des dentelles, les gens levaient la main et saluaient.

C'était une bénédiction qui renaissait à l'infini, qui gagnait de proche en proche comme la flamme. Les femmes et les enfants bénissaient les braves hommes partant pour la dure bataille. Il y eut deux vieilles qui, une fois que les camions s'arrêtèrent, coururent à leurs jardins et coupèrent toutes les roses ; il y en eut une, bien plus ancienne encore, qui souleva sa main sans l'agiter et tout le temps que passa la file elle tint sa main immobile dans l'air, et parfois sa main faiblissait de fatigue, mais vite elle la levait plus haut pour que ces garçons-ci ne crussent pas qu'on les aimait moins que les autres ; il y eut une jeune mère qui souleva son enfant dans ses bras ; il y eut un vieil homme qui fit le salut militaire ; il y eut un petit garçon qui détacha une pensée de devant sa porte, tandis que la file était arrêtée, mais d'abord il n'osa pas l'offrir, et sa mère le poussa, et quand les voitures repartirent il courut derrière et jeta dans l'une d'elles la petite fleur en rougissant, et ce fut Alban qui la prit, remué dans son cœur. Et les braves hommes songeaient : « Nous avons vu cela. Nous étions des petits paysans et des petits fonctionnaires, nous n'avions jamais pensé que nous pourrions compter à ce point. Si nous revenons, nous nous souviendrons toujours de cette heure où l'on nous aimait tant. Si nous mourons, eh bien ! nous savons que nous ne mourrons pas abandonnés. Tous, toutes, nous vous remercions de ce que vous nous donnez là. Acceptez le merci du soldat qui va se battre avec courage. » Et on allait, et des bonheurs étaient entrevus, dépassés sur le seuil des portes, et des promesses et des réponses, et toujours, comme une floraison sans cesse renouvelée, les mains découvraient et saluaient ; celles qui avaient tourné la terre, ou filé la laine, ou tenu le chapelet, ou tiré le plaisir dans le matin profond, toutes les mains découvraient et saluaient, comme on salue les morts.

X

NOCTIUM PHANTASMATA

— Mon bon Prinet, comme tu es sale !

Alban voyait le garçon devant lui, assis sur le seuil de sa cagna, avec la teinte grisâtre de son visage sculpté par la fatigue, la terre dans ses oreilles, ses cheveux qui lui descendaient sur le cou, rêches, incolores, tels que la toison d'une petite bête campagnarde. « Nous ne nous défendons plus. Tombées les mille parures sociales. Voici nus nos tristes corps et nos tristes lois inférieures. Et pourtant, à l'écart de l'infirmité charnelle et de tous les mystères pas beaux, nos âmes sont intactes et sûres et jamais n'ont pensé à se trahir. » Et, dans cette négation des apparences, leur amitié prenait davantage de grandeur.

Triste 19 juillet ! Débarqués des camions près de l'Oise, depuis deux semaines ils avaient été de village en village, cantonnant quelques jours dans chacun d'eux, pour prendre enfin les secondes positions, la nuit dernière, au cœur de ce petit bois qu'alourdit une pluie parfumée.

Après la soupe, Prinet était venu rejoindre Alban, et maintenant il était assis à l'entrée de l'étroite cagna, sous la pluie, comme s'il ne la sentait pas. Avec son casque ruisselant, ses mains arides, cette bizarre toile cirée tenant à lui par des bouts de ficelle, ses jambières où l'on discernait la couche humide de boue neuve au-dessus de la couche sèche, on eût dit qu'il sortait vivant de l'âge du gui et de la framée. Un chien errant qu'il avait ramassé se tenait en face de lui, le museau posé sur ses genoux, le regardant dans les yeux avec un regard noyé de tristesse. A l'intérieur, accroupi sur un lit de fougères, Alban, son soulier en lambeaux, enroulait comme il pouvait autour du pied deux mouchoirs, en place de la chaussette pleine de terre.

Triste jour ! Triste fin de jour ! La grande attaque allemande, attendue pour chaque lendemain depuis un mois, s'était déclenchée le 16. On disait bien qu'elle avait été moins foudroyante que les autres. N'importe, pour Prinet et Alban, l'ennemi a pu passer la Marne, et cela les désarçonne.

Depuis le 21 mars, chaque offensive allemande a pénétré un peu plus loin vers le cœur de la France. Chaque fois qu'ils ont voulu, ils ont obtenu. Le 21 mars ils ont atteint Montdidier ; le 10 avril ils ont atteint Bailleul ; le 27 mai ils ont atteint Château-Thierry ; le 9 juin ils ont emporté le Matz. Aujourd'hui, la manœuvre difficile dans tous les siècles, la traversée d'un fleuve, en une nuit elle a été faite, comme s'ils n'avaient trouvé personne devant eux. Ils ont eu le loisir de construire des ponts ! Ils ont eu assez de confiance pour se mettre la rivière à dos ! — Une morne stupéfaction engourdit les deux jeunes gens.

Triste jour ! Triste fin de jour ! La pluie malgré tout a cessé. On entend le roulement du canon, à temps réguliers, comme un homme qui ronfle. Onde après onde, un engourdissement descend, se pose sur les âmes, avec le crépuscule. Sur le sol, à hauteur de leurs visages, ils voient les boîtes de conserve éventrées, pleines d'une eau jaune, les morceaux de papier et les poignées d'herbe qui ont essuyé les gamelles, enduits de graisse coagulée. Et dans la cagna, pêle-mêle, disparaissant une à une à mesure que l'ombre les recouvre, toutes les pauvres choses : une dégoûtante gamelle refroidie où les mouches sont immobiles, un quignon de pain saupoudré de terre qu'on entendra crisser sous les dents, un quart avec sa croûte de vieux vin, une toile de tente où étincellent les cristaux de la poussière, un petit Plutarque maculé que Prinet vient de rapporter à Alban, des musettes avec des taches de graisse et de bougie, de pauvres choses rafistolées et passées, de pauvres choses qu'on heurte la nuit avec sa tête, qui dégringolent, qui font couler de la terre dans votre cou, qui sont si bruyantes alors que soi l'on retient son souffle, qui prennent tant de place quand elles sont ainsi éparses, et pourtant, en cinq minutes, vous les aurez bouclées et soulevées, et vous les porterez, vous les déferez, vous les referez des centaines de fois avant la fin de la vie de vache. Et sur tout cela, sur les aliments, sur les couvertures, sur tous les endroits où vous appuierez votre visage ou votre bouche, et sur votre corps même (comme s'ils voulaient marquer par là jusqu'à quel point vous êtes leur chose), des multitudes de petits animaux sales, sortant de la terre humide avec le soir, éclosant des immondices avec la chaleur, mouches, cancrelats, moustiques, larves, se posent, grouillent, annoncent que cette nuit dans le silence ils vous couvriront comme ils couvrent les morts. Et cependant, pour les deux garçons, parce qu'ils le vivent ensemble, tout cela fait un bien.

... Du profond de la misère, l'image de la jeune fille se lève...

La voici devant lui, la Soubrier, la bien belle, chaude et dorée comme si elle était toujours dans la lumière du couchant. Elle ne parle pas, cette éternelle silencieuse, qui dit au revoir la première au téléphone ; elle ne rit ni ne sourit. Mais Alban connaît sa dent d'or.

Dans la détente après la course, elle ouvrait la bouche, prenait de l'air. Alban a vu sa dent d'or. La fille semblait une chose de la nature portant une pépite inviolée.

Cet or s'accorde avec tout ce qui d'elle est éclatant et vierge. En quelque circonstance, à quelque heure qu'on la surprenne, tout en elle est toujours parfaitement vierge, et le mouchoir qui lui essuierait le visage ne rapporterait pas une teinte. Il semble que la nature ait voulu réaliser là le chef-d'œuvre humain du style net et dru. Elle n'a jamais poli ses ongles et sur ses ongles se déplace la lumière ; elle n'humecte pas ses lèvres et ses lèvres brillent ; l'ourlet de ses oreilles paraît verni ; la cornée de ses yeux est fraîche. Ses cheveux ont une luisance légère comme il y en a sur les feuilles de laurier.

Elle ne se parfume pas, mais ses vêtements reposent la nuit entre des sachets de lavande ; l'odeur en reste jusqu'à midi. Depuis midi jusqu'au soir, l'odeur de sa peau l'emporte. Sa peau a une odeur, à la façon des fruits, des plantes, à la façon du bois des arbres ; et cette odeur est comme une main qui pétrit le cœur d'Alban.

Il la voit marcher, venir vers lui, avec son pas décidé, qui la rend un peu gauche quand elle doit marcher sans but. L'occiput et les omoplates touchent le même plan. Elle se tient si droit, et, telle, si souple et sans emploi des muscles, qu'il n'est personne qui dans la rue même ne soit sensible à cette spontanéité. Sous la jupe, lorsqu'elle avance la jambe, le dessus de sa cuisse bombe, de la hanche jusqu'au genou : une délicate incurvation, toute divine. Ses pieds sont grands comme la moitié de la longueur depuis la rotule au sol.

Elle marche, vient vers lui, se penche sur sa main et la baise.

Un frisson le parcourt. La douleur éclate en lui comme une conduite d'eau qui se rompt. Il secoue la tête pour faire tomber l'image. « Qu'est-ce que vous faites ! Qu'est-ce que vous faites ! »

— Comment est-ce qu'il s'appelle, ton chien? demande Alban.

— Il s'appelle Chien.

— Chien, comme ça ?

— Oui.

— Chien... A la bonne heure ! Ça c'est un nom !

Alban tripote l'animal, lui soulève l'arrière-train par la queue, lui met les doigts dans la gueule, lui tord une patte, lui tire la moustache, lui retourne une oreille, lui fait tout ce qu'un chien aime qu'on lui fasse. Chien pousse des cris, par convenance, mais déborde d'allégresse qu'on s'occupe de lui.

— Il paraît qu'on est sonné toutes les nuits. D'ailleurs, sais-tu que nous avons dans le bois un petit cimetière ? dit l'aspirant. Si je suis tué ici, c'est là qu'on viendra me voir de chez moi. Je me demande à quelle gare il faut descendre. Mais crois-tu qu'on laissera les corps ici ?

Alban fit un geste : voilà qui lui était bien égal.

— Je t'avoue que je suis comme le moine Joseph Bernier, qui demandait en expirant que son corps fût jeté à la voirie. Croyons-nous à l'âme, oui ou non ? Si oui, toutes ces histoires de sépulture, de couronnes... Je t'avoue que je vois là une affreuse victoire de la sensiblerie sur la raison.

Il sentit bien qu'il choquait l'aspirant. A son tour, il fut choqué des manques de courage qu'il rencontrait en lui. « Il est ému par une *image;* il est révolté par l'image de son corps à la voirie. » Et comme Prinet disait : « Moi, si j'étais tué, j'aimerais mieux rester ici avec les copains », bien que cette phrase trouvât le chemin de son cœur, il répondit sèchement : « Je le dirai à ton oncle, s'il y a lieu », de sorte qu'ensuite Prinet ne dit plus rien.

« Pourquoi suis-je rosse avec ce vieux garçon ? » se demandait Alban, avec un peu de remords. Mais son goût était profond de mener une âme aveugle droit devant la réalité, comme un cheval qu'on mène yeux bandés au taureau, puis brusquement de les mettre face à face et de laisser là cette âme tremblante. Il n'épargnait pas ce jeu à ceux qu'il aimait le plus, et son excuse était qu'il ne se l'épargnait pas à soi-même. C'est pourquoi il ratifia ce qu'il avait dit. Ensuite la pensée lui vint qu'à rester là, dans la nuit descendue, Prinet avouait peut-être un obscur désir d'être à côté de lui si le bombardement avait lieu ; et cette pensée lui déplut, puis le toucha, puis décidément lui déplut. Ne perdait-il pas un peu de son estime pour cet être, à se dire que cet être avait besoin de lui ? Telle était sa maladie.

— Tu trouveras ton chemin pour t'en retourner ? demanda-t-il cruellement. Je ne te distingue presque plus, tant il fait noir, que par la pointe de ta cigarette.

— T'inquiète pas.

Ils firent un long silence. Chien dormait sans doute. On n'entendait plus le bruit des hommes, ni celui des mouches, ni celui du canon, ni celui de la pluie sans fin. On n'entendait plus aucun bruit. D'instant en instant la nuit leur recouvrait le visage. Ainsi jadis, quand dans les crépuscules d'hiver, collets relevés, ils traversaient le Luxembourg : des bandes de collégiens qui « sortaient » traînassaient par les allées désertes; le roulement lointain d'un tambour allait et venait, mettait un grand rêve militaire sur ces enfants dont beaucoup allaient mourir; quelque chose de fiévreux et d'un peu triste montait de ce vieux jardin de la culture où, le temps qu'il aillent d'une grille à l'autre, soudain plus fermes dans l'obscurité descendue, ils avaient senti marcher près d'eux la gloire.

Dc la bouche invisible, de la bouche de l'ombre, la voix :

— Ça te ferait de la peine si on était battus?

Cette voix on ne savait de qui! Car Alban ne discernait plus rien dans les ténèbres.

— C'est toujours toi qui me parles?

— Dame!

— Comment peux-tu me demander ça! Tu crois donc que je suis de ceux qui ne se sentent bons que quand ils entendent de la musique?

Soudain la France lui apparaissait comme une personne qui va mourir, et il était rempli de remords à cause de ses torts envers elle.

— Pauvre patrie! Tu sais, je l'aime bien. Nous ne sommes guère semblables... Elle aime le sourire, elle aime la romance, elle aime se donner à tort et à travers... Mais je ne peux pas la laisser tomber. — Et puis, c'est quand même mieux d'être honnête.

— Oui, moi aussi, je suis content de ne pas être un dégoûtant.

Prinet dit encore :

— J'ai toujours fait mon devoir.

Cet argot et cette petite emphase, ces petits serments dans de la fumée de cigarettes, ces petites phases d'amour avec des mots de lycéens, écoutons-les, écoutons-les ! C'est le murmure sur la poitrine, et il faut se taire pour parler mieux.

Quand Prinet tire sur sa cigarette, la braise en s'avivant l'éclaire. Une seconde sortent de la nuit les longues mains sèches, le beau visage sévère et faible, la fatigue tragique sous le casque, moins tragique pourtant que ce matin, quand Alban l'a vu, épuisé, qui dormait en plein jour. Devant ce trou béant de l'abri, est-ce Prinet qu'Alban vient de voir, ou bien, au fond des âges, le cadet des légionnaires qui se chauffaient à la porte du Tombeau ? O petits légionnaires qui veillez sur la France, vous ne tomberez pas quand vous allez la voir ressusciter !

— C'est dans trois semaines ma perme, dit Prinet. Puis, après un petit moment : — Peuh, je dis ça... Mais après quatre jours je ne saurai plus quoi faire...

Encore un silence, et il demanda :

— Est-ce que tu penses quelquefois à la mort?

— A la mienne, jamais.

— S'il fallait faire le petit pas qui sépare les promesses, les intentions, les paroles, de l'acte qui est vraiment le sacrifice total, le petit pas qui sépare ceux qui consentent à donner *beaucoup* de ceux qui consentent à donner *tout,* le ferais-tu ?

— Je le ferais.

Alban souffle un peu, comme la Pythie au début de la transe. Cette voix de l'ombre va sur lui comme l'archet va sur la corde.

— Je le ferais, s'il le fallait, — par les sacrements que j'ai reçus hier matin ! J'ignore l'utilité de mon sacrifice, et dans le fond je crois que je me sacrifie à quelque chose qui n'est rien, qui est une de ces nuées que je hais. Croyant mon sacrifice inutile, et peut-être insensé, sans témoins, sans désir, renonçant à la vie et à la chère odeur des êtres, je me précipite dans l'indifférence de l'avenir pour la seule fierté d'avoir été si libre. Dans *l'Iliade,* Diomède se rue sur Énée, bien qu'il sache qu'Apollon rende Énée invulnérable. Hector prédit la ruine de sa patrie, la captivité de sa femme, avant de retourner se battre comme s'il croyait en la victoire. Quand le cheval prophétique annonce à Achille sa mort prochaine : « Je le sais bien », répond le héros, mais au lieu de se croiser les bras et de l'attendre, il se rejette et tue encore d'autres hommes dans la bataille. Ainsi ai-je vécu, sachant la vanité des choses, mais agissant comme si j'en étais dupe, et jouant à faire l'homme pour n'être pas rejeté comme dieu. Oui, perdons-les l'une dans l'autre, mon indifférence et celle de l'avenir ! Après avoir feint d'avoir de l'ambition et je n'en avais pas, feint de craindre la mort et je ne la craignais pas, feint de souffrir et je n'ai jamais souffert, feint d'attendre et je n'attendais rien, je mourrai en feignant de croire que ma mort sert, mais persuadé qu'elle ne sert pas et proclamant que tout est juste.

Un long temps passa sans réponse de l'aspirant, comme si ces paroles l'avaient tué.

— Tu es toujours là ? dit Alban.

— Mais oui.

— Tu ne dis plus rien.

Il entendit la voix sombrée :

— Je songe que tu parles, tu écris, tu proclames des choses nobles et belles, on te suit, on s'appuie sur toi, et soudain tu te dérobes, tu détruis tout et non pas seulement ce que tu semblais construire, mais tout ce qu'il y avait de solide en vous ! Je pourrais citer celles de nos conversations un peu sérieuses où tu n'as pas dit des choses qui m'ont serré le cœur.

— Serré le cœur... Tu es convaincu que je suis malheureux ! Tu dois appeler cela une « doctrine de désespoir » ! Mais pourquoi ai-je parlé ? Ah ! que ce soit ma langue qu'il arrache, l'obus qui prendra quelque chose de moi ! Enfin qu'ils puissent me prendre pour un des leurs ! Enfin que je puisse aimer sans réveils comme font les autres !

Couché dans la cagna, la tristesse roula sur lui comme s'il était couché au fond d'un fleuve. Son impuissance et sa générosité, son doute s'il pouvait aimer complètement ceux qui n'étaient pas aimés par sa chair, la fatigue de n'être jamais d'accord avec le plus grand nombre, cette conception même de la mort qui tout à l'heure l'éblouissait, et maintenant était à demi éteinte parce que le garçon ne l'admirait pas, et bien d'autres choses, et bien d'autres raisons d'être seul et sans douceur, lui firent un triste filet qui l'écrasait contre la terre, les bras étendus comme sur une croix.

La voix reparut, telle une étoile ressort des nuages :

— Est-ce que tu connais le serment des jeunes Athéniens ? Je viens de le lire dans ton Plutarque.

— Non, dit-il d'une voix blanche.

— « Je ne déshonorerai pas ces armes sacrées. Je combattrai pour mon foyer et pour mes dieux, seul ou avec un ami... (il fit une petite pause). Je n'abandonnerai pas mon compagnon dans le combat... »

Alban devina la demande enveloppée, l'espérance, le reproche peut-être, l'audace imprévue dans la nuit bonne aux faibles. « Non, non, je ne t'abandonnerai pas, mon compagnon dans le combat ! Si tu savais comme il me serait facile de donner ma vie pour toi ! Et cependant, ce sacrifice suprême, je le ferais à une amitié dont parfois je doute ! Pauvre vieux, mon incohérence te « serre le cœur », mais remercie-moi de n'être pas plus logique, parce que c'est alors que je pourrais t'abandonner... »

Il allait parler quand le sifflement naquit. Par une intuition fulgurante, il le situa dans le plan même qu'ils occupaient. Il n'avait pas encore repoussé de ses jambes sa couverture qu'une lueur fauve illuminait la cagna, comme une présence qui venait d'entrer. L'air se disloqua. Le plafond de terre parut crouler sur eux.

— Hors d'ici ! cria Alban. Où est l'abri ? Tu peux trouver le chemin ?

— Non, non, restons, je ne vois rien de rien...

Alban se colla contre une des parois, pour diminuer la surface de chair exposée. Il entendit la voix de son ami :

— C'est la première fois que nous sommes sonnés ensemble.

— Où es-tu ? Je ne vois rien du tout. Je ne vois même pas l'entrée de la cagna.

— Attention !

Le son se courbait, amplifiait ses glouglous, piquait droit sur eux maintenant, terrible, avec le bruit d'un train entier qui circule dans l'espace et fond sur vous... Dieu !

Il sentit que c'était fait, la chose terrible, l'écrasement, la séparation de son corps à l'endroit des reins, la terre dans sa bouche et dans ses narines, qui l'étouffait, la terre plein son cerveau, la mort. Inconscient il se dressa, comme une chose qu'un courant électrique traverse, inconscient frappa de la tête contre du solide, fit des pas en titubant, inconscient cria « Aaaa ! Aaaa ! » puis il se rendit compte qu'il était debout, mais il ne savait pas s'il était mort ou s'il vivait, il ne savait pas si son corps existait, si ses membres n'étaient pas dispersés. Une des fois qu'il reprenait souffle pour crier encore « Aaah ! » quelque chose venant du cerveau dut se déclencher et intervenir, car il ne donna pas son cri. Alors il s'aperçut qu'il vivait.

Sans avoir remarqué le bruit du train, il entendit le nouvel éclatement proche, vit l'apparition de la lumière traversée par les fûts des arbres, ne baissa même pas la tête quand les éclats, les mottes de terre, les branches brisées plurent autour de lui.

Dans la nuit, la voix de Prinet, par saccades :

— Je... je... je... je ne peux... je ne peux plus parler...

Il ne répondit pas, comme s'il n'avait pas compris.

— Alban !

Il ne répondit pas. Des petites feuilles détachées se posaient sur son visage, discrètes comme des doigts féminins. Une étouffante odeur de roussi empoisonnait l'air.

— Alban !

La voix était hideuse, vraiment âme qui sort de la gorge, qui est crachée hors du corps pour supplier.

— Prinet ! cria-t-il, désenivré.

— Je suis blessé.

— Est-ce que tu vas mourir ?

(Sans doute ne se rendait-il pas bien compte de ce qu'il disait.)

La voix misérable, toute basse, serrée contre la terre :

— Je ne sais pas.

De nouveau le sifflement. Un autre. Un autre. Les éclairs alentour, comme dans les orages. Puis ils cessent, le tir est allongé, les obus s'abattent plus loin. Tout l'espace nocturne est plein de chats hideux, pareils à ceux qui furent murés vivants et dont on voit l'empreinte convulsée dans la pierre. Ils volent précipités en miaulant, s'abattent sur les hommes pour leur dévorer la nuque.

— Où es-tu ?

— Je suis là.

— Je ne te vois pas ! Je ne vois rien ! Où es-tu blessé ?

— A la cuisse, peut-être au ventre, je ne sais pas.

— J'entends ta voix de tous les côtés.

Il le toucha, glissa les mains le long de ses bras.

— Emporte-moi au poste de secours. Je ne peux pas bouger.

— Mais c'est impossible ! On ne voit rien, rien. Je te touche et je ne te distingue pas.

— Je ne peux pas rester là ! Je ne peux pas rester là ! J'ai peut-être un éclat dans le ventre. Je peux crever dans une minute si on ne me fait rien.

— C'est impossible ! Je vais chercher les allumettes, voir ce que tu as...

— Tu vas nous faire repérer avec tes allumettes... Ah ! assez de tout ça ! assez ! assez !

Crispant les sourcils, écarquillant les yeux, dans un magnifique effort viril, Alban chercha à maîtriser son esprit qui s'enténébrait. Il étendit les mains, tâtonnant pour la boîte d'allumettes, ne reconnut plus rien, se demanda s'ils n'avaient pas été projetés à plusieurs mètres, cria « Saleté ! » à Chien qui se flanquait dans ses jambes, rapidement reconnut qu'il ne fallait pas espérer de lumière.

— Tu n'as pas ton paquet de pansement ?

— Non. Et toi ?

— Non.

De nouveau il étendit les mains, crut chercher partout alors qu'elles revenaient toujours aux mêmes endroits, et elles étaient fébriles au bout de ses bras, et toute sa volonté était impuissante à les calmer.

— Tu ne trouves pas ?

Il butait contre des choses dures qui lui faisaient

mal, mettait les mains dans de la terre boueuse, avec son âme qui partait de nouveau à la dérive, qui descendait, descendait, comme descendent les choses dans les cauchemars. Et les sifflements des obus, se courbant au-dessus de leurs têtes, lançaient comme des arches sonores qui s'entrecroisaient et les emprisonnaient.

— Tu ne trouves pas ?

Il palpa une musette, plongea dedans, reconnut au toucher son rasoir automatique, son savon, une pochette de papiers qui s'éparpillèrent, des choses indéfinissables qu'il jetait à droite, à gauche.

— Je ne trouverai rien ! Je ne trouverai rien ! cria-t-il, prêt à pleurer d'impuissance. Puis, absurdement :

— Je vais aller chercher quelqu'un.

— Non ! Non ! Alban ! Je t'en supplie, ne t'en va pas !

Ah ! ces mots, cette phrase de théâtre dite dans la vie, à côté de vous, par quelqu'un qui peut-être va mourir. Il avait envie de lui crier : « Ne meurs pas ! Ne meurs pas ! » comme s'il y avait besoin de le convaincre.

— Mais je peux appeler ! s'exclama-t-il, soudain illuminé par cette idée si simple, la première qu'ils eussent dû avoir.

Il appela, ne reconnut pas sa voix, ne reçut pas de réponse, appela encore. Alentour, tout le ciel indiscernable était rempli des longs gémissements des obus, comme des gémissements de petits enfants, tout le ciel pareil à une chose vivante qui se plaint. Pas un être ne répondit, bien que des centaines d'êtres fussent là. Il revint.

— Est-ce que ça saigne fort ?

— Comment veux-tu que je sache, puisqu'on ne voit rien ? Je ne sens pas la plaie... Je sens bien l'endroit où ça me fait mal... Je ne sens pas l'odeur du sang à mes doigts.

— Ce n'est peut-être qu'un petit éclat. (Il se reprenait à espérer.) Et sur ton ventre ?

— Je ne sens rien. Mais est-ce que le lieutenant Guillout n'avait pas reçu un éclat seulement dans la cuisse, qui est remonté et a perforé l'intestin ?

— On a dit ça, mais...

N'était-ce pas vrai ? Tout le monde ne l'avait-il pas dit ? L'angoisse le reprit. Soudain son pied écrasa quelque chose qui fit un petit bruit sec...

— Les allumettes !

Il en gratta une, qui ne prit pas, en compta cinq autres dans la boîte, gratta la seconde avec une émotion infinie. La flamme jaillit. Il entrevit le corps, le visage. La flamme s'éteignit.

— Où est la boîte ?

Il ne la trouvait plus. Il tâtonna, sentit qu'il la faisait tomber, promena sa main sur la terre, reconnut un quart, mouilla ses doigts, reconnut la boîte dans le liquide : au milieu de la cagna bouleversée, son quart à demi rempli de vin était resté intact et la boîte était tombée dedans. Il gratta les quatre allumettes. Pas une ne prit.

Il se renversa en arrière, appuya le dos contre la paroi, ouvrit vers le golfe de la nuit ses yeux qui brûlaient sur leurs bords. Il mesura la grande indifférence de la nature qui les protégeait et les torturait tour à tour, et son intelligence l'accueillit, la trouva dans l'ordre. Au-dessus de leurs agitations communes, elle et lui rejoignirent leurs parties inaccessibles. Il étendit la main vers le quart et but le reste du vin, goulûment.

— Quelle heure peut-il être ? demanda Prinet.

— Pas tard. Onze heures, j'imagine...

— Onze heures !

Quatre heures s'étendaient avant l'aube.

— Tu ne te sens pas mal ?

— Je ne souffre pas, mais j'ai tout le côté droit paralysé.

— Tu n'as peut-être reçu qu'un choc de bois ou de terre.

— Et toi, tu n'as rien eu ?

Il sourit. Enfin on s'inquiétait de lui ! Il dit que non, sans une ombre d'amertume. Puis :

— Sais-tu, tu devrais tâcher de dormir.

— Ah, dormir !

— Tu n'as pas froid ?

— Un petit peu.

Sans bruit, qu'il ne devinât pas son geste, il enleva sa capote, la disposa sur l'aspirant, imagina qu'il l'eût recouvert ainsi, s'il eût été mort.

— Allons, dors. S'il y avait du mauvais, Chien se plaindrait. Les chiens, ils ont des pressentiments, ils savent bien des choses... Mais, tu vois, il est tranquille. Il dort déjà, lui.

Il s'assit. Il lui posa la main sur l'épaule ; de nouveau tourna les yeux vers le ciel indiscernable. De même que d'un pré lointain vous ne distinguez d'abord que la teinte verdâtre, puis, après quelques secondes, les petites taches des fleurs apparaissent, ainsi dans ce ciel il découvrait peu à peu des étoiles, comme prisonnières dans les rets du feuillage. On n'entendait plus un bruit, que d'une branche à demi sectionnée qui craquait, hésitait, s'abattait dans un long froissement de feuilles, à moins que sa chute ne cessât court, arrêtée par d'autres branches. A l'est, très loin, derrière des milliers d'arbres qui alors se profilaient dessus, quelquefois des rougeoiements s'élevaient, s'abaissaient, s'épanouissaient plus fort, comme si des choses sautaient et brûlaient dans ce grand silence.

Un souffle léger, régulier, monta à côté de lui. Presque dans le même instant, quelque chose de vivant et de chaud toucha le dos de sa main, appuyée sur l'épaule fraternelle. C'était le visage endormi qui se posait.

Et tout à coup l'espérance se leva des profondeurs, l'espérance, la confuse certitude que tout mal était impossible, maintenant. La transe était dénouée, la peur de la mort dissipée, les génies des ténèbres s'enfuyaient en courroux à cause de cette douceur pauvre au ras du sol, son cœur s'ouvrait et se déployait comme un grand éventail fait d'ailes qui balayaient les confins de la nuit; et mystérieusement il connaissait tout ce qu'il avait failli dans sa vie à comprendre, pour s'être raidi contre la tendresse humaine.

Sur la main pesait le visage, et la main se fût mieux dégagée d'un étau, et celui qui ne dormait pas était plus immobile que celui qui dormait. Sur cette main, l'autre jour, les lèvres de Dominique avaient bougé; la place de ce baiser était celle-là même que couvrait la joue du soldat. L'un des contacts était sain comme le contact des substances sacrées sur les autels; l'autre était une défaite de ce qui est le mieux, et la promesse d'une dégradation pire. L'un était d'une chair molle et tremblante; l'autre d'un dur os qui faisait presque mal aux doigts, d'une dure chose qui, détachée et projetée, eût tué un homme. Sur cet étroit champ clos se rencontraient deux ordres de la vie, l'un pour être écrasé par l'autre.

— J'ai peur! J'ai peur!

— Mais non, mon vieux, mais non.

— Tu as entendu cette bande qui passe en chantant, en jouant du violon et de la mandoline?

Alban frissonna.
— Tu rêves.
— J'entends Trivier qui ronfle. Sa femme lui tape sur le nez avec ses gants de bal : « Tu n'as pas fini de ronfler ? Laisse-moi donc dormir. »
— Dors, dors, il n'y a pas de danger.
— Est-ce que je suis réveillé ou est-ce que je rêve ?
— En tout cas tu radotes.
— Est-ce que je viens seulement de m'endormir ou est-ce qu'on approche du jour ?
— Il est minuit peut-être.
— Ah, la la !

Il se souvint du passage de Plutarque, lu sans doute dans la journée par l'aspirant, et d'où était née l'hallucination nocturne. Au milieu de la nuit qui précéda la bataille décisive entre Antoine et Octave, pendant qu'Alexandrie était consternée et silencieuse dans l'attente des événements, tout à coup une harmonie barbare d'instruments de toutes espèces, mêlée de cris et de danses de satyres, s'était fait entendre au loin, toujours plus fort, toujours plus fort, s'éloignait enfin, se perdait, sans que personne eût pu rien voir...

L'image s'élança en lui, retomba comme un jet d'eau, de toutes parts, avec des ondes qui le transissaient. Une fois de plus, à l'instant opportun, la grande vie antique envoyait à son fils exilé le petit peu qu'il fallait d'elle pour faire davantage de beauté ou de force ; le grand tombeau s'entrouvrait et il en sortait une chouette ou un aigle qui volait vers lui en tenant les présages. Ainsi donc le même rêve avait passé dans cette bonne tête dont il sentait la chaleur sur sa main, en cette nuit d'angoisse de la grande guerre, et il y a deux mille ans, dans la nuit d'angoisse d'un vieux peuple, la veille même de cette bataille d'où étaient nés par la victoire d'Octave l'ordre romain et la fortune du monde ! O signes ! O signes ! La concordance fabuleuse n'allait-elle pas se poursuivre jusqu'au bout ? Le jour qui allait venir pouvait-il être pareil aux autres ?

Au froid plus pénétrant il devina qu'approchait ce jour : on était dans cette seconde partie de la nuit, interminable pour celui qui veille. A l'est, loin derrière les arbres, les lueurs étranges apparaissaient et disparaissaient encore. Bien plus familier avec le monde ancien qu'avec le nôtre, et d'ailleurs disposé par la tension de la nuit à tout accepter sans contrôle, Alban se croyait spectateur des prodiges décrits par les historiens et les poètes. Les laves débordées, les sources de sang coulaient peut-être au fond de ces clairières ; ces éclairs silencieux n'avaient-ils pas l'exacte apparence des coups de foudre dans un ciel serein qui avaient annoncé la mort de César ? Une phrase de Prinet lui revenait aussi : « Ton Plutarque dit que des pluies abondantes précèdent toujours les grandes batailles. » Ces grandes choses de la nature lui paraissaient familières ; il était de plain-pied avec elles. Le règne ancien et le règne moderne, le règne des phantasmes et le règne des choses se mêlaient pour faire un univers fantastique qui ne lui voulait plus de mal. Toute la nuit la terre avait agonisé, mais c'était en travail d'un nouvel âge. Le matin qui allait naître était le troisième matin du monde, pareil au matin qui naquit après le déluge.

Auprès de lui, on bougea. Il ne sentit plus le contact sur sa main, que le froid instantanément recouvrit. Quelques centimètres de vide les séparèrent autant que l'eussent fait des lieues de ténèbres.

— Tu es là ? demanda Prinet.

— Tu le sais bien. Et toi, comment te trouves-tu ? Je suis sûr que tu es mieux.

— Cela ne me fait pas très mal. Il y a juste un point

qui est comme tordu, et puis autour c'est comme empesé, mort ; mais il y a bien des mouvements que je peux faire à présent.

Le jeune homme se redressait, prenant appui sur l'épaule d'Alban. Réveillé, Chien se frottait contre eux.

— Tu ne crois pas que tu t'es seulement froissé un nerf ou un muscle en sautant pour te garer ?

— Penses-tu ! dit la voix avec reproche.

— Il paraît que sans cesse on se trompe, qu'il y a des éclats dont on ne sait même pas qu'on les a reçus, d'autres qu'on a pris pour une simple contusion. Il serait bien possible qu'un violent froissement de nerf donnât la même sensation que ferait un corps logé dans un muscle...

— On t'a raconté ça chez les secrétaires d'état-major.

Mortifié sans doute, Prinet ne parlait plus. Et un puissant pressentiment se composait en son ami, qui lui disait que Prinet n'avait rien. Et cette méprise, ce léger voile de ridicule au-dessus du péril et de l'angoisse trop certains, mettaient en lui une sorte d'attendrissement, comme s'il avait veillé un enfant égaré.

Tout à coup, il se dressa :

— Le jour !

— Où vois-tu le jour ?

— Je ne sais pas. Mais je sens qu'il vient.

— Dans douze heures il y aura une nuit pareille.

— La fin de tout ça est proche.

— Ça n'aura jamais de fin.

— Pendant que tu dormais, la nuit était pleine de prodiges.

— Ah !

De quel ton de doute, ce « ah ! » : « C'est encore des histoires que tu racontes. »

— Demain nous résumerons tout dans la petite

phrase : « Ah oui ! à ce moment-là, c'était dur. » Et voilà !

— Oh !

— Quoi donc ?

— L'étoile, elle s'est éteinte !

— Une autre !

On distinguait les troncs des arbres.

— Je vais te voir.

Un oiseau appela pour eux seuls, chanta pour eux seuls. Alors la voix :

— Écoute, il faut que je te dise. Mais c'est curieux, je ne sens presque plus rien... je me demande...

Tout commençait d'apparaître. Il semblait que la clarté émanât du sol à la façon des vapeurs.

Alban :

— Je te vois !

Il souriait. Une hilarité montait de ses entrailles.

— Tu n'es pas plus dépeigné qu'avant...

En un instant, le garçon découvrit sa cuisse. Ils se baissèrent. Il n'y avait pas une goutte de sang.

Dans la pénombre livide, couleur de toile d'araignée, Alban vit se lever enfin comme une aube humaine le jeune visage, avec les yeux lourds de sommeil et bordés de rouge, la terre dans les cheveux et, sur la joue, pas encore effacées, les trois marques rouges des jointures de ses doigts. Alors, sans souci d'être cruel, il éclata de rire. Ce n'était pas seulement pour la mine un peu piteuse de son ami, c'était le plaisir d'avoir montré une fois de plus sa supériorité, c'était le besoin de se détendre, de faire une grande respiration, le soleil qui éclatait en lui comme il allait éclater sur le monde. Et le désir lui venait de railler le petit aspirant, de sauvagement faire joujou avec lui. Et tous les muscles de son visage entraient en action dans la mimique qu'il faisait pour exprimer à son égard les sentiments les plus blessants. Et il riait comme un faune sans vergogne, à demi dieu par sa dilatation d'amusement et son enfantin manque de charité.

Mais soudain ses yeux devinrent plus graves. L'obscurité s'était retirée, et on voyait. Le gourbi avait disparu ; l'emplacement même n'en était plus reconnaissable. A quelques mètres un entonnoir s'ouvrait, autour de quoi tout était dévasté : les arbres coupés à hauteur d'homme, inclinés jusqu'à ce que les ramures voisines eussent fait barrage, l'herbe tondue par la flamme, des débris de planches, de vagues objets qui avaient dû appartenir à Alban, tout cela carbonisé et noirci. Au-delà, les arbres vivants avaient des moignons de branches, des troncs éclaboussés d'entailles, des feuilles roussies et crispées comme durent l'être celles qui restaient, quand Dieu eut apparu dans le buisson. De loin en loin, tout alentour, sortant à mi-corps du sol, sans plus de mouvement que si les apparitions du feu les avaient ravis dans un songe sans limite et si toute la nuit ils étaient demeurés là, debout et les yeux grands sans voir, des hommes couleur de cendre contemplaient, hébétés.

Les garçons ne prononcèrent pas une parole, mais le rire de l'aîné s'était éteint. Et ils se souvenaient tous deux.

Alors, des confins du levant, sans que le soleil fût visible, une marée d'or déferla qui ne s'écartait pas du sol, et les hommes, qu'elle baignait à mi-corps, comme touchés d'un charme se mettaient à bouger. A mesure qu'elle s'élevait, les hauts troncs droits et nus, sous la voûte encore toute nocturne, semblaient des fusées de lumière jaillissant du sol, au travers desquelles on eût passé la main, ou bien de grands cierges diaphanes dressés pour le dieu inconnu. Les lointains couleur de primevère allumaient doucement le peu qu'on voyait de ciel bleu. De branche en branche, avec un grêle tapage, volait l'annonciation des oiseaux.

Mais des fourrés un homme débouchait, plein de nuit. Sautant d'une excavation à l'autre, au passage il se tourna vers les deux amis, avec un large sourire :

— Hé, poteaux, on les possède ! Note pour le colonel : Nous avons attaqué sur tout le front, les Boches foutent le camp, la Marne est repassée, nous avons pris dix mille prisonniers et deux cents canons.

Deuxième partie

XI

MON COMPAGNON...

Mon compagnon, l'avez-vous fait de gré?
Je suis Roland, celui qui tant vous aime.

Chanson de Roland.

La plaine en avant de la forêt de C... s'étend à perte de vue comme un océan dont les lisières de la forêt seraient les falaises. Ce 23 juillet 1918, la chaleur accable. Il est midi. Le ciel sans un nuage n'est pas bleu mais grisâtre, comme si, de même que le fer rouge, il avait pâli à force de chaleur; la lumière est livide et les ombres sont faibles; on dirait que se prépare une éclipse. A l'ouest, l'horizon, que la poussière rend indiscernable, est bouché par un tapage incessant de mitrailleuses. Vers là-bas s'en va la route (qui ignore tout), blanche comme de l'ivoire ou du lait. Au loin, en bordure de cette route, trois, quatre obus éclatent. On voit la fumée du dernier rester un long moment immobile avant de se défaire, noire comme l'encre, si dense et si nettement découpée qu'on croirait un grand arbre solitaire dans l'étendue.

Sur la route, précédés de Chien, Prinet, Alban et Riffard, le téléphoniste, rejoignent leurs compagnies;

ce sont elles qui font ces bruits de mort. Alban aurait pu partir ce soir, à la tombée de la chaleur, mais il a préféré faire le chemin avec son ami. Disons aussi que sa tendance l'inclinait vers cette extrémité. Il ne choisirait pas exprès, pour y donner son effort, l'heure la plus sauvage, mais, qu'il le faille ainsi, il trouvera dans cet excès de fatigue un contentement, l'accomplissement de son ardeur. L'oiseau des tempêtes, suspendu sur ses ailes, se repose dans le combat des éléments.

Et puis, comment souffrir? Aujourd'hui c'est la victoire.

La victoire ! Des esclaves tressaillent à ce mot. Petits employés, petits comptables, la grande race des omoplates saillantes et des ventres ballonnés se redresse, sentant couler un sang plus fier. Et lui donc, Alban, que sentira-t-il, lui qui ne peut souffrir que les victorieux, lui de qui le secret tissu a été constitué pour le climat de la victoire? Ah! lui, il vit! Tout ce qui demeurait un peu à l'étroit ou en boutons dans son âme a éclaté. « C'est nous, la force », se répète-t-il à haute voix, stupéfait de ces mots jamais rêvés. « C'est la France qui est la force. » Phrase adorable qu'il va pouvoir prononcer durant quelques jours, une semaine peut-être, et qu'ensuite, ni le jour de l'armistice, ni le jour des défilés, ni aucun des jours de la paix blême, jamais il n'osera prononcer plus. « C'est nous, la force », et soudain l'Allemand, qu'il admirait parce qu'il était le plus fort, il le méprise, il le raille, parce qu'il est le vaincu.

Il imagine le Triomphe, non pas nos triomphes pleins de scrupules et comme honteux, mais le vrai triomphe césarien, avec les chefs ennemis enchaînés, avec les simulacres en métal de toutes les terres conquises ou reconquises, celui de ces bois qui sont là, celui de ce village qui est là, les cités, les monts, les fleuves dépouillés de leurs cornes. En vain, étourdis par cet air trop vif, les Pâles essayent de l'affadir : c'est la victoire du Droit, de la Civilisation... Mais lui, le Droit, la Civilisation, il s'en moque bien ! Pour Alban, la victoire, c'est la vengeance, la restitution des butins, la punition à celui qui s'est laissé battre, le droit de conquête, la reprise individuelle, un nouvel accroissement à la grande liberté militaire. Les voici qui lui tremblent dans le sang, tous ses vieux brigands d'ancêtres, tous les vieux nobles détrousseurs : Marc-Antoine, suzerain d'Aumont et de Chauny, tué à coups de dague dans le « Bosquet à Crapauds », et le sire de Pisseleu, du nom de la belle Anne, concubine de François Ier, et Olivier, à demi corsaire, qui fit Dieu sait quoi sur les océans avant de mourir du *mal français*, et Jean l'Échevin, qui, seul des notables, dédaigna d'aller saluer Louis XIII quand le roi passa dans sa bonne ville, et Gilbert, gouverneur de l'île Bourbon, dompteur de nègres dont il tua l'un à coups de trique, les voici revenus, tous les vieux hommes forts, tous pouffant d'orgueil, avec leur dureté de vie, leurs pilleries, leurs dénis de justice, leurs vices de bien portants, tout ce qui leur a tanné et basané l'âme sur les chemins de ronde des châteaux forts et sur les ponts des brigantins, tous revenus joyeux parce qu'on a la victoire comme dans l'ancien temps, et parce que ce dernier Alban n'a pas déchu. Et lui, qui ne prendrait pas un timbre de deux sous à un ami, tout à l'heure, en traversant le village, devant les trous béants qui montraient dans les maisons abandonnées les crucifix d'ivoire, les faïences, les gravures, l'antique geste de la prise de possession lui mettait dans le cœur un lancinant désir. — Quoi ! rien que cette petite Vierge, pour en faire cadeau à la chapelle de son collège ! —

Tant le moindre événement nouveau lui était prétexte pour se croire tout permis. Si « le temps des armes n'est pas celui des lois », comme l'avait dit le divin Jules, que dire alors du temps de la victoire ! La victoire émeut ses parties les plus nobles, mais après lui être apparue d'abord, et essentiellement, comme une facilité de plus accordée à la satisfaction de tous ses instincts.

La chaleur est étourdissante. Sa rage immobile se déchaîne comme celle du vent. En temps de paix, une seule petite bande de ce soleil, on ne la traverserait pas plus qu'un fleuve ; les poules elles-mêmes s'en garderaient. Une haie, sur quelques mètres, projette un étroit ruban d'ombre. Ils s'y arrêtent, s'adossent au talus, enlèvent leurs casques. Prinet, si réservé dans le civil, s'est dépoitraillé jusqu'au creux de l'estomac.

— Sais-tu ce qu'ils bombardent là-bas ? demande-t-il, levant sa carte. C'est une ferme. Tiens. En 62-80.

Alban regarde. Après un instant :

— Je crois que tu te trompes et que c'est tout simplement le pont sur lequel nous allons passer.

— Mais non !

Prinet se penche de nouveau sur la carte. Ses sourcils se froncent.

— Oui, c'est vrai... J'avais confondu. — Alors, c'est ici que nous sommes ?

Alban voudrait bien que Riffard n'eût pas entendu. Quand même, si l'aspirant avait conduit sa section !

— Il va donc falloir passer là-dessus, constate Prinet, d'une voix peu forte.

— Ça va être très amusant ! Attention à ne pas rater son coup.

Il imagine des gymnasiarques qui se tuent s'ils n'ont pas pris leur élan à la même seconde. Toujours il a eu envie de traverser un barrage, louvoyant, calculant les arrivées et les points de chute : la même sensation, pense-t-il, qu'à traverser aux heures de presse les grands boulevards.

Implacable ciel ! D'abord le casque les protège mieux, mais peu à peu il devient brûlant et ils ne peuvent plus le supporter. Alors ils mettent leurs calots — Prinet son béret — avec leurs mouchoirs (bien sales) en couvre-nuque. Et après un temps ils remettront le casque ; puis changeront encore. La poussière crisse sous leurs dents, rend le vent irrespirable. L'herbe, les feuilles, sur les bords de la route, en sont poudrées. Elle enfarine leurs cils, leurs sourcils, les moustaches de Riffard. Prinet va devant. Si mince, un peu efflanqué, avec ses grandes jambes, il est plus pareil aux garçons qui font de la préparation militaire qu'à un chef, un responsable d'hommes, qui marche à la fauve bataille. Alban le sait pas bien vigoureux : comment cette chaleur ne le tue-t-elle pas ? Ses lèvres sont pincées. Alban remarque qu'on voit à peine ses yeux, si profondément sont-ils perdus. Il y a des gouttes de sueur, comme posées, sur son nez. Et la sueur baigne aussi sa poitrine, qui est jeune comme la mie du pain frais.

Ils arrivèrent sur un renflement. Aussitôt, ils aperçurent le pont, autour duquel l'air était obscurci par la fumée non encore dissipée, comme après un incendie.

— Les maladroits ! lance Riffard. Il est intact.

— Que tu dis, complète Prinet, sombre.

— Attendons la prochaine rafale. Sitôt tombée, nous passerons facilement.

— Et si ta rafale coupe le pont ?

— Pensez-vous, mon aspirant !

De quel ton, ce « pensez-vous » ! Ces Français, quand même ! On dirait que, depuis quatre ans de guerre, jamais les Boches (ces mazettes) ne sont parvenus à causer le plus infime dommage à quoi que ce soit de français. Mais Alban est saisi surtout par le « vous », par le « mon aspirant ». Il regarde son ami. Il sent bien qu'il aurait davantage confiance en Riffard qu'en ce gamin. Il perçoit comme quelque chose de monstrueux dans le fait que celui-là soit commandé par celui-ci, que celui-là puisse être fusillé s'il n'a pas obéi à celui-ci. Et en même temps cette autorité, ces longs galons un peu ridicules, qui lui prennent toute la manche — trop courte, elle ! — le lui rendent plus touchant. Il l'aimerait moins en soldat de seconde classe.

Ils ont décidé d'attendre la prochaine rafale. A quatre-vingts mètres du pont, les voici arrêtés. Étrange sensation. Étrange spectacle, ces champs si ordinaires, ce pont faussement innocent, où à chaque seconde la mort s'abat. Alban regarde Prinet. Comme elle est belle, l'émotion sur la face d'un homme ! Riffard, lui, est content comme tout. Chien se mange les puces, et on entend le petit bruit de crécelle qu'il fait avec ses dents.

— Vise la rivière, si elle se défile des lignes !

C'est vrai, cette rivière, elle fuit, elle fuit éperdument vers l'arrière. C'en est drôle à voir. Mais Prinet sifflote.

— Ne sifflote donc pas comme ça, lui dit Alban, qui a reconnu le sifflotis des petits garçons, quand ils ont peur, le soir, dans le fond du jardin, là ou est *l'ours.*

L'obus s'annonce, avec le bruit d'un gros bourdon. Alban écarquille les yeux pour le voir dans sa trajectoire. Comment ne le voit-on pas ? Va-t-il donc si vite, avec ce vrombissement fatigué ? Tout cela est bien étrange. Enfin il tombe, mais n'éclate pas. — Un autre, trop loin. — Un autre, dans la rivière. O lis d'écume après les pivoines du feu !

— En avant ! crie Prinet.

Alban le voit courir, tenant à pleins bras ses musettes pour qu'elles ne lui battent pas les flancs. Il entend derrière lui la voix de Riffard : « Mais non ! », pourtant il s'élance. Il va s'engager sur le pont quand l'air siffle. Il se plaque à terre, l'obus tombe à vingt mètres. Il se relève et court à toutes jambes.

— Tu es parti trop tôt ! jette-t-il à l'autre, avec reproche.

— Eh bien ! il ne fallait pas me suivre.

Comme il est pâle, le petit aspi ! Comme il est blessé, saignant de toutes parts, non dans sa chair, mais dans son âme ! Par deux fois, en une demi-heure, il s'est trompé, il a failli. Et Alban, une seconde, voit ses yeux qui — exactement — *nagent.* Une seconde, il reconnaît un regard traqué qu'il a déjà vu... à qui donc ? Ah ! oui : à l'ordonnance du capitaine Véran, valet de chambre dans le civil, et qui a peur.

Autour d'eux, comme de la bruine, la poussière descend des arbres qu'a secoués le souffle de l'obus. Mais voici Riffard et sa bonne figure qui rit. Avec des mines, il menace Chien : « Ah ! putain de bête ! ah ! putain de bête ! » Il explique :

— Si je peux vous donner un conseil, mon aspirant, c'est de vous débarrasser de votre chien. Vous étiez par-devant, vous n'avez pas vu, mais quand je traversais le pont, il s'est foutu dans mes jambes, il m'a bien flanqué par terre. Ma foi, y avait du zinzin, ça aurait pu faire mauvais. Les clebs, à l'arrière, ça me plaît ; un chien, ça n'a pas de vice... Mais ici, comme vous allez être, quand un instant peut vous coûter la vie, on a bien assez de s'occuper de soi-même sans s'occuper des chiens.

— Il a bien raison, dit Alban. Il y a longtemps que je le pensais.

— Mais qu'est-ce que tu veux que j'en fasse ! Si l'un de vous veut me le garder...

— Hé ! dis donc, il me semble qu'aucun de nous ne va à l'arrière.

— Alors ? Tu ne penses pas que je vais le jeter à l'eau ?

— C'est bien cela pourtant qu'il faudrait faire.

Ils n'en disent pas plus long là-dessus.

Le soleil est terrible. L'intérieur de leur corps est desséché comme si on y avait insufflé de l'air chaud avec un chalumeau. Prinet, en buvant à son bidon, verse l'eau, jaune de rouille, sur sa figure, sur ses tempes, d'où elle coule jusque sur sa poitrine sans la moindre fraîcheur, par le col ouvert. Puis :

— Il y en a encore. Tu veux ?

Alban en crève d'envie ; son bidon est vide. Mais, dans un clin d'œil, il consulte le visage de son ami, devine que l'offre gentille lui coûte.

— Non, je n'ai pas très soif, garde ça pour toi.

— Tiens, dit Riffard à Alban. Ne te gêne pas. Elle est pleine.

Et il lui tend sa gourde. Il a tout compris, ce rustre.

Obscur chassé-croisé de mouvements. Prinet se prive. Alban se prive. Riffard se prive. Douceur secrète de la guerre, n'avez-vous pas racheté tout le reste ?

Mais, dans le geste de hausser la gourde, Alban sent sur le dessus de l'avant-bras une gêne, l'étoffe qui colle à la peau.

— Parions que j'ai reçu un éclat.

On s'approche de lui. Rien de visible sur la capote, mais, sur la veste, une petite tache brune. Il enlève la veste, remonte la manche de sa chemise. Et il a une pousse d'amour pour son sang.

L'entaille humide, brillante, incarnadine ! Ma chair ! Mon sang ! Et, au fond, le petit morceau de métal. Riffard distend la plaie avec les doigts. Alban cueille l'éclat, grand comme une pièce de dix sous, et le jette.

— Tu ne le gardes pas comme souvenir ? demande Prinet.

Alban hausse les épaules à cette idée de fille. Toutefois il se dit ensuite : « C'est vrai. Je n'ai envoyé chez moi aucun souvenir, ni trophée ennemi, ni pièce d'obus. Un jour mon petit garçon, si j'en ai un, ne saura même pas que j'ai fait la guerre. »

Mais voici que Riffard les quitte, prend un chemin de traverse vers sa compagnie. On se serre la main. « Au revoir, vieux, bonne chance. » Cérémonies après tant de départs sans adieux. Les âmes fortes sont devenues ici insensibles, appauvries par leur vigueur.

Il s'en va, et Alban songe que sa femme, la fermière, ne saura jamais combien il était brave. Elle l'appellera feignant, se croira plus que lui.

Ils l'avaient à peine perdu de vue qu'ils aperçurent un lourd avion allemand qui venait sur eux du fond des lignes ennemies, à cinquante mètres du sol, qui grandissait, grandissait, piquait droit sur eux, et Alban lui-même fut impressionné. « Gare la mitraillade », pensa-t-il. Déjà l'aspirant s'était faufilé dans le fossé, bordé ici d'une haie touffue, et dissimulé comme il avait pu sous les branches. Alban fit de même. Mais au milieu de la route, excité par leur apparence bizarre, Chien les regardait en aboyant.

Un chien en arrêt et aboyant, au milieu de ces étendues désertes : n'est-ce pas de quoi éveiller les soupçons ?

— Ta sale bête va nous faire tuer, grogne Alban.

Ils sentent le monstrueux insecte leur voler sus, couvrir avec son fracas les abois mêmes de la petite brute. Il y a quelques secondes presque plus pénibles que celles qu'on connaît sous les obus ; il y a un zénith effrayant ; puis l'avion les dépasse, s'enfuit du même train vers l'horizon.

— Voilà confirmé ce que te conseillait Riffard, dit Alban en se relevant. Un peu plus d'attention chez l'observateur, et ton chien nous signalait.

Puis, rudement, les nerfs encore tirés :

— Tu vas me faire le plaisir de tuer cette bête, si tu ne veux pas qu'elle te fasse tuer toi-même ou qu'elle fasse tuer des camarades.

— Tuer Chien ! Une bête qui a partagé toutes nos misères, qui a été notre compagnon dans l'abri ! Si je suis obligé de le faire, je le ferai. Mais à la dernière extrémité.

— L'aurais-tu fait quand l'avion nous arrivait dessus ? Allons, assez d'enfantillages, ce que tu dis là n'est pas digne d'un homme. Je te répète que, pour ce qui est de ma propre vie, peu m'importe ce chien puisque je vous quitte, toi et lui. Mais il est un danger pour ta vie et pour celle de tes copains. La tienne encore, ce serait ton affaire ! Mais risquer celle des autres pour un chien, ça, non.

La colère se soulevait en lui, il commençait à se manger la lèvre : une de ces affreuses colères telles qu'il en avait dans son adolescence, quand il criait à ceux qui tentaient de lui faire honte : « Non ! Non ! Laissez-moi être en colère ! Je ne veux pas être de sang-froid ! »

— Et si tu n'as pas le courage de le faire disparaître toi-même, c'est moi qui le ferai, finit-il, le cerveau comme une éponge gonflée de sang.

— Je voudrais voir ça, dit Prinet, la voix saccadée, les prunelles plus pâles.

— Et alors, quoi ? Tu me tuerais ? gouaille l'autre, la bouche mauvaise.

Stoïque pour supporter la résistance des choses, celle des personnes le rendait fou. Puis il était dégoûté par cette sensiblerie comme on est dégoûté par un serpent.

Il ouvrit la gaine de son browning.

— Alban, si tu fais ça...

La balle dut casser quelque chose dans l'arrière-train, car la bête s'assit, resta assise, tournant vers celui qui la tuait des yeux d'une stupéfiante tristesse. Il entendit la voix derrière lui : « Brute ! Sauvage ! Sale brute ! » s'attendit à être frappé, ne reçut d'autre coup que le regard suppliant de l'animal, plus humain que les yeux des hommes, appuya le canon sous l'oreille, tira de nouveau. La bête s'inclina doucement, comme la page soulevée par une brise, dans un livre ouvert, s'incline quand la brise tombe.

Il releva la tête, regarda son ami. Il le vit, suffoqué par l'émotion, faire le mouvement de se mettre à parler, ne rien dire, se tourner, et, s'engageant à travers les champs, se diriger vers la piste qui menait aux lignes. Alors lui aussi, s'étant assuré que le chien était bien mort, il reprit sa route.

Par amour-propre, de crainte que Prinet ne surprît cette faiblesse, il ne jeta pas un regard vers lui. « De nous deux, est-ce moi qui *ai besoin ?* » Il marcha un peu, pensant que l'autre allait s'arrêter, lui faire un signe. Il se souvint de semblables bouderies avec des petits copains du collège, pendant les « trajets », vieilles de six ans, pourtant fraîches comme d'hier. Mais aujourd'hui, en une heure si grave ! « Est-ce qu'il part au combat comme cela, sans un mot ? Était-ce pour aboutir à cela, tout ce que nous avons vécu ensemble ? Ce n'est pas possible. »

Il n'entendit rien, et chacun de ses pas le déchirait. Alors, très simplement, il fit halte, regarda à cent mètres déjà dans les champs, la mince silhouette qui diminuait. Il eut l'impulsion d'appeler, de courir. L'image : « Moi courant après Prinet » l'emplit de honte, le cloua au sol. Il resta immobile, les yeux fixés sur cette toute petite chose vivante dans l'étendue, plus petite que le tronc d'un arbre coupé, mais avec son cœur, ses détours, son choix du oui ou du non, son monstrueux pouvoir de faire de la peine. « Il ne se retournera même pas ! » A l'instant que jaillissait de lui ce reproche, il vit le garçon se retourner vers lui, grimaçant contre le soleil, mais sans s'arrêter, sans s'arrêter. Il ne bougea pas, le masque illisible, avouant toutefois par sa seule attitude : « Oui, j'attendais quelque chose de toi. » Une seconde encore ils furent face à face, non cœur à cœur ; puis l'aspirant se détourna. Et plus jamais Alban ne devait voir son visage.

Avec violence il se remit en marche. Quelque chose éclatait dans sa poitrine, et il pensait que c'était toujours de la colère. Les yeux attachés rageusement sur le sol poudreux : « Je ne me retournerai pas une fois avant le temps nécessaire pour qu'il ait disparu. » Après un temps, il le fit, ne vit plus rien que la campagne chaude et sèche qui brasillait à l'infini.

Alors, dès cet instant même, dès l'instant qu'il eut notion que ce petit point de vie avait disparu et qu'au milieu du désert sournois il était seul, il eut, très distincte, la sensation qu'a l'impotent auquel une main méchante vient d'arracher son bâton. Il coula un regard circulaire, comme pour chercher du secours. Il eut peur.

XII

QUE DE SOUFFRANCE !

« Est-ce ma faute ? » songeait Alban, assis dans la nuit descendue, le bras en écharpe, parmi les camions et les chevaux du Train de Combat. « On n'envoie pas dans des aventures d'hommes des gamins comme cela. Cela les chahute du haut en bas et c'est naturel. Sans nul doute il est dans son tort. Si, au plus fort de ma colère, j'avais dû donner ma vie pour sauver la sienne, cela, je jure que je l'aurais fait ! »

Mais son inquiétude était calmée et voici pourquoi.

Tout à l'heure, tandis que le major examinait sa blessure : « Ah, pour une bonne blessure, c'est une bonne blessure ! Et juste la veille d'une attaque ! » — « Ça va bien ! » avait dit le garçon, horrifié par cet homme comme par un lépreux, et, lui prenant vivement le bandage des mains, il avait fait demi-tour. Après vingt mètres, un infirmier le rattrapait. « Ordre du major que tu reviennes. Et il ne blague pas. » — « Dis à ton major qu'il me fait ch... » Malgré tout il était revenu. « Voici votre fiche d'évacuation. » — « Je ne veux pas être évacué. » — « Qu'est-ce que vous voulez ? » — « Je n'ai qu'à monter comme les autres. » — « Nom de Dieu ! Je vais vous dire : eh bien, j'aime mieux un type qui se flanque le pied sous un camion pour foutre le camp qu'un type qui s'en ressent pour monter. Hein ? vous entendez ça ? Allons, vous resterez deux jours au Train de Combat, et après vous ferez ce que vous voudrez. » — « Je ne veux pas rester... » — « Si vous dites encore un mot, je vous fous dedans, oh, mais je vous fous dedans comme jamais... » L'exaspération l'étranglait. Alban, pris de pitié, avait cessé de le tourmenter.

De sorte que maintenant il était là, condamné à rester deux jours de bataille avec les vieillards du Train de Combat, humilié, privé de son plaisir et de sa chance de gagner une grande gloire. Que ferait-il ? Resterait-il ? Le régiment, dans quelques minutes, allait passer ; s'il y reprenait tout simplement sa place ? Mais sans doute le major le surveillait, il envenimerait l'affaire, et une désobéissance aussi caractérisée était grave...

A vrai dire, sa pensée dominante était qu'il allait pouvoir, au passage de sa compagnie, reconnaître Prinet, lui parler, l'accompagner deux cents mètres le long de la route ; tout nuage serait dissipé. Déjà, en effet, on percevait sur la droite un vaste piétinement. Puis les premiers hommes sortirent de la nuit, le quatrième bataillon commença de défiler.

On n'entendait aucune parole, rien d'autre que le bruit des pieds et le traînement des cannes. Mais une odeur drue et chaude vous investissait le visage, plus forte que l'odeur des chevaux. Dans ce silence, on eût dit un peuple d'ombres. Les petits points de feu des pipes et des cigarettes semblaient eux-mêmes fantastiques. Malgré le clair de lune, il n'était guère facile de distinguer les visages.

Les voitures de la compagnie de mitrailleuses annoncèrent la fin du bataillon. Mais si nombreuses défilèrent-elles qu'Alban, surpris, interpella un conducteur :

— Quel bataillon c'est, ça ?

— Quatrième.

— Comment, il n'est pas fini ?

— On est en tête.

— Et le cinquième ?

— Il est en avant.

— Mais non. Qu'est-ce que tu racontes !

Une voix dit :

— En voilà, du cinq.

— Tu connais l'aspirant Prinet ?

— Connais pas.

— Un grand, mince, en chasseur.

Pas de réponse. Un officier à cheval le força de s'écarter. Les hommes recommencèrent de défiler. Il en reconnut un du quatrième bataillon, puis un de la compagnie hors rang. Très ignorant, quant à la théorie des choses militaires, il se perdait à vouloir mettre de l'ordre dans cette foule. Un pressentiment lui venait, qu'il ne retrouverait pas son ami.

— Vous êtes de la 19 ?

— Des fois ! De ces enfoirés-là !

— Vous n'avez pas vu Prinet, l'aspirant ?

— Non, non. De la 19 ? Elle ne passe pas par ici.

— Comment ?

L'homme avait disparu dans la masse. Elle coulait, Alban sur ses bords. Il reconnaissait des hommes de sa compagnie, devait les écouter, leur répondre : « T'es blessé ! Veinard ! — Il est verni. — Embusqué ! » Le long du fleuve humain, des hommes, qui s'étaient soulagés au bord de la route, rejoignaient en courant leur section. Sur les casques, sur le métal des fusils, la lune accrochait des reflets, et les points étincelants des cigarettes s'avançaient toujours comme des maléfices.

Soudain il vit Prinet, en avant, très reconnaissable de dos, si grand et mince, avec son long pas vif, élastique. Cela dura le temps d'un éclair. La forme disparut dans l'ombre. Il s'élança derrière elle.

— Prinet ! Prinet !

On cria :

— Qu'est-ce qu'il cherche ?

— Prinet, l'aspi.

— Il était avec les officiers en tête.

— Non, non, il est par là-bas. C'est le petit chasseur.

— On ne l'a pas vu. Il n'est pas avec nous.

Alban remonta la colonne. Le cœur lui manquait pour continuer à courir. Il avait la certitude qu'il ne le retrouverait plus, et, bien qu'il s'enquît encore, sa voix découragée décourageait la réponse. Aux silhouettes nouvelles — bicyclistes, hommes sans sacs, en calot — il devina la fin du régiment. Bientôt il se trouva seul sur la route. Comme tout à l'heure, il sentit que chaque seconde l'éloignait un peu plus de son camarade. Il s'assit sur le talus, triste dans son cœur.

A présent, on percevait au loin le pas des chevaux, seul, comme si c'était de la cavalerie qui approchait ; puis peu après le roulement des voitures. C'étaient le Train régimentaire et le Train de Combat. Alban fit voir son papier, monta sur un siège à côté du conducteur. La forêt sinistre se referma sur eux.

Ils roulèrent un long temps. Épaisses étaient les ténèbres. On ne savait qu'il y avait une voiture devant soi que par les étincelles sous les sabots des chevaux. Pourtant, à l'horizon de la route, entre les arbres, ils distinguèrent une clairière éclairée de lune, et il semblait, à descendre vers elle, qu'on descendît vers un lac féerique. « Quand nous traverserons la clairière, se dit Alban, s'il passe un avion... »

Et tout de suite il sursauta. Depuis quand avait-il de ces appréhensions ? Était-ce son cœur mécontent qui lui faisait voir tout en trouble ? Jamais, jamais, depuis trois mois, la pensée de pouvoir craindre un avion ne s'était présentée à lui...

La tête du convoi déboucha dans la clairière. A sortir de l'obscurité complète, il semblait qu'on fût en plein jour. Il y eut un coup de sifflet, puis de la tête vint un « oh ! » qu'on se passa de voiture en voiture : « Oh ! — oh ! — oh ! » On s'arrêta.

« Nous voilà arrêtés à découvert, se dit-il, et dans un carrefour. » Malgré lui il regarda le ciel glacé, cherchant une menace. On repartit. On n'avait pas fait cinquante mètres qu'un miaulement bien connu naquit au-dessus de la forêt. On entendit l'éclatement lointain, en avant, et Alban baissa la tête. Le convoi avançait toujours.

— C'est peut-être bien le régiment qui se fait sonner.

— P't-être ben, approuva le conducteur.

La placidité de cet homme l'exaspérait. Alors, à même distance, le même sifflement descendit, ensuite un troisième, un quatrième. Il y en eut huit. Puis cela cessa.

Alban était crispé, oppressé. Une angoisse physique abolissait la peine de son cœur. Soudain il sentit le froid, et remit son casque, qui lui chauffait la tête. Pourquoi n'arrêtait-on pas, au lieu de faire ce mouvement sur la route, visible à n'importe quel observateur dans le ciel ? Oui, mais l'étape risquerait alors de n'être pas finie avant l'aube ; il faudrait manœuvrer en vue, au plein jour. Il avait le pressentiment que cette nuit ne se terminerait pas sans bouleversements. « Dans une seconde les obus vont tomber ici. Nous sommes peut-être trois cents hommes. Y a-t-il seulement un aide-major ? Que ferai-je ? Je sauterai de la voiture, je m'éloignerai de la route, mais de quel côté ? D'ordinaire ils finissent par allonger le tir ; je fuirai donc en sens inverse, du côté boche. Mais alors c'est se rapprocher de leurs lignes... Où sont-ils ? A combicn ? » Il se voyait courant à travers les taillis, s'empêtrant, frappant contre les arbres, peut-être disparaissant dans un étang.

« Je suis fou, pensait-il, je suis fou. Cet après-midi même, je n'avais pas peur. Prinet ne joue pourtant pas le rôle de ces " nuées " qui, dans *l'Iliade,* descendent autour du héros aimé pour qu'il puisse se promener intact dans la bataille ! Et c'est auprès de lui que j'ai été blessé ! C'est ridicule, à la fin. » Il serrait les mâchoires, mordait ses lèvres pour se forcer à la maîtrise de soi.

On se remit en marche. Pourquoi ? Personne n'avait sifflé. Qui avait donné cet ordre ? Mais qui donnait les ordres, ici ? Ah, être entre les mains de ces gens du Train de Combat, qui sont des incapables de l'arrière ! Avoir, soi, le sens du combat, et devoir aller dans la gueule même de la mort, parce que l'a commandé ce gros lieutenant des Détails, ce rond-de-cuir à lorgnon en détresse sur sa bique ! Et ces hommes imbéciles, qui font jouer leurs lampes de poche. Encore un ! Encore un ! Il n'y a donc pas un seul chef pour flanquer quinze jours de prison à ces criminels ! Mais non, plutôt risquer la mort que prendre une initiative.

Maintenant il remarquait une lueur étrange, sur leur gauche, une nappe de lumière blanche derrière les arbres qui s'y découpaient. On n'eût pu dire si elle était à plusieurs kilomètres ou bien à portée de grenade.

Il demanda à son voisin, le conducteur :

— C'est pas de la lumière, ça ?

— Ça, de la lumière ? C'est des champs.

Brute ! pensa-t-il. Il fixait avec anxiété la nappe crayeuse qui s'étendait toujours. N'était-ce pas celle d'un projecteur ? Mais les autres s'en fussent aperçus ?

Ah, aperçus ! de quoi pouvaient s'apercevoir ces brutes ? La mort eût été là qu'ils vous y eussent conduit avec cette même inconscience.

Pourtant, à force de dilater les yeux, il se rendait compte que la masse des arbres, sur sa gauche, diminuait de profondeur, allait sans cesse s'amincissant. Bientôt il n'y eut plus d'erreur possible ; c'étaient bien des champs qui s'étendaient au-delà. La forêt finissait, poussant le long de la route une fine pointe, jusqu'à n'être plus qu'une rangée d'arbres. La clairière s'ouvrit, blafarde sous la lune. On cria : « Hop ! — Hop ! — Hop ! »

« J'en étais sûr ! On arrête en pleine vue ! » Et secoué par une panique qui fit chavirer sa volonté, Alban sauta du siège, au risque de se blesser — les chevaux reculant à angle droit avec leur voiture —, afin d'être plus libre de ses mouvements en cas d'alerte.

C'est là qu'on bivouaqua. En quelques minutes, domptant sa peur, le sommeil terrassait Alban.

Au petit matin, on se remit en marche. Bientôt on arriva à une ferme, transformée en ambulance.

La cour de la ferme était un cimetière de vivants. Côte à côte, comme ils seraient ce soir dans les tombes, extraordinairement semblables sur ces mêmes brancards, sous ce grand soleil qui mangeait les traits particuliers, tous à la même hauteur, pas plus haut dans l'air que l'herbe verte quand elle vit sous la clémence du ciel, tous semblables, côte à côte, Français et Allemands achevaient enfin leur grande expiation de fautes non commises. Tout était silencieux sur ce parterre d'agonies, comme si n'avaient rien eu à dire ces hommes innocents. Mais dans ce silence et cette fixité, au fond des visages de plomb et de terre, les yeux regardaient, tournaient, vous poursuivaient à droite et à gauche. Ils étaient devenus beaux d'une beauté surnaturelle, ces yeux qui ne s'étaient jamais arrêtés que sur les choses les plus insignifiantes du monde; l'âme entière s'y était réfugiée, chassée du corps pourrissant; ils brillaient comme ces astres fugaces — vitre, pièce de métal, ardoise d'un toit — qui étincellent de plus en plus dans le crépuscule, à mesure qu'alentour se vide la clarté. Et c'était une âme de souffrance, et tout le visage était éclairé par cette souffrance comme par une lampe, et chaque visage en devenait terrible, comme une lampe allumée dans ce soleil fou. Et pourtant une noblesse infinie était descendue sur ces hommes sauvés du rire, sauvés de la parole, un profond mystère dans ces pauvres êtres, hier grossiers ou médiocres, aujourd'hui tabernacles d'un formidable secret, et qui ne se taisaient que pour avoir entendu, soufflés à leur oreille, « les mots arcanes qu'il n'est permis à nul de prononcer ». Au-dessus de cette cadavrée, tremblant dans cette sorte de buée que faisaient les âmes en s'envolant, avec leurs désirs inexaucés, avec leurs projets vains, avec leurs bonheurs pas vécus, avec la foule de toutes leurs choses coupées et piétinées avant la fleur, des lettres enflammées composaient la sentence de l'Apôtre : « Voici ceux dont les noms sont écrits dans le livre de vie. »

De temps en temps, le cœur serré, Alban s'arrachait à cette vision, allait jusqu'à la grande salle de la ferme, où l'on pansait sommairement les « blessés debout ». Par la porte, comme par les portes ouvertes des autos sanitaires, une bouffée fade vous venait, de matières organiques et de sang surchauffé. Avait-on vu Prinet? Non, personne ne l'avait vu; et d'ailleurs, interrogeant les hommes, il n'en rencontrait aucun de la 19e compagnie. Alors, arrêté devant le porche de la cour, il regardait les arrivants sur la route. Ceux qui marchaient ne l'induisaient pas en incertitude; mais ceux qui étaient portés, ou poussés en brouette-brancard, et dont on ne distinguait pas la tournure, jetaient en lui une appréhension étouffante. Bientôt toutefois, malgré son désir d'être en avant pour reconnaître plus tôt, s'il le fallait, son ami, malgré sa crainte de sembler, à contempler sans fin ces agonisants, poussé par une curiosité indécente, il s'en retournait vers le groupe des blessés, sombrement harponné par cette mort.

Des voiturettes venaient d'emporter les Français, et il ne restait que les Allemands, qu'on faisait passer après les autres, comme de raison.

Depuis deux heures ils étaient là. Une fois, on avait transporté plus loin leurs brancards, pour les tirer du soleil qui les avait atteints. Puis le soleil les avait rattrapés et depuis un long temps ils restaient sous cette torture du feu, sans que personne osât prendre l'initiative de les déplacer, sans que personne y songeât, plutôt. Ils étaient là, mordus par la gangrène qui de seconde en seconde montait, la sentant monter, sentant qu'il était temps encore mais que dans cinq minutes il ne serait plus temps, et voyant en face d'eux l'aide-major qui faisait les cent pas; il eût pu les piquer depuis une demi-heure, mais c'était son tour de repos.

Que pensaient-ils? Que pouvaient-ils penser? Alban remarquait parmi eux quelques sous-officiers, moins durement blessés : jeunes gens glabres, un peu émaciés, à têtes fines d'intellectuels. Entre ces visages et le sien il trouvait des ressemblances. Il s'imaginait là, au milieu d'eux, la casquette plate sur l'oreille, et un des poilus le distinguait et disait : « Il a bien une tête de Boche, celui-là. » « En ce moment, songeait-il, peut-être que je pourrais causer avec eux sur Hésiode. » Quand il les regardait, il durcissait son regard, parce qu'il avait peur de leur sourire. Mais autour d'eux c'étaient les pauvres visages habituels, faces blêmies encore, sous les cheveux couleur d'huile, par la bande pourpre des calots, ou bien faces verdâtres comme le feldgrau même d'où elles émergeaient, verdâtres comme les faces des Christs byzantins ; et enserrant ainsi ces trois ou quatre qui n'étaient pas marqués par la mort, il semblait qu'ils dussent les perdre par ce seul contact, comme dix fruits pourriraient un fruit sain s'ils l'entouraient dans un compotier. A beaucoup on eût donné seize ans à peine : tel qui bouge son bras nu, on voit l'aisselle lisse d'un enfant. Comme la plupart étaient recouverts jusqu'au menton de leurs capotes, on ignorait quelle forme avait le ravage immonde qui faisait d'eux des morts dans la vie. Cette incertitude levait une nouvelle interrogation sur ces sphinx de la douleur.

Alentour, quelques bleu-horizon regardaient : belles barbes du service automobile, territoriaux employés à la voirie, vieilles carcasses ornées au petit bonheur de rubans commémoratifs italiens, toutes les figures ignobles des hommes qui ne vont pas au feu. Cela bouffonnait : « Pariss ! Pariss ! La victoire à Guillaume ! » On entourait avec sympathie un des Allemands, « blessé léger », qui parlait un peu le français et disait que le moral boche (il disait boche) était bas. Celui-là peut-être serait soigné.

Comme Alban cherchait à s'isoler un instant sur le côté désert de la ferme, il se rencontra avec un petit Allemand, venu sans doute dans le même but, et qui eut un regard de bête forcée en le voyant, qui de rose devint grisâtre en le voyant. « Il a cru que j'allais l'égorger dans ce coin », comprit-il.

Dès qu'il fut revenu, il remarqua un nouveau blessé, que sans doute on venait d'amener, et ses yeux se rivèrent sur lui, ne purent plus s'en détacher.

Au milieu de la foule d'hommes étendus, seul, sur son brancard, celui-là restait assis. Son torse était nu, entouré depuis les seins jusqu'au ventre d'un large pansement, et le cerne de sang frais qui imbibait dans le dos le bandage, autour de la tache déjà caillée et noire, indiquait clairement pourquoi l'on n'avait pu le coucher comme les autres. Tout ce qui apparaissait de chair était marqué sans appel par la mort ; marbrée la poitrine plate, un peu creuse, marbrées les omoplates saillantes, marbrées les mains fines. Mais le visage, jamais Alban ne l'oubliera ; il est imprimé dans son cœur comme le visage de Jésus dans le linge ; des années et des années, des peines, des joies, des haines, des amours passeront sur ce visage comme sur toutes les autres choses de la guerre, et toutes les autres choses de la guerre, les noms des camarades, le grand décor d'azur et d'ocre, l'horreur de tel et tel lieu, toutes seront effacées moins une, moins ce visage qui ne sera jamais effacé. Très allemand de type, avec les yeux petits, le nez aquilin, le menton un peu fuyant, le front qu'on devinait fuyant lui aussi, bien qu'entièrement caché sous le calot à bande écarlate posé en avant jusqu'aux sourcils, il semblait cruel et fourbe et vipérin, ce visage imberbe d'adolescent ; et cette méchanceté, cette jeunesse, cette imminente agonie touchaient en Alban les cordes les plus secrètes. Le nez était déjà pincé, les lèvres pincées elles aussi, indiscernables du visage, tant un gris unique était répandu sur toute la face, le gris même de la cendre. Et dominant de la taille les trente gisants, seul dressé au-dessus de ce peuple horizontal, le garçon regardait ce que tout à l'heure il allait être, vivante image du Génie de la Mort.

Il voyait, il savait ; le mystère de son silence était insoutenable. Alban ne pouvait tirer de lui ses yeux. Et il le couvrait de sa pitié, comme si elle l'avait protégé du soleil. « Quelle question se pose-t-il ? A qui en veut-il ? Mais est-ce qu'il en veut à quelqu'un ? Quels sont ses regrets ? Il est dans cet air que je respire, à six mètres de moi. Si je m'approchais de lui jusqu'à le toucher avec ma main, alors encore je ne saurais rien de ce qu'il pense. Je ne lis rien sur son visage. Moi aussi je serais fermé comme lui, si c'était moi. » Soudain les yeux enfoncés virèrent, se posèrent sur Alban, demeurèrent là. Alban les soutint quatre secondes, puis tourna la tête en la baissant, comme un buffle qu'un homme dompte par les cornes ; tourna son corps et s'éloigna.

Tout vacillait en lui, tout était sorti de ses limites : « Je sais, je sais. Quelque jour l'Allemagne recommencera. Chaque homme à qui nous laissons la vie sauve tuera un des nôtres ; celui-ci, s'il survit, tuera peut-être mon fils. C'est ma victoire si son dos bée et si sa chair se décompose. Oui, mon corps frémirait, mais ma raison ne pourrait qu'approuver si, à mesure qu'ils passaient la porte, discrètement, de l'autre côté, on les égorgeait. C'est la méthode allemande qui est la bonne ; nous ne jouons pas cette guerre comme une partie de football, où au coup de sifflet les deux équipes s'arrêtent et trinquent ; nous commençons une guerre qui durera un siècle et tout moyen est juste qui détruit un Allemand de plus. D'autre part, est-ce que je ne pressens pas qu'en Allemagne nos blessés doivent être traités aussi durement que le sont les leurs ici ? Alors, quoi ? qu'est-ce qui me choque ?

« Ma raison me dit d'être dur, et j'ai la pitié en moi comme un cancer. Ah ! la chose affreuse de tenir aux êtres ! Non, non, je n'ai pas bu à la Louve ; je suis le fils de la femme ; ce sont ces médecins insensibles qui sont les hommes forts, pas moi. L'esprit est fort, et la chair est faible. Et pourtant, hier encore, est-ce que la chair elle-même n'était pas implacable ? Moi aussi j'ai tué un être pareil à celui-ci, et ma chair n'a pas tremblé près de son cadavre, sinon de joie. Elle ne tremblerait donc aujourd'hui que parce que ces morts ne m'ont pas donné de gloire ? Si c'était moi qui les avais tous asphyxiés aux gaz dans un réduit, je serais ferme et hennissant devant eux ? Que de choses s'ajoutent en moi à celles que je ne pouvais pas dire ! N'en avais-je pas déjà assez ? »

Ah ! il lui fallait bien se reconnaître : l'homme moderne, en fin de compte, le chaos indécent, le monstre formé de tous les instincts, de tous les idéals du monde depuis vingt-cinq siècles, les plus disparates, les plus contradictoires, et qui s'ajoutent, se superposent sans jamais s'exclure. Quelque chose en lui criait : « Non seulement nous faisons une juste guerre, mais nous nous défendons avec des armes ridiculement loyales, et nous sommes destinés à être battus en fait, même après des apparences de victoire, pour la seule raison que nous mésestimons la force » ; et une voix répondait un mot, un seul mot, absurde mais qu'elle répondait toujours, sans arrêt, à toute parole : « Le meurtre... le meurtre... » — comme si c'était un meurtre que détruire l'envahisseur ! Quelque chose en lui criait que cette vie de proie était celle qui convenait à sa nature, qu'il serait plus heureux demain à batailler — injustement, cette fois — contre quelques Arabes innocents, que jamais il ne serait heureux dans la ville, et une voix répondait : « Ce qui se passe ici est abominable. Rien n'excuse l'hécatombe inutile. » Et tour à tour chacune des voix prévalait, ou bien elles criaient ensemble, comme celles de gens qui se disputent. Les deux pensées se battaient comme deux aigles à la cime de l'étendue, et ils tournoient, et ils poussent des cris terribles, et les plumes noires tombent, et ils s'aiment en se battant.

Tout à coup, venant sur la route, où il s'était un peu éloigné, il vit s'approcher une brouette-brancard, et de la capote bleue du blessé, seules visibles pour lui, sortaient les jambes entourées de bandes noires. Les bandes noires ! L'uniforme de chasseur de Prinet ! Comme après l'éclatement très proche d'un obus, une ondée de sang lui reflua du centre du corps vers la peau. Un pressentiment le perça, aigu comme un coup de lancette. Mais à peine avait-il fait quelques pas qu'il reconnaissait la bonne figure voyou du sous-lieutenant Le Hagre.

— Ah, mon lieutenant, pas grave, au moins ?

— Une balle dans le mollet. Et ce soir l'hosto !

Quel plaisir pour Alban de lui parler, à ce petit mécano passé sous-lieutenant, dont le charme vient de ce qu'on l'imagine mal en officier, mais irrésistiblement en soldat de seconde classe ! Il y a une sorte de délivrance à le voir ainsi couché, tout pareil de posture aux demi-morts d'à côté, mais bien vivant, le teint rose, le sourire aux lèvres, « et ce soir l'hosto ».

— De quelle compagnie êtes-vous donc ?

— 20.

— Est-ce que vous auriez vu par hasard l'aspirant Prinet ?

— Oui.

— Oui ?... Quand ?

— Ce matin, au petit jour, avant l'attaque. La 19 n'a attaqué qu'à midi.

Une petite hésitation, puis :

— Et... qu'est-ce qu'il faisait ?

— Il saignait du nez.

Alban ne comprend pas, se représente une blessure.

— Blessé ?

— Mais non, il s'est mouché trop fort, il a saigné du nez. Même qu'il se faisait de la bile parce que ça faisait moche sur son mouchoir, et le capitaine était là. Vous le connaissez ?

— Oui. Et vous ne l'avez pas vu, après ?

— Ah ! après, non.

— Ça a été dur, chez eux ?

— Nous, on n'a eu que de la mitrailleuse. Mais à la 19 ils ont eu du zinzin. Même, on ne sait pas trop d'où ça venait. Peut-être bien de chez nous.

Du zinzin... Mais non, Alban est plus tranquille. On l'a vu ! Il saignait du nez ! Ce sang puéril, auprès de l'affreux sang d'ici, cela rend Prinet un tantinet ridicule, c'est tout à fait dans la même note que la grande angoisse de l'abri, pour aboutir à un froissement de nerf. Alban se moquera de lui, un jour, à cause de cela. D'ailleurs ils n'ont attaqué qu'à midi ; ils ont risqué pendant cinq heures de moins que les autres. Et puis, comment se fier aux pressentiments ? Il a eu un pressentiment dans l'abri, et ce pressentiment était faux. Il a eu un pressentiment, tout à l'heure, sur la route, en voyant les bandes noires de Le Hagre, et ce pressentiment était faux...

— Une cigarette, mon lieutenant ?

Oui, Prinet reviendra. Et une pensée nouvelle se glisse en lui : « On tâchera de le faire mettre à l'abri. » Il lui semble qu'un but précis vient d'être donné à toute son activité de guerre. Seulement, alors, puisque lui Alban doit rester, il restera donc seul ? Il se souvient de cette sensation d'abandon qu'il a eue, hier, sur la route... Eh bien, tant pis. Il intriguera malgré tout pour faire renvoyer l'aspirant. Mais Prinet acceptera-t-il ? Ah ! ne jamais savoir...

Il se trouvait revenu, au flanc du brancard, jusqu'à la jonchée d'Allemands. Il l'eût deviné les yeux fermés, à cette épaisse odeur faite de celles des corps, des vêtements chauds, du sang, du cuir, de la sueur refroidie, au-dessus de quoi, très nette, stagne l'odeur de la décomposition : tout cela dense et vraiment empesant l'air, comme comprimé sous une cloche de verre invisible, ou comme un édifice de miasmes. Le garçon était toujours dressé au-dessus des autres, mais Alban l'évitait du regard ; il craignait que, si leurs regards se croisaient, l'Allemand ne lui fît un signe, ne l'appelât : tout lui semblait possible, maintenant. Et que ferait-il, alors ? Pour quoi lui faudrait-il le plus de courage : pour répondre à ce signe et aller à lui, ou pour feindre de ne pas comprendre, et détourner la tête ?

Toujours ce soleil ! Toujours ce soleil ! Ah ! c'est vraiment l'heure panique. De temps en temps, il devinait que l'un d'eux venait de rendre l'âme, sans savoir tout de suite lequel ; un dieu s'écartait, quelque part, pour n'être pas souillé à voir ce mort. Une fois, un infirmier vint tout près de lui, une toile de tente dans les mains, dont il recouvrit un visage. Il s'éloignait quand le blessé voisin du mort s'agita, se tournant vers celui-ci, semblant l'indiquer aux assistants. Enfin on crut comprendre qu'il faisait signe de retirer la toile. Un sergent, par curiosité, la souleva.

— Il n'est pas mort, dit-il tranquillement, il m'a regardé.

Et, sans enlever l'étoffe, il l'abaissa seulement jusqu'au menton. Alors on vit le visage, blême, crispé et mouillé (par la sueur) comme un morceau de chewing gum rejeté de la bouche, avec des yeux terrorisés qui imploraient, comme les yeux de Chien sur la route. « Peut-être qu'à cette heure Prinet est pareil à ceux-ci, avec des mouches dans la bouche et dans les yeux. » La petite brise d'espoir qui s'était levée en lui, sur la bonne route, devant ce gosse de lieutenant, tombait, telle une chose tuée. Et, comme toutes les fois où sa raison s'enrayait, l'immense christianisme se mettait à fonctionner en lui.

« Ah ! songe-t-il, le voici pareil aux enfants des Gentils, pour qui l'on ne prie pas. Dans nos collèges, quand un enfant est en danger de mort, on écrit à tous les couvents, à tous les séminaires, pour qu'ils prient, on dit des messes pour lui ; de proche en proche se tisse un réseau de prières en vue de le protéger. Mais lui, il n'est pas aimé. Petit, quand il était en nage, qui lui mettait deux doigts dans le dos ? Et maintenant, qui priera pour lui ? Puis-je compenser à moi seul tous ceux qui ne prieront pas pour lui ? » De même qu'il ne craignait pas pour soi la mort, mais la craignait pour son ami, de même, répugnant par fierté à prier pour sa propre vie sauve, il n'avait nulle honte à prier pour la vie sauve de son ami. Et faisant cela il lui venait une sorte de douceur, parce que cette aisance à s'oublier totalement pour un autre le raccordait, par-dessus une longue période vide et sèche, avec cet âge d'or de la générosité qu'avait été pour lui l'époque du collège. Suspendue était la peine de six années d'être exilé de cette souffrance-ensemble dont il avait reçu la grâce dans les couloirs de l'hiver. Sous une lande embroussaillée, deux eaux vives se rejoignaient.

A ce moment, descendant d'une des autos qui venaient prendre les blessés, le conducteur, un « allié », s'approcha des Allemands qui mouraient. La femme qui l'accompagnait, le calot sur l'oreille, avait tiré un Kodak et tournait autour des misérables, avec les mêmes yeux un peu vitreux, par l'excitation, qu'on a chez nous sous l'influence de l'alcool. Son compagnon lui indiquait les plus beaux sujets : les hommes qui étaient les plus pittoresques dans l'agonie, ceux dont la blessure était bien visible, ceux qui avaient une figure caractéristique. Le rouleau fini elle rengaina l'appareil, sortit de mignons ciseaux. Elle se penchait sur les hommes, détachait les pattes d'épaule et les boutons. Eux, ils la regardaient avec des yeux vagues : tout était relâché. Ils l'aidaient; ils tiraient sur leurs insignes. Au fond de la cour, à l'écart, un inoubliable pli de dégoût au coin de la bouche, deux conducteurs d'une autre nation « alliée », et qui ne frayaient avec personne, contemplaient en silence la scène ignoble.

« Est-ce que personne ne prendra un revolver et ne les tuera ? » se disait Alban. « Aucun de ces mourants ne va se dresser avant de mourir et tuer ceux qui se sont faits les tentateurs pour de pauvres êtres dans une telle difficulté ? Est-ce à moi de sauver leur honneur ? » Le désir de tuer ce chauffeur et cette femme lui venait, effrayant comme le désir sexuel ou comme la soif. Heureusement, ils partirent.

Comme des poissons frits sous la chaleur, les luttants se recroquevillaient. Quand pour l'un d'eux c'était fini, on disait : « Là-bas, il y en a un »; on regardait; on voyait une bouche grande ouverte, démesurément distendue, montrant toutes ses dents, à la façon des chevaux morts. Souvent l'homme n'était pas passé, que déjà dans la bouche, dans les orbites, sur chaque tache de sang les mouches se tassaient, si serrées qu'elles en étaient pareilles à une sorte de mousse marine ou d'éponge noire, si saoules qu'on les eût cueillies avec les doigts sans que les autres remuassent, et telles enfin que si elles étaient mortes elles-mêmes. Un des hommes avait expiré en appuyant une photographie sur sa bouche ; l'image avait reçu le dernier souffle ; dans la bouche à présent béante elle s'enfonçait un peu, aspirée : le vide que laisse une âme a de ces puissances. Un autre gémissait à chaque fois que quelqu'un passait près de lui, puis se taisait lorsqu'on s'était éloigné, et à chaque gémissement son ventre nu se creusait, comme se creusent les ventres des fauves qui rugissent. Un autre était si mal placé sur le brancard que sa tête ressortait, tombait en arrière sans appui. Comme il se trouvait auprès de lui, Alban glissa sous la nuque une couverture roulée qui traînait là, dans un monceau de casques, de masques, de souliers ensanglantés.

Alors il aperçut un des infirmiers, qui jusqu'alors ne faisait rien — à la lettre, *rien* — et qui, le voyant agir, disposait à présent un peu de douceur sous la tête d'un des autres condamnés. « Lui aurais-je donné la pitié ? » se demanda-t-il.

Mais, avec des efforts, le bonhomme qu'il avait soulagé cherchait à tirer une de ses bagues. « Il veut me donner une bague en remerciement », pensa Alban, reculant, voulant disparaître. L'autre la lui tendait maintenant, répétant un mot, toujours le même, qu'Alban ne comprenait pas. « Soigner », dit un poilu, derrière lui, qui regardait la scène. « Il dit : soigner. Il veut qu'on le soigne. » Alban se détourna plein d'horreur, sentant le regard de détresse de l'homme, avec son offre refusée, avec la main tendue et la pauvre bague...

A partir de ce moment, Alban agit avec une sorte d'automatisme, comme dans une hallucination : une volonté artificielle était venue en lui, qui l'emportait.

Il marcha jusqu'à la ferme. Le médecin-major

passait devant la porte. Il s'arrêta devant lui, se mit au garde-à-vous, salua.

— Qu'est-ce que vous voulez ?

— Monsieur le Major, je ne sais si vous savez... (sa voix était rauque, saccadée), il y a des Boches, là, il serait encore temps de les sauver avec une piqûre ; mais dans une demi-heure il sera peut-être trop tard. Une piqûre, ce n'est pas long. On en aurait exactement pour cinq minutes...

L'homme le regarda un instant, comme s'il ne comprenait pas. Puis il éclata de rire. Son rire d'abord fut spontané, jaillissant ; ensuite il se força. Alban le regardait, dans une espèce d'épouvante, et il déployait une grande volonté pour rester à si peu de distance de lui. Enfin le médecin dit :

— Qu'est-ce que vous voulez que ça me fasse ?

— Même des types de chez nous, autour, ils disent qu'on attige.

— Eh bien, laissez-les dire. Et vous, mêlez-vous de vos affaires. Allez.

Alban se retourna d'une pièce, marcha vers les Allemands.

Il marchait, comme quelqu'un qui a un but fixé. En deux secondes, mais distinctement, sous une clarté d'éclairs, il se représenta tous les blâmes que lui vaudrait son acte, toutes les suspicions de gens dans des fauteuils. Il écarta de la main les hommes debout autour des blessés, pénétra parmi les brancards, entra son visage dans l'air chargé comme dans une pâte qui collait contre ses joues, sentit plutôt qu'il ne vit tous les yeux, sans qu'un corps bougeât, se tourner vers lui. Quand il fut bien engagé au cœur de cette humanité à ras de terre, dans l'étroite allée entre deux rangées de corps, si étroite qu'il semblait leur marcher dessus, il eut peur. Et il continuait d'avancer vers le jeune homme qui le regardait, galvanisé dans son cœur comme les cataleptiques dans leur chair, mais tremblant plus fort que les moribonds.

Quand il fut arrivé à lui, il mit un genou en terre. Et, à le voir de si près, il soufflait fortement.

Il lui demanda, en allemand :

— Est-ce que je peux quelque chose pour toi ?

— Non. Je vais mourir.

— Est-ce que tu as tes parents ?

— J'ai ma mère.

— Donne-moi ton nom et ton adresse, et je ferai savoir à ta mère, un jour ou l'autre, que j'étais auprès de toi.

Parole un peu obscure, mais très claire pour tous deux. L'autre le regarda, et, comme tout à l'heure, Alban employait toute sa force pour que sa tête ne virât pas sous ce regard. L'Allemand le regarda ainsi un instant en silence, puis il lui dit :

— Je vais te donner mon portefeuille. Tu le lui enverras, quand tu pourras.

Il promena ses mains dans le fouillis d'étoffe verte qui était sur ses genoux et, pour cet effort, la souffrance le saisit, retroussa la lèvre incolore au coin de la bouche, découvrit une dent aiguë, très blanche.

— Ah ! dit-il, on me l'a pris.

— Donne-moi le nom de ta mère.

— Ma mère est Maria Ertle, à Brême, Rheinstrasse, 19.

Alban hésita :

— Et toi, comment t'appelles-tu ?

— Mon nom est Conrad.

A cet instant quelqu'un frappa sur l'épaule d'Alban. Un sergent était derrière lui.

— Allons, on ne parle pas aux prisonniers. Que faites-vous là ?

— Je suis prêtre, dit-il simplement, et cet homme m'a appelé.

— Dépêchez-vous, alors.

Il se retourna vers le garçon.

— J'écrirai à ta mère.

— Quand j'apparaîtrai devant Dieu, je témoignerai que tu as eu pitié de moi.

— Je ne l'ai pas fait pour cela, dit Alban, ses dents se choquant dans sa bouche. Allons, adieu.

Il prit la main terreuse, sèche et glacée comme la peau des serpents. Il la tint un instant, avec puissance, en répétant encore : « Adieu, aie courage », et il se vidait dans ce don de soi. Mais quand il voulut retirer sa main, il sentit que l'autre la retenait. « Lâche-moi », dit-il, relevé, mais tenu par cette longue main qui était couverte de sang figé comme par une écaille de vieille peinture, « lâche-moi, tu sais bien qu'il faut que je parte. » Alors l'autre murmura :

— *Verlasse mich nicht!* (Ne m'abandonne pas!)

Il répéta plusieurs fois cette supplication imperceptible, tandis qu'Alban perdait la tête, disait toujours plus fort : « Lâche-moi, lâche-moi », et ce mot toujours plus fort se mêlait à l'autre toujours plus affaibli. Enfin Alban, hérissé, de sa main libre détacha les doigts qui le tenaient, comme on détache les mains agrippées des cadavres. Et sans un regard de plus, sans plus rien regarder que le mur de la ferme éclatant au soleil, il s'éloigna, les yeux larges comme si on les lui tenait grands ouverts avec les doigts.

Quand il eut atteint la salle de pansements, il se retourna. Le garçon, qu'il voyait de dos, était toujours assis. Mais, au visage tombé sur sa poitrine, aux mouvements des épaules, il distingua qu'il pleurait. « Voilà donc mon œuvre », se dit-il.

Comme son regard se retirait, il eut le temps

d'apercevoir l'infirmier auquel il pensait avoir donné la pitié. Un quart à la main, il offrait à boire aux Allemands qui l'appelaient ; ainsi telle blessure du ventre, encore guérissable, il risquait de la rendre mortelle par cette eau ! Alors Alban songea qu'elle venait de lui, cette pitié meurtrière. Et il fut troublé dans son esprit, ignorant où était le bien et où le mal.

Mais le sergent qui, au milieu des blessés, lui avait frappé sur l'épaule, l'abordait.

— Vous m'avez dit tout à l'heure que vous étiez prêtre. Je viens de savoir la vérité par cet homme, qui vous connaît. Vous n'êtes pas prêtre du tout.

— Non.

— C'est bien. Ça n'en restera pas là.

— Comme vous voudrez.

Le sergent parti, l'autre se lamenta : « Si j'avais su... Je t'ai fait poisser... », mais Alban :

— Quelle compagnie ?

— 18.

— Tu ne connais pas Prinet, l'aspirant de la 19 ?

— Si.

— Ah ! Tu l'as vu ce matin ?

— Je l'ai vu à Morainville, avant l'attaque, pas depuis.

— Si je voulais, immédiatement, aller le retrouver, qu'est-ce qu'il faudrait que je fasse ?

— Tu prends la grand-route. Tu la connais bien, la grand-route ? Tu peux pas te tromper. T'arrives à des peupliers. Ah çà ! si t'en as pas reçu un avant sur le coin de la gueule ! Mais ça, t' comprends, j' peux pas te dire : j' te dis c' qui faut qu' tu fasses...

— Avance donc, avance donc. Quand je suis aux peupliers, je fais quoi ?

— Tu prends à gauche.

— Tu me montres la droite avec ta main !

— C'est-y que tu veux me faire dire que j' connais pas ma gauche et ma droite ?

Mais déjà Alban n'est plus là. Il va ramasser, dans un coin de la ferme, son fusil, ses musettes, sa couverture roulée en bandoulière, et il part sur la route, presque calmé.

XIII

ARÈS

La route charriait d'innombrables blessés vers l'arrière, et du fait qu'il fût seul à remonter ce courant, seul à se diriger de la vie vers la mort, au milieu des hommes qui chacun, l'un après l'autre, le dévisageaient au passage, Alban tirait un naïf orgueil, et un masque plus âpre se creusait sur sa face. A cinq cents mètres au-delà du village, sur le bord de la route, cigarette aux lèvres, le médecin-chef évacuait, évacuait. Grands blessés et prétendus gazés, puant les simulateurs, poilus du régiment et puis artilleurs, nègres, territoriaux de la voirie, gars bien frais du génie, avec des têtes à ne pas s'en ressentir, tout était évacué, défilant prestement devant cette sorte de contrôle où on distribuait des fiches roses ou blanches ; et comme des gens qui apprennent qu'ils sont décorés ne peuvent supporter la pensée de rester quelques heures de plus sans rien à cette boutonnière et courent vers le Palais-Royal, ainsi les bonshommes arrêtés, encombrant la voie, s'accrochaient leur carton à la poitrine. « Vraiment, pensait Alban, plus que jamais ceux qui restent sont ceux qui le veulent bien, ou bien alors les plus abandonnés des ilotes », et le bobard lui revenait, qui courait le régiment : « Le général de la

D. I. en a marre. Ordre d'évacuer le plus de monde possible pour que la division soit relevée. » Et il se demandait, ne sachant quoi répondre, tellement il était ignorant de son ami : « Prinet voudrait-il ? »

Rangés bien en ordre, des monceaux d'obus neufs, abandonnés par l'ennemi, s'alignaient sur chaque bord de la route. On en roulait sous ses pieds, avec des balles intactes ; mystère que rien n'éclatât. Dans les couverts proches, traversés de soleil, des casques, des écriteaux en allemand, des traces fraîches de chevaux et de roues disaient la précipitation de la retraite. Les hommes se pressaient autour d'un sac de vaguemestre boche, laissé ouvert, emportant chacun une lettre dont ils ne sauraient lire un mot. Les premiers cadavres apparurent. Un cheval mort faisait le grand écart, l'encolure gracieusement infléchie, et dans cette posture classique du cheval au galop il ressemblait au motif de quelque monument à demi fabuleux, descendu de son haut socle et qu'on s'étonne de voir de plain-pied. En avant, au-delà de la ligne des peupliers, dans le léger ciel, des fumées de fusants se tenaient suspendues, noires et compactes comme des crachats de catarrheux dans un bol d'eau.

Un artilleur qui boitait lui fit un signe, comme s'il avait quelque chose d'important à lui dire. Quand Alban se fut approché : « Vise Jésus-Christ qui fait de la signalisation », lui glisse l'homme, en le tournant vers un petit tertre au sommet duquel une statue du Sacré-Cœur étendait les bras, dans le geste traditionnel. Et, ma foi, Alban de rire, de rire encore, tandis qu'il voit pourtant cet autre blessé, sur les épaules d'un camarade, le visage retombé sur la tête du porteur et l'inondant du sang qu'il vomit ; il a l'air de lui dévorer le crâne, comme dans le poème de Dante. Maintenant les blessés s'espaçaient, arrivaient sur la droite par les champs, où sans doute la bataille s'était allumée plus récente. Alban se trouva seul. La petite excitation n'était plus, qu'il sentait à être contemplé avec une sorte de respect par ceux qui revenaient. A cinq cents mètres devant lui, d'instant en instant, une fleur blanche ou noire sortait, naissait de l'espace, à croire démentie l'expression homérique : l'air stérile. Il se disait : « J'étais bien tranquille, et j'avance exprès vers l'endroit où l'on tue. Drôle d'idée, quand même ! drôle d'idée ! » Il n'en avait pas d'émotion, fasciné par la pensée qu'il allait peut-être retrouver l'aspirant et se battre à côté de lui. « Il verra ce que je peux faire si je m'en donne la peine. Ce soir j'aurai une palme à ma croix de guerre, ou plutôt je serai tué, mais ça m'est bien égal. » Autant, la nuit dernière, il avait honteusement tremblé à songer qu'il pouvait mourir à l'arrière, au milieu des planqués qu'il méprise, hors de la communion de son camarade, autant il avait une sorte d'indifférence sauvage à être tué, et par éclairs un vrai désir de l'être, si ce devait être sous ses yeux et après un acte exceptionnel.

A travers tout cela, la pensée qu'à cette heure il eût dû se trouver, régulièrement, au Train de Combat, et qu'ainsi tout ce qu'il faisait était en quelque sorte *pour son plaisir,* la pensée qu'il pouvait aller à droite, à gauche, et même s'enfuir si bon lui semblait, sans être plus en faute qu'il ne l'était dès l'instant où il avait perdu de vue son cantonnement, satisfaisait ce goût d'indépendance inné en lui. Tout lui semblait facile, comme en ce temps du collège où il était toujours à part, dans la cour pendant l'étude, en étude pendant la récréation, à la schola pendant la promenade, à la bibliothèque pendant le salut, jamais comme les autres et néanmoins jamais puni, pas une fois en sept ans, de même qu'aujourd'hui, sachant bien qu'il avait en somme abandonné son poste, pourtant il n'avait pas envisagé une fois qu'on pût le punir.

Toutefois il y eut un moment où il remarqua que, sur sa gauche, détachées des arbres qui bordaient la route, des feuilles vertes tombaient. Un petit bruit doux, un autre, un autre : l'air était sarclé par les trajectoires des balles comme par les dents d'un grand râteau invisible. Un peu au hasard, il s'aplatit à demi, dressé sur les coudes. Le bon sens lui conseillait de se coucher dans le fossé, mais à le faire il se fût senti ridicule et presque honteux ; ne connaissant que les obus et les grenades, il n'avait pas dans la tête les images qu'il fallait pour être convaincu physiquement, charnellement, que les balles tuent. Aussi, après une minute, et d'autant que les sifflements s'espaçaient, il se releva et se mit à marcher dans le fossé, rentrant seulement les épaules, comme un petit garçon peureux qui craint de recevoir le ballon envoyé en « chandelle », et s'assurant que sa couverture, passée en bandoulière, lui recouvrait bien le cœur.

Les shrapnells éclataient tout près maintenant, et à chacun d'eux il se tournait par-ci, par-là, comme si des trains à lente allure passaient dans l'air autour de lui. A gauche, vers la ferme, un à un, des « gros noirs » descendaient. Il n'y avait plus de balles. Parfois seulement l'une d'elles, morte ou perdue, filait sur la route, soulevant une menue crête de poussière, ou bien dans l'herbe, vive comme un petit lézard qu'on n'a pas vu. Il arriva de la sorte à soixante mètres des peupliers.

Il se releva, traversa la route en courant. Une balle siffla. Tout près, une voix le fit sursauter :

— Qu'est-ce qu'il fait, c'te andouille-là ?

D'un entonnoir, une tête émergeait. Il courut, sauta dans le trou. Trois hommes étaient là.

— Où que t'allais comme ça? Tu voulais faire kamerad, c'est pas possible.

— Mais, dit-il, j'allais vers les lignes...

— Vers les lignes des Fritz, oui. Et puis, comme à la promenade!

— Alors, il n'y a plus de Français par là-bas? hasarda-t-il, hésitant comme s'il craignait de dire une grosse sottise.

Ils rigolaient : « Il l'a dure! » Alban finit par comprendre qu'il n'y avait plus rien entre les Allemands et lui. Et d'ailleurs il distinguait maintenant, au-dessus d'un remblai de terre, les flammes courtes des mausers, dardées, à peine entrevues, comme les langues des reptiles.

Il dit qu'il faisait la liaison, portait un papier à l'aspirant Prinet, de la 19.

— Ah, comme ça! Mais tu parlais pas! Faut pas avoir peur! T'as une langue.

Il demanda où était la 19.

— Tu vois les maisons, là-bas...

Un 77 s'annonça pour eux. Ils se collèrent, firent un avec la terre, comprirent qu'ils étaient saufs, virent les mottes passer au-dessus de leurs têtes.

— Au revoir.

— T'es donc bien pressé?

Oubliant qu'il s'était dit en liaison, il répondit ingénument :

— Mais oui, c'est mon copain.

— Sans ça, t'aurais pu rester peinard ici. Nous, tu sais, on n'a pas l'intention d'aller leur prendre leur drapeau, aux Fritz.

Sans voir le mal dans leurs paroles, il repartit simplement : « Non, non. » Le 77 venait enfin de lui donner la sensation de la mort, et quant à mourir, il ne voulait pas que ce fût auprès d'hommes qu'il ne connaissait pas, auxquels rien ne l'attachait : une mort perdue.

Il se fit expliquer. La 19 tenait tout à l'heure le hameau, à un kilomètre. On pouvait y atteindre sans trop de peine, en se défilant derrière la berge du ruisseau, sous les peupliers. D'ailleurs il rencontrerait les camarades, postés là. Il se glissa dehors, fut contre le ruisseau sans encombre, et, après une minute d'immobilité, se mit à ramper, content de n'avoir pas peur.

Il allait, se traînant dans la boue. Une dizaine d'obus l'inquiétèrent, pas sérieusement. Puissante protection contre les obus, n'était-il pas à demi caché par une haie ? Des balles lui passèrent dessus, sans lui donner l'impression qu'il était visé. Il avait rejeté ses musettes en arrière, et prenait garde qu'elles restassent là, pour lui protéger le dos. Sous lui, des insectes se posaient sur l'eau croupie, des fourmis faisaient vinaigre sur les racines des peupliers, des brindilles sèches du dernier hiver craquaient : tout un petit monde indifférent, le même qu'il eût vu en se mettant à quatre pattes dans le Bois de Boulogne. Par-devant, dissimulées derrière la même petite berge, il aperçut des capotes bleu horizon. Une escouade était là. Il reconnut des hommes de la 18.

— Liaison. C'est par là-bas, la 19 ?

— Oui.

— L'aspirant Prinet est là ?

— N' sais pas. Y a des chances.

— Ça va ?

— Ça boulotte.

Il repartit.

Soudain, sur la gauche, ensemble, le crépitement des fusils et le battement très rapide d'une mitrailleuse éclatèrent. D'instinct il leva la tête.

Au loin, du sol, des poilus se levaient, couraient en avant. Il en sortait de partout. On en voyait tomber, comme s'ils avaient buté sur quelque chose. Plus loin, derrière les arbres, des capotes vertes bougeaient aussi, tombaient. On ne comprenait pas bien les mouvements de tous ces hommes. Tantôt ils se rapprochaient tous d'un même point, tantôt des files partaient, se rompaient puis se resserraient, comme les tronçons d'un grand serpent se rejoignent, puis disparaissaient, bues par la terre, on ne sait où. « On dirait du cinéma », pensa-t-il; on eût dit aussi bien n'importe quoi de pas sérieux, des exercices, un jeu d'enfant, une partie de football comme on les voit à Bagatelle quand on domine du polo toute la plaine.

Alors seulement il vit que devant lui des feldgrau se levaient, fuyaient. « Tue ! Tue ! » Il épaula, tira. Celui qu'il tuait n'était-il pas tout pareil à celui pour lequel il avait saigné, tantôt, dans la cour de la ferme ? Il n'y songea même pas. « Tue ! Tue ! » Un Français qui venait par-derrière lui passa presque au-dessus de sa tête, se retourna, cria : « Dehors, là-dedans ! » comme s'il lui faisait un reproche, puis croisa drôlement les jambes, fit trois pas de côté à la manière d'un boxeur groggy dont rit la salle, parce qu'il a l'air de réfléchir s'il va tomber ou ne pas tomber. Il tomba et son casque roula; il tenait un bras en l'air, comme les gladiateurs qui demandaient grâce, mais personne ne lui fit grâce car il ne bougea plus, subissant sa destinée. Alban, qui avait baissé son fusil pour regarder, tira de nouveau, une fois, deux fois. Le recul qui lui frappait l'épaule répondait dans sa blessure, et surtout son pansement le gênait tant pour plier son bras qu'il cessa de tirer. Il vit un soldat près de lui, sans casque, les mains vides.

— Tu veux mon flingue ?

L'autre fit deux pas vers lui, étendant les bras, puis, les pieds joints, les jambes jointes, de côté, tout d'une pièce, comme un plongeur qui fait de la fantaisie, il s'écroula dans le ruisseau. Alban giflé par la boue poussa un cri, alors qu'hier il recevait un éclat sans s'en douter.

Dans le même instant que, du revers de sa manche, il s'essuyait le visage, le souffle d'un 77 l'envoya rouler, mains sur la nuque ; l'explosion lui claqua dans l'intérieur de la cervelle, à croire que son visage allait se fêler en dix morceaux, un choc furieux frappa son dos, ses reins, ses jambes, comme d'une trombe d'eau s'abattant sur lui d'une grande hauteur. Il se releva en titubant, éperdu, ne put tenir debout, retomba sur les genoux, fut certain qu'il mourait car il suffoquait, se mit à tousser, tousser furieusement, fut certain que sa poitrine était crevée, qu'il allait rendre le sang par la bouche et les narines. Il rendit de la terre, toussa, toussa encore, rendit encore de la terre. Il revint en se traînant vers le talus du ruisseau, n'osant se regarder dans l'effroi de se voir couvert de sang. Son bras gauche était douloureux. Les yeux sur le paysage, dilatés comme après la nuit sans sommeil, et un étonnement aérien dans ces yeux, de la main droite il se mit à tâter son bras, en descendant depuis l'épaule : « Ah ! en voilà toujours un bout... celui-là, en tout cas, existe », et il avait tellement peur de plonger dans quelque chose de mou, que lorsqu'il fut en bas, ridiculement, de plaisir, il se serra la main... Vivant ! Averse de douceur !

Et à présent, de nouveau, que faire ? D'après la direction, c'étaient sans doute des hommes de la 19 qu'il avait vus attaquer. Ils s'égaillaient très loin, maintenant. Où rejoindre Prinet dans une mêlée ? Ah !

tout ça pour aller retrouver ce sale vieux garçon, c'est égal...

Soudain une voix le frappa, qui appelait depuis longtemps peut-être, mais qu'il percevait pour la première fois. En arrière, quelqu'un criait faiblement (il devait être tout près) :

— A moi, deux vingt-six ! A moi, deux vingt-six !

Et cette façon d'appeler son régiment comme un autre appellerait « Maman ! » l'avait déjà ému, lorsqu'il distingua qu'il la connaissait bien, cette voix. Où donc l'avait-il entendue ? Certainement, elle était de quelqu'un qui a sa sympathie. Au son, il se dirigea vers un entonnoir de 155...

Couché au fond de l'entonnoir, c'était Bellerey, un petit de la classe 18, qui venait d'être nommé caporal, qu'Alban connaissait bien. Il chercha à descendre près de lui.

— Pousse-toi un peu que je descende.

— J'peux pas, ça s'en va...

— Quoi ?

Il le vit écarter les mains, qu'il tenait sur son ventre, vit le ventre dont les intestins sortaient, vit les yeux s'écarquiller, se détourner ; et lui aussi il frémit.

En lui faisant couler de la terre sur les pieds, comme s'il était déjà mort, il se glissa dans l'entonnoir.

— Voulez-vous me donner votre paquet de pansement ?

Il lui avait toujours dit *vous*, ce garçon, il le lui disait encore (pourtant il était caporal !). Ah ! il était bien poli.

— Tu es bête, tu peux bien me dire *tu*, dit Alban, à celui qui dans dix minutes n'aurait plus à dire ni *tu* ni *vous*.

Son paquet ? Il s'en était servi hier pour son bras. Il n'avait pas pensé à en demander un autre.

— Tu n'as pas le tien ?

— Je l'ai balancé à un copain.

Il n'avait plus beaucoup de souffle, pourtant il disait *balancer,* quand c'eût été tellement plus simple et moins long de dire *donner.*

« Je ne peux rien pour lui, pensait Alban, non, rien pour lui que ne pas le quitter. Je ne peux rien, — et pourtant je peux beaucoup, peut-être... Hélas ! ce que je vais lui donner, d'autres ne le méritent-ils pas autant que lui ? »

Il lui essuya le front, sous les cheveux secs, coupés droit par devant, comme ils devaient l'être aux Gracques. Il lui enleva sa cravate, il défit l'agrafe de son col, il fit par avance cette toilette des morts. Il lui installa la tête dans le creux de son épaule, il lui passa le bras sous l'aisselle. Puis il resta immobile. Alors le garçon, comme quelqu'un qui aurait trop souffert, dit ce mot effrayant :

— J'en avais assez.

Puis il ne dit plus rien.

Un percutant tomba, assez proche ; Alban ne bougea pas. Il lui était égal de mourir, ici, maintenant. On n'était pas mal, comme cela. L'horreur et la douceur étaient confondues dans son âme pour y faire un bien unique, et il ne voulait plus bouger, maintenant, non, il ne bougerait pas, quand ce serait pour éviter la noire mort. Il disait : « Je lui donne ce que je peux lui donner. Je suis dans ce que je devais faire. Tous ceux qui savent proclament que, des devoirs qui se présentaient, j'ai bien fait en choisissant celui-ci. » Et il sentait que ce garçon pouvait agoniser sans fin, qu'il était auprès de lui jusqu'à la mort, que la nuit pouvait venir, qu'on pouvait faire un tir de destruction sur le point précis qu'ils occupaient, qu'il ne bougerait pas, qu'il ne s'en irait pas. Ah ! deux fois déjà n'avait-il pas entendu le même appel ? « Ne t'en va pas ! » s'étranglait Prinet dans l'abri, et l'Allemand : « *Verlasse mich nicht !* » et à cette heure, dans cette plaine, et plus loin, et plus loin, des milliers d'êtres criaient vers d'autres êtres pour qu'ils ne les abandonnassent pas, se débattaient contre l'indifférence, savaient enfin qu'on ne peut pas être seul, et retombaient seuls, et luttaient seuls, mouraient seuls. « Mais, moi, ma désobéissance m'a permis cette bonne action. Si j'avais été en service, j'aurais dû faire l'attaque avec les autres, le voir peut-être, et l'entendre, et devoir passer outre avec les autres. Étant libre, j'ai eu le droit de m'arrêter. Bellerey doit ce pauvre réconfort à l'aspi. »

Des souvenirs lui revenaient. Plusieurs fois, Prinet et lui, au cantonnement, avaient invité Bellerey à leurs dînettes : deux bouteilles de « vin bouché » à trois francs, du raisin et ces tomates crues qui sont des choses fraîches pour l'été, le tout servi sur une caisse à grenades. Alors il voyait monter dans les yeux du petit campagnard, qui lui dit *vous* et ne lui tend pas la main le premier, l'étonnement et le plaisir que ce jeune monsieur soit si bon garçon, si pareil à lui quoique si différent. Alors il se sentait imprégné par l'extraordinaire certitude que, des deux qui étaient là, les deux eussent donné leur vie pour lui, comme lui il l'eût fait pour eux, cela sans qu'ils se vissent souvent, sans qu'ils se connussent vraiment, sans qu'ils fussent les seuls à bénéficier de ce privilège : promesse merveilleuse et simple, que nul n'avait jamais donnée à l'autre par une allusion, une parole ou un acte, mais qu'ils avaient lue, peut-être une fois seulement, et peut-être alors sans bien la reconnaître, une seconde, dans la gravité des yeux.

Et puis c'étaient d'autres souvenirs. Il y a trois semaines, à Granrupt, Bellerey avait tiré de sa poche un chiffon de papier, le lui avait tendu, avec un air fiérot dans ses yeux noisette, malicieux. Sur le papier Alban avait lu, de l'enfantine écriture, puant le faux : *Je soussigné, médecin-chef Dubrulle, certifie que le soldat Bellerey (Alexandre), de la 18ᵉ compagnie, est atteint d'une orquite* (sic) *qui l'empêche,* etc. — « Vous comprenez, si demain il y a la bigorne, avec ça... » Alban l'avait supplié de ne pas faire cette bêtise, cousue de fil blanc alors même que la faute d'orthographe n'eût pas été révélatrice, et qui pouvait le mener au tourniquet. Mais lui : « Pensez-vous ! *Orchite* avec *ch ! Ch,* ça se prononce comme dans *chien* et on dit pas une *orshite.* » Il n'en voulait pas démordre ; même le sergent-major ne l'avait pas convaincu, et c'est plein d'appréhension qu'il s'était rendu enfin à leurs raisons. Alors, par petits mots, par petits silences, par une si gauche petite manœuvre, il avait demandé à Alban de lui écrire un nouveau certificat, d'une belle écriture ; et Alban avait dû refuser, provoquer sa déception, son doute, sa pensée secrète : « Il avait l'air comme ça d'être gentil, mais sitôt qu'il faut donner une vraie preuve, il est bien comme ses pareils. Sans doute qu'il se serait défilé comme ça au coup dur... » et il butait contre ses ténèbres comme contre les ténèbres d'un enfant de dix ans... Que c'était loin, tout cela ! Qu'était-il devenu, son pauvre papier qui devait le sauver de la bigorne ? En cette minute même, peut-être, il imputait à Alban sa mort.

Il songeait à cela quand le garçon commença de se plaindre. C'était un « Ah la la... Ah la la... » toujours le même, sur trois notes. De sa main gauche, passée sous le bras, Alban lui tenait le poignet, lui faisait une étroite caresse, avec le pouce, sur la main, où une bague de cuivre avait marqué de bleu un doigt. Puis la plainte s'étira, se modula ; oui, on ne pouvait s'y méprendre, il chantonnait ; ce qu'il commençait en gémissement continuait en une sorte de mélopée qui l'occupait, qui lui faisait du bien, qui le déchargeait un peu de son mal en l'exprimant. Alors, à entendre cette petite plainte, comme celle d'un bébé plein de songe, tellement triste de ne rien pouvoir pour lui, et comme d'autre part ils étaient si rapprochés l'un de l'autre, il l'embrassa, bien simplement.

On n'entendait plus le froissement des balles. Les obus n'éclataient plus au-dessus d'eux, mais en avant, et bien plus rares ; la bataille s'était déplacée et sans doute se caillait. Par moments, des parois ébranlées de l'entonnoir, une motte de terre se détachait et un peu de terre plus douce coulait, comme du sang d'une blessure. Une fois, avec une motte, une fleur violette tomba sur l'épaule du garçon. « Te voilà fleuri ! » eut envie de lui dire Alban, puis il se retint, songeant aux fleurs des tombes. Une autre fois, comme de la terre était tombée sur cette main rugueuse sans qu'elle tressaillît, Alban crut qu'il était mort et le regarda. Quelque chose de vieillot était venu sur le visage. La gouttière sous le nez s'était un peu allongée ; deux rides s'étiraient jusqu'à la bouche ; les yeux, levés vers le ciel, ne cillaient plus mais bougeaient toujours. Alban accentua sa pression sur le poignet, serra au point de s'en faire fatigue. Jusqu'à la première seconde nocturne, celui qui s'enfonçait se sentirait aidé.

Un petit temps passa. On n'entendait plus un obus, plus rien que des tirailleries isolées, pleines d'espace. Au-dessus de sa tête un lent nuage traversait le disque du ciel ; le ciel perdait sa force ; il pressentit la fin du jour. Il se tourna encore vers celui qui était à sa gauche, du côté où battait son cœur. Une stupeur infinie habitait le visage arrivé à la paix. La jeunesse était remontée, les yeux ne brillaient plus, la bouche était entrouverte comme s'il allait en sortir un oracle. Il défit deux boutons de la veste, coula sa main sur la chemise, aussi chaude que du linge repassé. Rien ne battit contre ses doigts. Bellerey était de la terre.

Il retira sa main, mais ne chercha pas à se dégager. Ce camarade distant ne lui faisait pas peur. Les pensées glissaient en lui comme des voiles sur une mer heureuse. « En ce moment, je serais à manger la soupe au Train de Combat, si j'avais voulu, ou même à Paris, au Ministère. J'ai tenu dans mes bras le fils d'un petit fermier, je l'ai embrassé. Ce qui est là à côté de moi est un mort ; ma main ne lâche pas son poignet. Je n'ai pas envie de m'en aller. Pourtant il faut que j'aille retrouver l'autre. Je ne sais ni où il est, ni s'il est vivant ou mort. La nuit va descendre. Tout cela n'est pas ordinaire. » Et pourtant, malgré cette dernière affirmation, tout cela lui paraissait, au contraire, très simple et très ordinaire. Il resta ainsi un moment. Était-il seul ? Étaient-ils deux ? Les mottes de terre qui tombaient suggéraient davantage une présence que ce corps qui avait été le bouquet de la vie.

Et puis il se détacha. Il prit le portefeuille usé et la bague de cuivre, tenta d'allonger un peu convenablement les jambes du cadavre, recouvrit de sa cravate cette face désertée. Quand il ne sut plus que faire, et se dit qu'il n'y avait qu'à sortir de cette tombe, il fut gêné, presque angoissé, comme s'il oubliait quelque chose d'une extrême importance, et si s'en aller de la sorte était un abandon sacrilège. Debout sur la crête de l'entonnoir, il eut un bref étourdissement. Puis il posa un dernier regard sur ce camarade, le vit pareil déjà à tant d'autres, quand il avait été tellement différent pour lui. Comme les milliers d'hommes qui, devant un pauvre mort qu'il leur fallait abandonner aux injures, avaient cherché à se mentir et avaient promis : « Je reviendrai », comme les milliers d'hommes qui n'étaient jamais revenus, il fit cette promesse dans son cœur, puis se tourna vers les champs tristes, — lourd comme un mort, lui-même.

On n'entendait plus un bruit. Là où descendait le soleil, le ciel était violâtre, pareil à une immense plaie. Au loin deux fermes brûlaient ; les deux fumées montaient droites, se dissipaient sans avoir été déviées ; on eût dit que cet air, percé et percé tant de fois, était tué enfin, lui aussi, avec tout le reste. Alban heurta une vieille image bien-aimée, « Rome en flammes », et elle aussi il la trouva morte : l'Empire, et toute l'histoire, toute la pensée, toute la connaissance depuis que le monde est monde, ce n'était rien auprès de Bellerey qui mourait. A peu de distance, les trois maisons du hameau, ébranlées par le souffle des obus, ne s'étaient pas écroulées mais cabossées, fléchissantes de côté et presque en accordéon, telles des lanternes vénitiennes qui s'affaissent : fantastique spectacle que ces demeures d'hommes qui s'en allaient de tous côtés, à droite, à gauche, comme pétrifiées durant un fou rire qui les tordait ou les soubresauts d'un monstrueux rigodon. La nuit descendait. Tout le champ d'où s'était retirée la fière bataille sous cette lividité du crépuscule était pareil à une chose qui a servi, à un décor après une pièce qu'on ne jouera plus, à un char de carnaval après la fête. Ici, là, des corps étaient étendus, et dans cette couleur incertaine on ne distinguait plus bien leurs uniformes, comme s'ils étaient tous d'une même patrie et si c'était par une méprise abominable qu'ils s'étaient les uns les autres égorgés. Soudain, comme par un déclic, l'avant-bras d'un cadavre se leva, resta dressé. Tout fut plus inerte, alentour. Pareille à une petite lampe au-dessus de ces choses basses et qui commençaient à se confondre, la plaque à son poignet étincelait.

Alban se dirigea vers les fermes, qui avaient été le centre de la 19. Oui, oui, oui, c'était bien la 19, il la reconnaissait maintenant, aux morts. Voici Chuquet, Marcel, le petit tambour : les doigts exsangues et raidis en l'air, on dirait qu'il fait des signes d'alphabet Braille pour les aveugles. Voici le sergent Ridel, qui disait avec une voix de garde noble : « Je n'ai pas l'honneur militaire. » Voici Bruchon, ses intestins sortant sur près d'un mètre, comme la couleur hors d'un tube aplati ; ils ont l'air de se perdre dans le sol ; on dirait un monstrueux cordon ombilical qui le relie à la Mère Terre. Les communs d'une ferme avaient brûlé. Il pensa marcher sur une petite chose noire, semblable à la carcasse d'un chien carbonisé ; il regarda mieux : c'était un homme, grand comme un enfant de trois ans. « C'est peut-être Prinet », se dit-il, insensible à force d'excès. Un mort, accoté contre un mur, avait la tête entourée d'un pansement qui de tout le visage ne laissait voir que les yeux. Sans doute y avait-il eu ici, avant qu'on y plaçât la 19, un poste de secours. Soudain il lui parut que ces yeux bougeaient. Était-ce une hallucination ? Mille histoires couraient le régiment de soldats qui, la nuit tombée, avaient vu remuer des morts. Il s'avança (ses nerfs étaient comme coupés). L'homme tourna la tête vers lui, bien vivant. Et au milieu de tant de cadavres, cette vie épargnée était émouvante, comme dans la campagne, après des heures de grand soleil, l'apparition de l'ombre ou de l'eau.

Debout à côté de l'homme, il vit que le linge avait rougi au-dessus de la bouche. Seuls visibles dans tout ce blanc, à la mode des Orientales, les yeux le regardaient comme on regarde une chose jamais vue.

Il demanda :

— Tu es de la 19e compagnie ?

Les paupières se baissèrent, dirent oui. Alban s'agenouilla. Le mystère de ce visage était tout contre lui, dont on ne savait que ces yeux, dont on ne savait ni les traits, ni l'âge, ni la voix.

— Tu connais Prinet, l'aspirant ?

Encore le signe oui.

— Est-ce que tu l'as vu aujourd'hui ?

Pas de signe. Mais l'angoisse passa dans les yeux comme dans les yeux des chats effrayés, les sourcils se crispèrent, la tête partit à la renverse. Le jeune homme se courba un peu plus.

— Est-ce qu'il vient de faire l'attaque avec les gars, là ?

Les yeux s'étaient fermés, ne parlaient plus. Alban était au-dessus de lui.

— Hein ? Est-ce qu'il vient de faire l'attaque ? Réponds-moi donc !

Il sentait affluer dans ses mains les gestes de secouer, de brutaliser cette chair torturée. Soudain les yeux se rouvrirent, la longue main brunâtre, couverte de minuscules éclaboussures de sang, pareilles à des excréments de mouche sur le cadre d'une glace, esquissa un geste vague. Alban sentit sous le pansement la contraction des muscles, l'effort pour parler, le grognement de ce qui n'était plus une bouche. Un peu de bave rosée teinta l'étoffe, autour de la croûte de vieux sang noir. Puis la tête remua un peu, fit signe que non.

— Est-ce qu'il est blessé ?

Très net, un hochement de tête : oui.

— Gravement ?

Le même signe, et puis encore le son rauque, inintelligible, qui ne sort que de la gorge, où on devine l'absence des lèvres. Et puis l'épuisement à cause de cet effort, la tête qui tombe, les yeux qui se ferment.

Alban se releva, ôta son casque, sécha avec le gras de la main la sueur de son front. L'odeur du sang frais lui tournait sur le cœur, fade, sucrée, pareille à celle des fleurs de certains arbres, et qu'il avait sentie bien des fois, pourtant, dans les *arrastraderos* des plazas de taureaux. Pourquoi s'éloigna-t-il? N'y avait-il pas d'autres questions à poser? Mais quelque chose de faible était en lui.

L'ombre était presque toute descendue. Le jour, frère des hommes, accomplissait sa destinée. Loin, une lumière brillait, telle une étoile tombée du ciel; trois poteaux télégraphiques, sur une éminence, suggéraient des gibets ou les trois croix. Dans ce soir où sur des centaines de kilomètres toute l'armée devait être en marche, on n'entendait pas un bruit; non, pas un seul bruit dans ce soir où toute l'armée devait être en marche. Mais parfois l'horizon rougeoyait, le temps d'un clin d'œil, comme par un éclair de chaleur.

Voici l'heure de la grande impuissance, voici l'heure de la grande impuissance. Pourquoi donc s'est-il éloigné? Pourquoi n'a-t-il pas davantage interrogé? Il a eu peur, il a manqué de force. Il était fort et aveugle, tout le temps depuis qu'il a quitté le Train de Combat, parce qu'alors il y avait à vouloir; à présent, vouloir quoi? C'est l'heure de la grande impuissance. Il n'y a pas de rampe à cet escalier, il est tout plein noir, cet escalier; tout plein noir, tout plein vide, il n'y a pas d'appui où s'appuyer. Ah, c'en est fait, il s'appuie au divin! Dans l'âme éclate le cri, le vieux cri des premiers de son nom : « Foi dans le miracle! » Se privera-t-il des fous moyens? En boxe on l'appelait un « accrocheur »; dans la vie aussi c'est un accrocheur;

tout ce qui peut être tenté doit être tenté. Et il franchit le seuil, il pénètre *in absurdo.*

Marie reçoit plus que Marthe. Les ouvriers qui travaillent une heure autant que ceux qui en travaillent douze. Celui qui sauve sa vie la perd. Saint Jean tombe aux pieds du jeune chef des brigands et lui baise la main. Ce royaume n'est pas de ce monde. Rien qui n'y soit au rebours de l'us des hommes, objet de scandale et pierre d'achoppement. « *Ne m'est-il pas permis de faire de mon bien ce que je veux ?* » Alban retrouve ici des pouvoirs illimités. Et voici ce qu'il propose : il s'offre lui-même à la place de l'autre. Il prononce l'offre à voix haute, que celui qui entend, entende. Qu'on le prenne en échange ! Soudain un scrupule lui vient : il sent bien que cette offre de sa vie ne lui coûte pas, et que par là se trouve infirmé le marché. Il a beau se représenter sur le sol au milieu des morts, avec ce masque de cadavre qu'on lui voit sur une photographie prise au moment où il termine un cross-country, cette image est inoffensive. De quelque façon qu'il manie la pensée de sa mort, elle reste pour lui comme un revolver non chargé ; vous pouvez presser la gâchette sur la tempe, dans la gorge, et encore, et encore, il est impuissant à vous faire mal. De quel prix peut être un sacrifice qui ne vous coûte pas ? Alors il cherche ce qui lui coûte. Écartés sont à l'instant tous les vœux qui ont rempli sa jeunesse : dons aux pauvres, lointains pèlerinages, orgueilleuses humiliations. Que ricane la Gentilité ! Car voici ce qu'il a trouvé, la démente proposition qui n'est pas du règne de l'entendement. Si Prinet vit, il renoncera pendant une longue période — de trois années, par exemple — à l'exercice de son intelligence ; il ne lira pas, ne s'exprimera pas ; quand une pensée lui viendra, il ne la notera pas ; il laissera son cerveau en friche. Lui qui a poussé la peur du temps perdu jusqu'à la névrose, jusqu'à toujours porter quelque livre dans sa poche pour que cinq minutes de vide ne restent pas inemployées, il va droit vers le parfait sacrifice de sacrifier intellectuellement trois années, de mutiler sa vie brève de trois années. Il promet cela, il jure cela sur sa conscience, par saint Michel et par ceux qu'il aime. Quand ce vœu est fait, vraiment il a touché le fond de ce qui dépend de lui. Il se sent mieux. Il remonte vers la ferme. Il a repris son courage. Il va interroger et savoir.

Et il se retrouve devant le corps, et il se courbe au-dessus de lui.

— C'est moi qui te parlais de Prinet, tout à l'heure. Tu te souviens ?

« Oui », de la tête.

Alors il se baisse encore plus, tout contre le pauvre visage, comme si nul ne devait entendre ce qu'il va dire, comme s'il voulait parler si bas que lui-même il ne s'entendît pas.

— Est-ce qu'il est tué ?

Un grand « oui » de la tête, et oui, encore, énergiquement, comme pour une chose enfin trouvée, et une sorte de plaisir, comme si maintenant tout était dit, comme si maintenant c'était fini, on allait le laisser en paix, et toujours : « Oui. Oui. Tu as trouvé. Tu sais ce que tu voulais. Maintenant laisse-moi. »

XIV

TOUT VIENT DES ÊTRES

Les dieux et les combattants coiffés de casques veillaient tous dans la nuit grave. Blessés refluant de l'avant, sanitaires occupant les positions conquises avaient repeuplé le hameau. Parmi les blessés se trouvaient plusieurs hommes de la 19. Alban allait de l'un à l'autre. Ils lui disaient : « On était en position d'attaque. On allait partir dans quelques minutes. L'obus a dû tomber en plein sur lui, éclater en le touchant. Quand on s'est relevé il n'était plus là. Il y avait un entonnoir juste à l'endroit où il se trouvait. Cornut aussi avait disparu. » A quelques détails près, trois des hommes confirmèrent cela ; l'un d'eux avait été blessé par cet obus même. « Peut-être que si on avait pu chercher, on aurait retrouvé des morceaux de lui, mais ce n'était pas possible de retourner voir... »

Sans effort, sans tension, Alban interrogeait, lucide et sec comme s'il eût établi un dossier mortuaire sur le secrétaire du colonel ou l'adjudant de la 23. Une réflexion bizarre le retenait : « Il se plaignait qu'on ne le saluât pas. Au moins on l'aurait salué dans sa tombe. Mais il n'aura pas de tombe. » Toutes sortes de sentiments accessoires l'occupaient. Il s'étonnait de ne remarquer chez ces hommes aucune amertume à son égard, alors qu'il les avait quittés pour l'arrière la veille même de la bataille; il les remerciait de témoigner, par la dignité de leurs paroles, qu'ils connaissaient son amitié pour l'aspirant, et tout ce qui sans bruit était défait; il observait que personne néanmoins n'exprimait un regret personnel, quelque chose de plus vivant que la mélancolie résignée du soldat : « Oui, c'est comme ça !... » — « Encore un de moins... » — « Ah, c'est pas drôle... » Il saisissait tous ces détails, dont il ne recevait ni bien ni mal. Dans le même temps, sa liberté d'esprit ne le trompait pas. « Ça va être affreux, tout à l'heure. »

Vite pansés, car les arrivants s'espaçaient, bientôt les blessés partirent. Dès l'instant que le dernier eut été emporté par l'automobile, qu'Alban se trouva seul, abandonné par les visages et les paroles, en une seconde la douleur fut sur lui, lui cassa les jambes, l'assit sur une borne, le ficela comme un lasso.

Les mains jointes sur les genoux, les lèvres rentrées, disparues — si fort serrait-il la bouche, — il assistait à ce déchaînement silencieux. C'était pareil aux luttes d'un vent furieux dans les cheminées, avec des soulèvements et des apaisements, toutefois sourd, étouffé, sans un bruit. Ni une larme n'était à ses yeux, ni le désir des larmes, ni la possibilité des larmes. Mais son palais tout à coup était écorché vif par une plaque douloureuse, semblable au prodrome bouleversant de quelque mal honteux.

L'idée d'une prière pour cette âme, une interrogation sur le lieu où elle pouvait être, une espérance de la retrouver un jour étaient aussi absentes de lui que si la foi en une survivance n'avait jamais existé sur la terre. Des consolations se fussent-elles présentées, il les eût repoussées avec hauteur, comme si, l'extrême ne pouvant sortir que de l'extrême, c'était dans la conscience d'un absolu manque d'espoir qu'il trouvait la vertu de rester droit. Obscurément il remerciait de ceci, qu'après cinq années passées sans souffrir, ce qui lui avait été réservé fût d'une telle noblesse et tellement avouable. L'ayant aimé vivant avec sa raison, ne l'aimant pas davantage, mort, avec son sale cœur et toutes ses choses sensibles, il était satisfait de maintenir son harmonie. Et toutes les fibres de son être étaient tendues, pour nier que sa douleur fût un mal.

C'est ainsi qu'il prenait de l'orgueil à penser ne s'appuyer sur rien, tandis qu'il était appuyé sur cet orgueil.

Et puis il se renfonçait dans le souvenir, et les assises de son âme tremblaient. Il convoquait chaque souvenir pour en faire l'objet de son courage. Ils montaient en lui en le lacérant, puis, comme s'ils avaient buté contre ses lèvres hermétiques, ils frémissaient, finissaient sans se délivrer, tout de même qu'un obus qui n'éclate pas. Tels qu'il alla chercher, il ne les trouva plus. Il se rendit compte, par exemple, qu'il avait oublié certaines expressions de son visage. Mais il voyait toujours ses taches de rousseur.

Il avait envie de boire du vin. Il lui semblait que cela le guérirait d'un coup, comme une névralgie s'en va avec de l'aspirine.

Il était toujours assis sur cette borne, et sa souffrance était sur sa face comme un masque. Droit, sans bouger, il attendait que le gros de la tempête tombât : tel, jadis, quand il saignait du nez, il restait immobile sans rien dire, la tête un peu en arrière, avec autour de lui des gens qui s'affairaient, auxquels il ne répondait pas. Bien que la borne fût au pied d'un mur, il ne s'adossait pas, rigide et fermé comme un valet de pied bien stylé sur son siège. Toutefois, à son visage, quelqu'un qui l'eût regardé eût cru qu'il était en colère.

Le ciel tourna, fonça encore. Une étoile nouvelle apparut, resta posée, comme une larme, sœur des siennes qui ne coulaient pas. Il se sentit emporté, lui souffrant, au milieu de toutes ces choses sans souffrance; il trouva qu'on pardonne trop à ceux qui souffrent. « Ridicules déclamations sur *l'indifférence de la nature!* Que voudrait-on? Que les arbres se dessèchent chaque fois qu'il meurt un mortel? » Devant tout ce qui a été ajouté de niaiserie, d'absurde sentimentalisme, de creuse grandiloquence à la dignité du monde, il eut un mouvement de recul, vif comme celui de l'escargot qui heurte un obstacle et rentre dans sa coquille.

Le ciel tourna, devint bleu d'indigo; et les étoiles étaient comme des villages dans le ciel. Une modulation coula dans cette immensité qu'elle agrandissait, une autre, une autre, de chacun des huit ciels tournoyants entendus naguère par Scipion. Dans la difficulté où il se trouvait, ces vieux rêves, ces vieilles illusions d'un monde éteint depuis vingt siècles abordaient le jeune homme en compagnons familiers, substance qu'ils étaient de sa vie quotidienne, pleins du pouvoir de guérir le cœur, de modifier la pensée, de provoquer l'action. Il sentait bien que des milliers de croyances, des milliers d'expériences avaient été nécessaires pour que son âme pût enfanter ce qu'elle enfantait en cette heure solennelle; que, des milliers de morts chaque jour regrettés, pas un sans doute ne l'était avec la sorte de regret qui était la sienne; et ces considérations l'emportaient à une hauteur où le pouvoir qu'avait sa souffrance de le faire souffrir était comme aveuglé, où sa souffrance perdait son résonnement sentimental et toute qualité qui la différenciât de la joie. A cette hauteur, la mort de Prinet ne provoquait ni question ni inquiétude, apparaissait en un sens un acte parfait. Incapables étaient les mille puissances de la vie de refréner cette adhésion secrète que donnait l'ami à la mort de l'ami. De même que, la nuit dans la cagna, le suprême effort étant usé pour secourir celui qu'il croyait en péril, Alban s'était appuyé au parados, et lui et la nature, comme deux eaux qui se rejoignent, s'étaient mêlés avec une obscure complicité, de même en cette heure, quand tout était accompli, une parole lui venait aux lèvres, déjà prononcée par un homme, mais qui germait si spontanément de lui-même qu'elle en était comme recréée : « O monde, je veux ce que tu veux. Tout ce qui arrive arrive justement. »

Il avait presque prononcé la parole sublime quand les modulations qui descendaient du ciel devinrent si distinctes, si puissantes que cette réalité le tira de ses songes. « Les avions boches ! » Au même instant il entendit au loin un éclatement, un autre...

Alban se lève. En une seconde, comme dans une lanterne de projections une plaque remplace une autre plaque, Prinet vient de disparaître et il ne voit plus rien que soi.

Dans cinq minutes les avions vont être au-dessus d'eux. C'est ici un lieu de passage et de cantonnement, un endroit sans doute repéré. Et alors ? Quoi ! lui, tué ! Quoi, lui, tué, au milieu de ces indifférents ! Un mot jaillit, l'obture, l'aveugle comme le grand soleil : Non ! Non ! Non ! Non !

Non, pas ça ! Non, pas ça ! Assez de tout cela. Il ne veut pas être tué. Sa mort est inutile à présent, gâchée. Trop vive est l'anxiété de sa chair en cette minute pour qu'il se rende compte pourquoi sa mort lui semble inutile, perdue, pourquoi tous ses faits de guerre possibles, tous les projets où il s'est caressé lui sont devenus insipides : sans raison, sans but, sans récompense. Tout cela, il ne se le demande pas. Brusquement cela lui apparaît.

Cette fois il se cabre. Quelle absurdité ! Quoi ! c'était Prinet le sommet de l'angle, et lui retiré tout s'affaisse ? Allons, c'était un bon vieux, c'est entendu, mais enfin... Vingt souvenirs se précipitent : tant d'absences qu'ils eussent pu empêcher, tant de présences qui n'étaient pas plus pleines que l'absence, tant de fois où la conversation tomba... N'est-ce pas simplement qu'il a les nerfs mis à vif par ces épreuves d'aujourd'hui ? Alors il se remémore cette première sensation de la peur, lorsqu'il s'est trouvé seul sur la route et que le garçon disparaissait, et cette autre sensation de la peur, la nuit dernière, sur le camion...

Encore une explosion, là-bas. Encore une autre. La peur, la peur, la sensation vraiment nouvelle, vraiment jamais ressentie. Pas la peur brève, qui éclate comme un obus sous la mort même, et puis se dissipe, le frémissement de la chair, le réflexe indomptable ; mais la peur installée, l'état de peur, le refus délibéré de mourir, de risquer, de seulement faire face, la fuite devant demain, la peur des peurs de demain et d'après-demain, la peur sous forme de lâcheté. Oui, c'est bien celle-là qui l'agriffe, tandis qu'il reste debout devant cette maison, dans le clair de lune. Il regarde à droite, à gauche. Pas un abri. Où ira-t-il ? Dans la cave de la ferme ? Sauvegarde dérisoire. Dans le petit bois ? Ils visent toujours les petits bois, couverts habituels de troupes. Non, au milieu des champs : là est le lieu le moins visé. Alors c'est une autre peur. Un homme seul en pleins champs, la nuit... Si une sentinelle le tire ? Ou si seulement on le reconnaît, cette honte ! Que faire ? Que faire ?

Les ronflements se rapprochent. Il devine toute une escadrille. L'air parfois assourdit, parfois fait vibrer ce ronron lourd, saccadé, haletant. On sent qu'ils peinent, qu'ils sont gonflés de choses meurtrières. Et ils viennent ! ils viennent !

Alban tourne autour de la ferme, en rasant les murs, à croire que, s'il s'en écartait de deux mètres, il perdrait un secours, se ferait voir de ce regard impitoyable qui descend du ciel, tel qu'au temps des justiciers fabuleux. Voici l'entrée de la cave, aménagée en entrée d'abri, avec des sacs à terre et des pare-éclats. Au moment qu'il s'y engage, il entend un bruit court, strident, comme celui d'une toile qu'on déchire, et puis l'éclatement, tout près, un fracas de tuiles qui cascadent, tandis qu'une vessie d'eau glacée semble crever dans sa poitrine en même temps que la torpille, et maintenant il en est inondé. C'est fait. Ils sont sur le village.

— Y a du monde, là-dedans ?

Les bras en avant, à tâtons, il progresse dans l'obscurité de la cave, qu'il devine remplie d'hommes. Mais comme si le fait d'élever la voix allait suffire pour attirer *le mal,* un seul d'entre eux, le plus proche, sur qui Alban a buté, répond dans un souffle :

— Mets-toi là, tiens-toi tranquille.

A peine cette fois a-t-on perçu le sifflement que cela éclate encore. La maison est secouée. Encore une fois, un peu plus loin.

Le ciel ronfle de toutes parts, n'est plus qu'un grand bourdonnement. Alban les *voit* qui tournent, tournent au-dessus du village, comme l'épervier au-dessus de sa proie. Au retentissement des moteurs, il les croit très bas, à cent cinquante mètres, peut-être. Il se dit que s'il sortait de trois pas sur la route, l'un d'eux fondrait sur lui et le mitraillerait. Il a des visions de démons dantesques se jetant sur les âmes du haut de la rue. Il lui semble impossible qu'avec sa situation à un carrefour, son importance, les camions et brouettes-brancards qui l'entourent, cette ferme n'apparaisse pas comme l'objectif principal à l'ennemi. Il songe qu'il n'a pas son casque, pas de couverture qu'il puisse rouler au-dessus de son ventre (en prenant soin de laisser les jambes libres pour pouvoir s'enfuir). Tout de lui est comme un linge mouillé que deux mains tordent. Cela ronfle toujours. De temps en temps on entend un homme qui souffle, parce que, oppressé par l'énervement, il a retenu longtemps sa respiration. On entend au dehors une gourmette qui tinte, un cheval qui s'ébroue, comme si lui aussi il était oppressé. On entend un menu bruit bien familier à Alban : il devine que dans cette cave il y a un chat qui se lèche. Et cela lui fait un frêle soulagement. Certes, s'il sentait sous ses doigts cette petite vie chaude, toutes choses seraient moins difficiles...

Et puis, le ronflement diminue. Si c'était vrai, si ce pouvait être vrai ! Déjà comme il aspire l'air !

Il croit les entendre encore que depuis longtemps ils sont loin. Enfin il sent bien le silence, il le pèse, il le mesure avec ivresse, comme on plonge une sonde dans l'océan. Le silence ! Alors il se met à trembler, affreusement.

Dans la nuit, il tremble, tremble comme il ne soupçonnait pas qu'il fût possible de trembler. Sur cette sorte de cadre de bois, de fil de fer, où peu à peu on lui a fait place, il est secoué, il tressaute, comme les convulsionnaires étendus sur le tombeau de Pâris, il entend les ressorts qui grincent sous ses soubresauts, il est plein de crainte que ces bruits, ces mouvements ne finissent par avertir ses voisins. Il parvient à serrer les dents, de façon qu'elles ne claquent plus, mais il a beau tendre les muscles, crisper les poings jusqu'à s'enfoncer les ongles dans la chair, ou se cramponner aux portants de bois, il ne réussit pas à s'empêcher de sauter ainsi, tellement fort, avec de tels déplacements que, sur une photographie, on verrait dix Alban et non un...

Et puis cela s'apaise. Mais mieux valait cette anesthésie de la pensée. A présent il songe. C'est demain qu'on part, qu'on va en avant, *en avant :* ces mots donnent la nausée ; c'est après-demain peut-être qu'il rentre dans sa compagnie, en avant, tout à fait en avant, seul, tout à fait seul. Il lui semble que son corps même a le mouvement de se retirer, tant son être entier renâcle. Un vœu ignoble le traverse : pourvu qu'il y ait de grosses pertes et que la division soit relevée. Comme le « non » de tantôt, du fond de l'être monte un autre cri : Assez ! Assez ! Assez !

Tout devient plus confus. Une voix (où donc ?) dit : « Chacun sera guéri par son remède particulier. » Une voix dit : « Tout ce qui est noué sera dénoué. » Une voix dit « Le Ranelagh », comme un endroit où on va aller tout à l'heure.

Et soudain, encore ! Dieu ! encore ! Il comprend. Ils ont été se recharger et ils reviennent. Il voudrait demander : « Est-ce qu'il n'y a pas d'autres abris que celui-ci ? » mais n'ose. Il lui semble qu'il est seul ici à avoir peur. Il fronce les sourcils dans l'effort pour imaginer que Prinet est là, auprès de lui, comme l'autre jour. Il tente de se représenter quel était alors son état d'âme. Il doit reconnaître une fois de plus que sa peur de cette nuit est honteuse, tandis que l'autre ne l'était pas. Il se tourne, cherche la position où son corps sera le moins découvert, se met enfin en « chien de fusil », comme si une petite partie de lui-même était ainsi à demi préservée. Il se loue qu'un des hommes, plus curieux, ait sorti le buste de l'abri pour regarder, car ce corps recevra ainsi le gros des éclats, en place du sien, si une torpille éclate à côté. Et puis il sent sa vie fuir de lui par ses jambes ; il a la sensation de s'en aller, de se quitter soi-même, de descendre dans un trou comme on y descend dans les cauchemars. Il pense qu'il va s'évanouir ; il redresse le buste, secoue la tête, écarquille les yeux. — « Défaites-vous, ténèbres redoutables ! Qu'il ne descende plus une seule nuit sur la terre ! O Dieu ! ô Dieu ! Je meurs dans l'attente de la mort. »

Plus près, toujours plus près viennent les ronflements, par à-coups. Leur bruit se mêle aux *miserere* qu'égrène le jeune homme et qu'il entrecoupe de mille vœux : il fera une fondation des messes, il offrira des dons à des communautés... Au rythme céleste, Alban devine les appareils plus chargés encore cette fois : ils ont fait leur plein de munitions, et tout cela est destiné au hameau. Il s'humecte les lèvres. Son cœur frappe contre ses côtes comme une bête qui agoniserait en lui. Alors ce désir de tout lui-même qui jusqu'alors vaguait, criait, se débattait en vain, brusquement se cristallise. L'acte se présente à son esprit, net, parfait, viable, comme un enfant achevé émerge enfin des douleurs de la mère. D'âme si neuve et prompte, dominé par des images irrésistibles qui aujourd'hui le livrent à l'épouvante comme hier elles le livraient à la vaillance, une fois de plus il mène jusqu'à sa dernière conséquence l'impulsion qui en lui terrasse l'homme. Demain matin, à la première heure, il se fera évacuer.

Cette évacuation, elle lui a été proposée ; il est blessé, en effet. Son idée le comble à tel point qu'il n'a pas entendu le sifflement. Mais la torpille éclate. On entend un bruit de choses qui s'écroulent, hésitent, s'écroulent encore. Et puis un autre éclatement, plus loin. Alban multiplie ces supplications qui ne sont adressées à personne : « Que je vive jusqu'à demain matin ! Que j'atteigne le matin ! Que je ne sois pas tué quatre heures avant de quitter ces rives de l'enfer pour toujours ! pour toujours ! »

Les torpilles tombent partout alentour. Cependant il ne semble plus qu'il ait peur. Comme un martyr perdu dans son idéal ne sent presque pas la torture, la pensée de son départ l'abstrait si fortement que le péril n'a plus guère prise sur lui.

On n'entend plus d'explosions. On entend moins les ronflements. Un des hommes, invisible, dit : « Ils ont eu l'église », et cette première parole humaine, qui est aussi l'énoncé d'un résultat, rend comme sensible que cette seconde alerte est finie. Et Alban répète : « Demain matin... demain matin... trois heures encore et jamais plus. » Il n'est plus une volonté mais un élément déchaîné ; il n'a plus des buts, mais un but. Pour atteindre ce but il sait qu'il fera tout. Il mettra son pied sous une auto qui passe, il mentira, il tuera, oui, il tuera un, deux, dix hommes : la terreur lui donne les forces d'un gorille. Peut-être que demain, tout à l'heure, il sera dans une Ford ; chaque minute l'éloignera de six cents mètres des lieux où l'on risque de mourir. Ah ! joie ! joie ! convulsion de joie !

Le sommeil l'écrase.

Il a un petit rêve de choses Louis XV.

Le point du jour. On sort. Il a peur que chacun ne lise sa honte sur son visage. Tandis qu'ils bâillent, s'étirent, il se dit : « Je les quitte, je profite de ma situation sociale... C'est ignoble. Pourtant c'est comme ça. »

On reconnaît le clocher de l'église, décapité, pareil dans cette pénombre livide à une épave de navire, à une chose affreuse descendue au fond de la mer, et qu'on voit derrière des épaisseurs d'eau. « Je l'abandonne, la pauvre église, elle qui n'avait qu'à sonner sa cloche pour mettre en fuite les mauvais esprits! J'abandonne les copains. J'abandonne les restes de mon seul ami. J'abandonne tout ce que j'avais fait vœu de défendre. Oh, comme c'est mal! Mais voilà, c'est ainsi. »

Les hommes se lavent à l'abreuvoir. Lui, il s'humecte la face, où l'eau sèche instantanément, tant la peau brûle; rafraîchit sa bouche parcheminée, où un peu de salive colle en croûte verdâtre au coin des lèvres. Les hommes parlent.

— Y a eu des officiers de tués.

— Guichard, de la 13.

— C'était un brave type, t'sais. Y comprenait ce que c'est que la vie.

— De Marolles, à la 13.

— Connais pas.

— Prinet, l'aspi de la 19. Ça, c'était un rossard.

— C'est pas que c'était un rossard. Seulement, t' sais, un type qu'a une tête qui vous revient pas, y a rien à faire, y n'a qu'à quitter le régiment.

— Le Hagre a été blessé. Ah! celui-là...

Alban s'éloigne, sentant quelque chose de silencieux qui est entré en lui pour toujours.

Le réseau des nerfs à vif rend sa peau douloureuse, et elle frémit un peu, de façon menue, comme si elle bougeait de vers. Il a mal autour des yeux, dans la nuque, derrière les oreilles. A chaque fois qu'il renifle il a un élancement aigu derrière l'oreille droite. Sa mâchoire pend un peu. C'est vraiment l'hébétude. Quelquefois, une longue journée de caresses à une jeune fille, sans leur conclusion naturelle, lui a donné le soir un pareil épuisement.

Sur le pas de la cave, voici une chatte et son petit :

c'étaient eux qui se léchaient dans la cave, cette nuit. Squelettiques, les yeux à faire peur, ils dévorent un excrément avec des airs traqués, pareils à des écorchés d'étal revenus en vie. Alban les regarde et songe à soi. Que font-ils d'autre, eux et lui, que se débattre contre la mort, à demi fous et tremblants de passion ?

Le soleil monte, le ciel n'a pas un nuage. Un sergent lui dit : « Votre Train de Combat va arriver dans un moment. Et puis, on repart tous à midi. » Lui, il regarde ces hommes, avec une étrange sensation. Qu'est-ce que ça lui fait, qu'on parte à midi ! Il va partir, lui aussi, mais avant midi, et pas dans le même sens ! Ah ! ah ! non ! pas dans le même sens ! Des plaisanteries impies, une jubilation affreuse lui détendent la face. « Mes braves petits chemins de repli ! Un chemin de repli... un chemin de repli... » Il répète ces mots indéfiniment, et ça lui fait bon dans la bouche, comme la divinité des grandes poires juteuses, froides, en août. Il les regarde encore, les petits paysans de France, ceux avec qui il a tant partagé, les compagnons, les camarades. En voici un qui lui sourit. Il a envie d'aller à lui, de lui dire : « Non, non, je ne peux pas te trahir. Il faut que je te dise... Ne me souris pas, car je t'abandonne. » Eh bien donc, il n'a qu'à rester ! Mais c'est impossible. Son corps entraîne sa raison comme une araignée entraîne une mouche morte.

Il traverse le hameau, sur la route, et ce n'est pas au hasard qu'il va.

Dans le jardinet d'une maison, l'aide-major met ses bandes molletières. Alban s'arrête devant lui. L'aide-major se redresse. Sans un mot, Alban enlève sa veste, défait le pansement à son bras. La petite plaie apparaît.

— Est-ce que je peux rester avec ça ?

L'aide-major écarte un peu les lèvres de la blessure ;

on voit la section fraîche de la chair, d'un rouge lumineux et brillant comme celui des sucres d'orge sucés. L'homme demande des explications, qu'Alban lui donne.

— Je vais vous faire votre fiche. Vous prendrez la première Ford qui s'en retournera.

Rien ne tressaille sur le visage d'Alban, qui a un air courroucé. Mais tandis que l'infirmier s'apprête à lui bander de nouveau le bras, Alban le regarde, ce bras, dur et poli et doré comme une belle chose d'ivoire césarien. Alors, une seconde, l'idée le traverse qu'avec un corps pareil il est impossible qu'il agisse mal, qu'il doit se tromper quand il croit agir mal... Et dans un tremblement, un élan sauvage, comme s'il rassurait un être bien-aimé : « Non, tu ne mourras pas, mon corps. »

XV

CHEWING GUM

Depuis huit jours à l'ambulance divisionnaire, à deux kilomètres de la petite ville de Verberie-sur-l'Oise, et à vingt-cinq du feu, Alban n'avait pas changé de passion. Il voulait revenir à l'arrière, et pour toujours.

La guerre pour lui était morte. Morte parce que Stanislas Prinet était mort. Il voyait très clair à présent. Tour à tour il avait cru que le pôle de la guerre était son plaisir, ou son goût de la liberté, ou son patriotisme, ou son besoin de repos ; ce n'était rien de tout cela ; c'était Prinet le pôle de la guerre et Prinet son insouciance aérienne. « La nuit que j'étais sous les avions, si j'avais dû le retrouver le lendemain, est-ce que j'aurais fui ? » La réponse fusait : « Mais non ! Mais non ! » O fusée ! Elle éclairait tout.

Et puis il avait peur. Peur depuis que ce garçon n'était plus dans le régiment. Peur de la mort, sans doute, et cette peur-là il la regardait bien en face ; toujours plein d'émotions extrêmes et simples, il ne détournait jamais la tête devant les pires fantômes qui se levaient de sa vie. Peur surtout, peur surtout d'une mort obscure et sans résonances : la mort *perdue,* la mort *gâchée* qu'il avait déjà repoussée le jour de la bataille, auprès des trois indifférents, tandis que dans cette même minute il acceptait, il désirait presque l'autre mort, celle qu'il embrasserait sous les yeux de son ami.

Car il avait accepté, désiré de mourir sous ses yeux ! Elle avait pu cela, cette bonne camaraderie franche, directe, sans fièvre, avec même ses journées de négligence, son manque de réflexion sur soi ! La seule sympathie, comme un mince levier, avait suffi pour soulever ce poids ! Ah ! depuis longtemps il savait que c'étaient des êtres — ainsi Dominique — qui fondaient sa conscience morale, et que toujours il en arrive à une question de personnes. Mais à présent il se demandait ce qu'est la réalité en dehors de ces êtres, puisque la guerre lui apparaissait différente du tout selon qu'y participait ou non cette huit cent millième partie de l'armée française nommée Prinet. La question essentielle n'était pas : « Que faire ? » Elle était : « Avec qui le faire ? » Et singulièrement dans le combat. D'abord choisir le chef, ensuite le camarade. Ces deux choix faits, brisés tous les obstacles !

Il s'appliquait un verbe vigoureux : « J'étais *occupé*... » Quelque chose avait été à l'intérieur de lui, qui faisait armature. Cela se disloquait, et lui avec. Vide aussi était le front, vide ou plein d'une énorme inutilité. Rien qui n'y subît une dégradation. La cigarette qu'il fumerait, le quart de vin qu'il boirait se trouvaient dès maintenant diminués. Les misères devenaient odieuses, qui étaient hier supportables parce que l'autre les vivait en même temps que lui. Il n'y avait plus de douceur dans la souffrance. Il n'y avait plus la muette estime, chaude comme la main sur la main. Il n'y avait plus la présence lointaine, au bout du bataillon, lointaine, certaine. Il n'y avait plus le résonateur qui appuyé sur une minute la faisait retentissante. Il n'y avait plus la raison de l'acte, ni la récompense de l'acte. Mais, dur et nu, le devoir, avec au bout la mort, et par-devant Alban qui regardait cela un petit brin, puis frissonnait, faisait « non » de la tête. Pardonné soit-il.

C'étaient là les réflexions qui le tourmentaient depuis ces huit jours, et ce matin même, assis à regarder passer l'Oise au fond du parc où cantonnait l'ambulance. Tantôt, à la visite médicale, sa blessure avait déplu. Quelles suites aurait-elle ? Il voulait quitter le front, mais n'en avait plus les moyens : le sang résiste. A l'heure de la panique, il s'était vu écrivant, à droite, à gauche, lettre sur lettre à des parents influents. Aujourd'hui la honte le retenait. Les deux courages lui manquaient, celui d'être brave et celui d'être lâche.

La rivière coulait devant lui, sous des branches basses. Des degrés de pierre moussue y descendaient, comme pour conduire dans ce royaume liquide où toutes choses devaient avoir plus de douceur. On les voyait sous l'eau se poursuivre, vivantes d'une vie mystérieuse. Brusquement il sursauta. Dominique venait vers lui.

— Vous ici !

Avant même de se dire que l'amour seul pouvait la maintenir ainsi collée à ses traces, il l'avait reconnu, hélas ! sur son visage. Son visage suait un amour incelable. Des milliers d'heures du passé, seule subsistait celle qui l'avait vue, dans la nuit, effondrée sur une main d'homme. Celle-là seule était véridique. Tout bien pour l'avenir était détruit.

Elle s'enquit de sa blessure. Il sifflota.

Elle demanda si rien d'autre n'était advenu.

Il ne prononça pas le nom de Prinet. Il aurait eu le

sentiment du sacrilège à parler de cette mort devant une femme amoureuse.

Tandis qu'elle expliquait comment, avertie de l'arrivée d'Alban à l'ambulance divisionnaire, elle était parvenue à se faire détacher en surnombre au « Triage » de Verberie, « sa connaissance de la langue anglaise devant rendre des services auprès des blessés américains », Alban sentait s'amasser en soi une chaude peine. Autant celle qui avait jailli de lui pour Prinet mort était simple, pure, inexprimable à cause de cette simplicité, autant celle-ci, complexe, brouillée par l'intelligence, appelait la parole. Il parla donc de façon très directe, et par désir d'être ôté de cette incertitude, et par mépris pour les roueries du cœur.

— Chère Dominique, lui dit-il, avec une nuance d'affection dans la voix, si vive que lui-même il en fut frappé, surpris, peut-être, chère amie, il est nécessaire que nous parlions courageusement.

Et comme elle avançait les lèvres pour l'interrompre, il continua, avec un demi-sourire :

— Vous devinez. Oui, à Granrupt, quand nous nous sommes quittés, vous avez eu ce geste... Et voici qu'aujourd'hui... Écoutez, Dominique, il faut me le dire, afin que je sache : êtes-vous devenue amoureuse de moi ?

Elle avait imaginé cette question voilée sous mille semblants. Elle fut surprise. Elle repartit à l'aveuglette, trahissant ses meilleures raisons :

« Mais je n'ai pas besoin de répondre. Vous le voyez bien », toutefois sans lever les paupières. Ensuite, comme il ne disait rien, elle ajouta : « Ce n'est pas ma faute », d'une toute petite voix.

Il la vit sinistre comme la maladie.

Il le savait, ce qu'elle lui apprenait ; il avait trop évité d'y penser pour ne le savoir pas. Le chef-d'œuvre de quatorze mois était anéanti, coupée la haute fleur qui faisait leur unique éclat. L'absence avait défait ce que la présence avait édifié. Une porte roulait, se fermait, qu'ils avaient su ouvrir sur une des avenues de la grandeur. Et la guerre et la paix étaient corrompues, toutes deux.

— D'énormes choses sont détruites, dit-il avec lenteur, et vous, vous allez souffrir durement. Il est dur de s'enferrer sur son amour, de le savoir et de le donner encore, encore à celui qui vous crie qu'il lui est à charge, encore sans plus pouvoir arrêter cet amour que le sang qui coule d'une plaie. Je vous en supplie, s'il en est encore temps, ne me faites pas ce don qui nous diminue l'un et l'autre.

— Il n'est plus temps, dit-elle, les yeux fixes.

Mais l'émotion du jeune homme, le frais mouvement par lequel il avait plaint la souffrance de son amie avant la sienne propre, allégeaient un peu cette souffrance. Toute l'erreur d'Alban était dans son cerveau ; elle le savait bien, pour s'être abusée si longtemps avec lui. Et, sûre de sa cause, elle disait, disait avec sa voix de femme, basse, un peu embrumée :

— Quel charme vous délivrera ? Au seul mot d'amour vous voici hérissé, ayant mal physiquement, comme un possédé au nom de Dieu. Mais de l'amour vous ignorez tout, comme j'en ignorais tout hier. Vous avez un haut-le-cœur pour les couples à fleur bleue, à romance, aux doigts dans les doigts, avec l'homme qui marche à petits pas ridicules pour se mettre au pas de la femme à son bras ; mais ceux-là mêmes, les médiocres de l'amour, si vous aviez senti une minute ce qu'ils sentent, vous vous mettriez à genoux devant eux. Hélas ! toujours exceptionnel, sans jamais de repos, toujours contracté, sans jamais de repos...

— Je vous entends encore, à Palestra, le premier jour que nous nous parlâmes avec confiance : « Naturellement, je vous en prie, qu'il ne soit pas question de nous aimer. » Et moi de répondre : « Je le pense bien ! » avec quel élan, déjà, vers notre dignité !

— Ah ! comment osez-vous vous faire une arme de ces paroles du temps que j'étais inconsciente et insensée ? Et comment êtes-vous assez perverti pour vous enivrer de ma frêle amitié quand vous rejetez cette chose infinie que je vais vous cueillir dans le tréfonds de mon cœur ?

— De la perversion à goûter la pureté !

— Dans cette excitation que vous donnaient ma pureté et mon apparente indifférence, il y avait quelque chose de presque morbide...

— Les vertus qui nous manquent, on les nomme défauts. Celui qui a des globules rouges est le dégénéré pour celui qui les a blancs.

— J'étais une délectation pour votre esprit ; je satisfaisais un idéal particulier que vous vous faisiez de la jeune fille ; vous me voyiez dans un certain équilibre, et vous m'y contempliez sans vous demander s'il était normal, ni par quelles peines je m'y maintenais, ni si je me casserais les reins en le quittant. Quel rôle j'ai joué, mon Dieu !

— Prenez garde, dit-il, des lèvres seules, sans desserrer les dents. Vous avez défailli ; on vous excuse. Mais vous n'êtes pas excusable quand vous tentez de jeter le doute sur ce qui a été le meilleur de vous et de nous.

— Le meilleur de nous, ce fantôme, cette caricature de la perfection et du bonheur ! Tenez, regardez ceci !

Elle tira de son sac une photographie, la lui tendit. Alban reconnut l'instantané, déjà ancien, qu'avait pris d'eux un camarade. Mais, sur le papier pâli, des plaques verdâtres maintenant étaient venues, à la suite sans doute d'un mauvais bain chimique. Un principe secret de décomposition se tenait à l'intérieur de ce papier brillant, et voici que les images des deux jeunes gens bavaient sur leurs bords, montraient une oreille enlevée, une bouche trouée, des masques de cadavres à demi défaits. Ce n'était rien, ou c'était un signe effroyable.

— Nous ! C'est nous ! Regardez-nous, dévorés par cette lèpre ! Eh bien, quand je me retourne, je vois ces quatorze mois rongés par un semblable mal, si fort que les jours mêmes où vous aviez un vrai désir de douceur, il me fallait encore du courage... Le meilleur de nous ! Cette liaison stérile, qui était toujours à déborder l'amitié et que vous martyrisiez pour qu'elle ne devînt pas de l'amour, et qui ne pouvait pas avancer, ne pouvait pas s'améliorer, était bouchée en avant, était quelque chose de sans nom ! « Du nouveau » : de quel appel, de quelle espérance j'ai chargé ce mot banal ! Du nouveau, n'importe lequel, dût-il être un surcroît de dureté ! Est-ce que jamais vous n'avez eu la nausée en regardant le calendrier, à voir les semaines passer, passer toujours sans un changement, et nous acheminer vers l'époque où elle serait finie, cette chose qui n'aurait rien été ? Est-ce que jamais vous ne vous êtes aperçu que j'étais lasse, moi, lasse de nous, malade de nous, de vous, de ces éternelles conversations d'où l'on ressortait tel qu'on était venu ? A chaque fois que nous nous voyions, j'avais la sensation accablante de quelque chose à reprendre, à recharger, à recommencer sans fin, comme si pendant nos absences nous défaisions chacun de notre côté ce que nous avions tissé si laborieusement ensemble. Oh, mes paroles, mes façons restaient les mêmes ; ces entretiens simulaient le mouvement ;

les mots vides nous soutenaient comme des ballonnets d'air un homme sur l'eau. Vous ne vous aperceviez de rien, moi je ne vous avertissais de rien, et entre nous deux quelque chose était mort. C'était comme si j'avais eu de vous un enfant mort, et vous, pour vous tromper vous-même, vous le caressiez en disant : « Qu'il est beau ! » Vous avez construit nos relations sur le principe d'y contredire la nature, et vous avez trouvé là, avouez-le donc, votre unique plaisir, l'orgueil d'exercer votre force à maintenir infléchi à droite ce dont le cours spontané était à gauche. Et je n'ai été que le terrain d'expérience de vos recherches et de votre monstruosité.

Autour d'eux résonnait le concert impétueux des mouches. Le fleuve s'alanguissait sous ses feuillages, comme une divinité brillante.

Alban répondit :

— Vous avez été l'instrument de ma vertu, si l'on nomme vertu l'acte de s'enfoncer dans la nature pour lui résister ou pour la corriger. Oui, je nous ai forcés à marcher droit, comme le belluaire fait aux bêtes féroces, et c'est vrai qu'elles rugissent parfois. Vous avez été ma préoccupation, ma partialité merveilleuse, et j'étais si heureux d'être gentil avec vous, de pouvoir l'être ! Car c'est vrai que j'ai été quatorze mois baignant dans l'étonnement de n'avoir pas à vous dédaigner. Je vous ai instruite avec amour, enfin je prononce ce mot, avec amour, c'est-à-dire de tout mon sérieux. J'ai eu pour vous cette sollicitude de l'esprit, cette mâle sollicitude où ma tendresse était enclose et menait tout sans jamais s'exprimer, si étroitement unie au moindre de mes actes que vous n'avez pas su la distinguer et que vous doutez d'elle aujourd'hui, malheureuse ! Ce que j'ai acquis d'important pendant cette année, je n'ai eu de repos que vous ne l'eussiez acquis à votre tour. Je me souviens de ma joie, quand vous m'avez dit que vous saviez le grec : soudain tout enrichi, orchestré... Je me souviens d'une heure de travail où je crus avoir trouvé l'observatoire d'où tout le monde antique s'étendait sous mes yeux, et ce jour entier je fus inquiet, misérable, parce que j'étais empêché d'aller vous en faire part. Il me semblait que cela barrait toute notre amitié, si vous ne connaissiez pas ma découverte...

Il s'arrêta, car ses mots trébuchaient, car sa voix était saccadée, et elle s'avançait maintenant comme un cheval qui se traverse.

— Le lendemain je vous ai attendue, dans le matin plein de gouttes, sur le trajet qui vous menait au stade. Vous avez vu mon oppression et ma fièvre. Et quand vous avez compris vous n'avez pas été étonnée, vous n'avez pas été déçue, mais sans parole vous m'avez remercié de ce qu'au lieu de vous apporter un nigaud scrupule d'amant, je vous offrais ce fruit de la connaissance, cette parfaite douceur qui me devenait amertume si vous n'y mordiez pas en même temps que moi. Tout cela a existé. Vous avez été mon frère et mon fils. Je ne sais pas vous dire davantage : c'est dans cette gravité d'amour qu'est mon génie. J'ai joué sur vous comme sur un garçon, comme sur un être dont toute la nature, par nature, sans même qu'il le veuille, vous soutient quand vous vous efforcez pour son mieux. J'ai joué et perdu, puisque vous voici retombée. Sur quoi avez-vous buté, je l'ignore...

— Vous l'ignorez ? Comme si je n'avais pas buté sur tout, toujours, quand je feignais d'être heureuse afin que vous ne cessiez pas de l'être, quand je serrais les lèvres en me débattant sous votre égoïsme et votre orgueil, pour me forcer à cette froideur dont vous tiriez un plaisir affreux !

Elle se courba, débordante de sanglots.

Un jour qu'elle concourait en finale dans un championnat de saut en hauteur, la barre étant à 1,32 m, par deux fois elle avait failli. Au troisième essai, quand un échec devait l'éliminer définitivement du concours, elle accrochait de nouveau et roulait sur le sable, où elle demeurait inerte. On était accouru, la croyant blessée, car elle ne bougeait pas plus qu'une morte. Or, l'ayant relevée, on la trouva indemne : c'était sa brusque disgrâce qui l'avait ainsi rompue et terrassée. Dans cette minute, penché sur elle, Alban avait vu les larmes dans ses yeux ; et il avait répondu à ces larmes par un extraordinaire élan d'amitié et d'estime. Mais celles qui étaient pleurées en cette heure à cause de lui ne lui donnaient que le sentiment du ridicule, et d'une inconvenance qui touchait à l'absurdité.

Il allait lui jeter qu'elle mentait, qu'elle n'avait jamais eu l'idée de ce sacrifice ; les mots se gercèrent sur ses lèvres. Ce mensonge de bas théâtre, ce doute jeté sur leur haut commerce, cet effondrement, ces larmes, en une seconde tout déferla sur lui. Il sortit de sous cette vague, il cria : « Est-ce que je l'aime encore ? » Tel, après l'éclatement de l'obus, il criait : « Est-ce que je vis encore ? » C'était comme s'il voyait la femme le frapper, frapper sur l'affection qu'il lui donne, et il se disait : « Mon affection tiendra-t-elle ? » Et un homme qui entend gémir sa porte sous les pesées de l'assassin nocturne n'a pas une angoisse qui soit plus rude que celle-là.

Elle pleurait, et lui il la regardait sans rien dire. Dans ce vide un peuple d'ombres naquit de l'air derrière l'accablée, commença de passer en silence. C'étaient les hommes. Ils apparaissaient, s'évanouissaient, il en arrivait d'autres ; tout cela en silence.

Bellerey passa. Ertle passa. On ne lisait rien sur leurs faces closes. Au-dessous la femme pleurait, vainement.

Le seul d'entre eux qu'Alban eût vu pleurer pleurait parce qu'il se sentait mourir. Quand l'aspirant était mort, Alban n'avait pas pleuré. Ils passaient. Prinet passa la tête détournée. Au-dessous, la femme pleurait. Dans la hiérarchie des larmes, quel rang occupaient ses larmes ? Elle était la fleur de son ordre et, dans son ordre, elle avait raison. Pourtant tout ce qui naissait, tout ce qui pouvait naître d'elle était par avance infirmé. Il la vit qui s'efforçait loin de lui, vainement.

Il sut qu'il remonterait au front, par sa volonté, comme l'autre fois ; connut ainsi que c'en était fait, qu'il avait bien quitté son amie, car c'était pour demeurer logique avec la rigueur dont il la frappait qu'il prenait ce parti si odieux à sa chair. Son affection vivait encore, mais les hautes parties de son être se retiraient de la jeune fille, rétractées par une mésestime supérieure. Ces yeux rouges, ce mouchoir trituré, des mains qui se massaient l'une l'autre convulsivement, tout ce qu'il y avait en elle qui la précipitait dans la tourbe des infirmes cependant que ses épaules toujours droites, que son cou toujours palladien, que le renflement magnifique sur le dessus de sa cuisse démentaient, résistaient, la retenaient dans la vie grande, tout ajoutait à sa colère douloureuse, et il sentait, de seconde en seconde, une volonté de punir élever en lui son niveau. Comme un chat qui refuse de s'approcher de la chatte, sa mère, qui agonise ; comme un fauve se précipite sur le dompteur qui est tombé ; comme toute la basse-cour vient donner un coup de bec à la poule parce qu'elle saigne, ainsi, à mesure qu'il la voyait plus touchée, il lui en voulait davantage. Elle retira sa main, qu'elle avait portée devant ses yeux, et soudain, la voyant si laide dans les pleurs, il la désira.

Désir ! Fanion levé qui signifiait que la bataille était finie ! Tout était donc consommé, maintenant. L'antique substitution s'était faite. Dans le vide que laissait l'amour de l'âme en s'effondrant, l'amour du corps trouvait sa place et se dressait sans plus un obstacle. Tombée était la dernière des digues dressées par son amitié et son respect, puisque déferlait sur la femme inconsciente la convoitise retenue pendant quatorze mois. Il la regarda à faire peur ; il eut la perception qu'en ce mois d'absence ses mains avaient grandi ; il sentit l'odeur de sa fatigue, de son mal de tête, de tout ce qui la faisait sans défense ; il eut une curiosité passionnée de savoir comme serait son visage si elle cédait : il ne l'imaginait pas. Et l'imprévu et l'étrangeté de son désir, après une liaison dont l'essentiel avait été qu'elle anesthésiât le désir, cette étrangeté si grande qu'elle lui présentait celui-ci comme une extraordinaire infraction, la joie souveraine et la vanité ingénue qu'il portait toujours dans ses débordements, tout ce qu'ajoutait de savoureux et d'âcre à sa convoitise l'inimitié qu'il avait pour elle dans le même temps, enfin ce génie de sa nature qui le poussait à s'évader toujours de la tristesse et du regret, brusquement lui firent trouver que tout était bien, et qu'en somme c'était un destin triomphant, puisque cette grande chose tombait, qu'elle fût incontinent remplacée.

Elle releva la tête :

— Peut-être, quand je vous ai dit, tout à l'heure... Me pardonneriez-vous si je m'étais emportée ?

Il ne répondit pas. L'agrément de la faire souffrir montait de sa sensualité. A songer qu'il avait pouvoir sur elle par ce moyen si simple de garder le silence, il était réjoui dans son cœur.

C'est alors que Dominique le vit tirer de sa poche une petite tablette dont soigneusement il enleva le papier, un morceau de chewing gum qu'il mit dans sa bouche.

— Vous ne voulez plus me parler ?

Non, l'eût-il voulu, il ne *pouvait* plus lui parler, maintenant. C'était comme si les muscles autour de sa bouche ne savaient plus que ce tic de mâcher, comme s'ils avaient perdu la faculté de lui faire rendre un autre son que le bégaiement de Prinet, hier, dans la nuit : « Je... je... je ne peux... je ne peux plus parler », comme si, avec une intensité presque hallucinatoire, il se sentait métamorphosé en pierre. Et des milliers de choses tombaient dans ce silence, tombaient, ne le comblaient pas.

— Dites, c'est cela que vous avez inventé ? Croyez-vous que je vais continuer à vous interroger ainsi ? C'est cela le supplice que vous avez inventé ?

« Le supplice ! Quelles expressions ! Nous allons la voir s'embourber de plus en plus », pensa-t-il avec contentement. Il regarda comment elle était faite, celle qui parlait de supplice et n'avait jamais souffert dans son corps. Vingt petits mépris lui venaient aux lèvres, comme les bulles aux lèvres des bébés : « Se monter la tête... jouer à l'héroïne... avoir un roman... » Parfois, les yeux mi-clos, comme les grands lions sûrs, il avait le goût de lui dévorer le visage ; il avait le goût de la serrer comme un tube de pâte dentifrice, de lui faire dégorger l'âme, l'esprit vital, de se faire venir dans la bouche une partie d'elle absolument intacte, jamais sortie au jour, le fin fond de la vie.

— Je vais donc m'en aller, dit-elle sans bouger, pendant ces mots qui la perdaient.

De l'autre côté de l'Oise, sur un fil télégraphique, une hirondelle se lustrait les plumes, soulevait son aile avec un mouvement presque humain. « Est-ce qu'elle souffre quelquefois ? » se demanda-t-elle. « Comment ça lui fait-il quand elle souffre ? » Elle la quitta des yeux, se retourna vers le persécuteur. Avec ses lèvres comme mangées, si fort les contractait-il, son chewing gum fiché dans la joue gauche, ses prunelles devenues claires, presque franchement vertes, ses cheveux courts qui dénudaient la tête et la nuque, tout le visage aminci, rasé de très près et comme patiné (moins pathétique pourtant sous l'usure de la guerre que sous celle de la paix), elle le vit semblable à un petit serpent dressé et immobile, si immobile qu'on le croirait empaillé ; mais l'oiseau qui est sous son regard est terrassé comme s'il le mordait. Et telle, venant de dire qu'elle partait, elle se sentait incapable de faire un geste. Elle put toutefois tourner les yeux ; l'hirondelle venait de s'envoler ; le fil en tremblait encore. Elle le vit trembler un long temps. Brusquement elle ne le vit plus, n'en vit plus aucun.

Hideux fils télégraphiques. Tout à coup ils réapparurent, à la même place où la seconde précédente elle ne voyait que le ciel bleu, comme une matérialisation des ondes de la lumière, si perçantes qu'elle jeta presque un cri. Puis ils disparurent, furent bus par le ciel. Puis ils l'aveuglèrent de nouveau, lui firent mal dans les yeux, lui tordirent les nerfs au sommet du crâne.

Au-delà, dans la campagne de l'été, se répandait à torrents un Créateur inendiguable. Clignant des yeux, clignant de l'âme, les champs déserts sous le soleil lui étaient odieux, avec leur mutisme à en frissonner, leur animalité sournoise. Elle en devinait de tout pareils, de tout pareils, à l'infini, à l'infini. Elle était étreinte jusqu'à l'angoisse par la monotonie, la tristesse et la stupidité du grand août. Elle avait la certitude qu'avec la même cause de misère elle eût été beaucoup moins misérable, si c'eût été l'hiver ou l'automne. Elle vit les deux kilomètres de route qu'elle devrait parcourir tout à l'heure, mais non ! tout de suite, sous le soleil, dans la poussière, avec sa poitrine barrée par ce mal abominable...

— Alban, dit-elle, je vous supplie de ne pas me laisser repartir ainsi. Il y a une route, pour revenir, ce que ça va être... Je vous en prie, dites-moi quelque chose.

Elle essayait ces mots comme d'autres, au hasard, comme des clefs différentes à une porte, au hasard.

— Ah ! comment serai-je jamais assez heureuse pour compenser ce que je souffre en ce moment à cause de vous !

Ses paroles tombaient, de-ci de-là, comme les feuilles des arbres ; se perdaient, se dispersaient dans le plein air, qui dans une chambre, pensait-elle, eussent été peut-être recueillies. Un hamac était suspendu non loin d'elle ; elle se souvint de cette singularité, que lorsqu'elle était sans soucis elle pouvait se balancer, mais que cela lui faisait mal au cœur quand elle avait de la peine. Elle eut la nausée en songeant qu'à cette heure elle eût pu s'y balancer. Tout cela, elle le pensait vaguement, dans une sorte d'hébétude, semblable à celle qu'on a lorsqu'on a beaucoup ri. Sa tête était remplie d'un vide bourdonnant, comme s'il y avait eu un trou dans chacune de ses tempes, par où passât un violent courant d'air.

— Alban, dit-elle encore une fois, je vous demande de ne pas me laisser partir ainsi, tandis que... puis s'arrêta, renonça, ne continua plus.

Elle se détourna de cette face distante qui la fixait,

insensible et spectrale comme le halo lunaire, mais toujours mâchonnant, mordant sa gomme, agitée sans répit de mouvements destructeurs, comme si c'était sa chair à elle, Dominique, qu'il déchiquetait; et pourtant dans ce mâchonnage elle voyait en même temps quelque chose d'enfantin, ou plutôt de *gosse*, de cette gosserie persistante qui, loin de rendre Alban inoffensif, était précisément ce qui le faisait dangereux. Elle fut attirée par un bateau-ambulance qui descendait le fleuve, si doucement, si doucement; les formes blanches des infirmières, sur le pont, lui donnaient l'apparence d'un couvent emporté sur l'eau; et il fallait un effort pour se représenter qu'il y avait là-dessus autre chose que du bonheur. La vision était disparue derrière les arbres, et le sillage frémissait toujours. Elle l'imagina sur ce pont, gravement blessé, craignant de mourir, ayant besoin d'elle.

Elle ne pouvait plus quitter des yeux cette eau, maintenant. Du sillage vivant des images montaient, se mêlaient à sa peine. Comme les racines de ses cheveux étaient douloureuses au-dessus de sa nuque, elle avait la sensation qu'il l'avait tenue par là pendant des heures, immergée par là pour la noyer, tandis qu'elle se débattait et luttait. Elle glissa un doigt sous le bandeau de son front, pour aérer : ainsi jadis, au stade, sous la bandelette. Elle avait la migraine, elle était semblable à celle que va saisir un accès de fièvre, comme si toutes ces mauvaises paroles avaient pénétré jusqu'à ses os, à la façon du crépuscule d'octobre quand on est assis sous la mort du ciel; et elle avait froid, et peur, et mal. Et pourtant, malgré tout cela, elle sentait au fond de son cœur son amour qui coulait, coulait sans discontinuer, à chaque fois qu'elle le regardait coulant plus fort. De même qu'Alban pour Prinet tué avait étouffé son horreur par l'orgueil, de même elle étouffait un peu la sienne par la douceur qui lui venait à l'aimer encore. Et elle s'abritait comme en une tour de cristal dans cette parthénie pure et perdue qu'elle élevait au milieu de l'été.

— Je vous aime, mon ami, disait-elle, et ni vous ni moi n'avons pouvoir de m'empêcher de vous aimer. Je vous aime et le bien que je me fais en vous aimant détruit le mal que vous me faites...

Elle parlait et son cœur s'en allait sur la pleine mer de l'éternel amour. Sa tendresse montait, reconstruisait le monde, annulait la guerre et la mort. Mais lui, la voyant qui était comme rassérénée : « J'avais donc raison de penser que leurs larmes, qui leur valent tant, ne leur coûtent rien. Elles se tamponnent un peu : passez muscade ! Encore une grande douleur suivie d'un petit gâteau. »

Tombée chaque raison de respect, par la brèche se jetait le désir, qui derrière avait guetté toujours, attendant cette chute. Et dans sa pensée il roulait la femme comme une marée roule un galet ; il s'ébattait et pataugeait en elle avec des aboiements joyeux ; oui, rageant et mordillant et s'étranglant d'abois comme les chiens effrénés. Il la désirait avec une santé, une acuité et une intégralité qui dépassaient la possession. Et il lui semblait impossible, inimaginable qu'il eût motif à s'attrister dans le retournement qui lui permettait ce désir. Lorsqu'il lui avait cru une raison, il l'avait traitée en homme, il avait eu le désir de sa raison. Cela était fini, après avoir été beau. A présent qu'elle n'était plus que chair, il la traitait en femme, il avait le désir de sa chair, et ce désir, comme l'autre, était tout plein beau. Et tout ce qu'il contenait de frénésie en ce moment se déchargeait dans l'agitation sauvage de ses mâchoires et de ses lèvres sur ce morceau de gomme, une impudeur triomphale rayonnait de cette bouche vorace sur le visage, une haute bestialité rendait à l'âme son entière bienfaisance. Et dans son visible, dans son invisible, dans tout ce qui était lui et le faisait lui en cette minute, il n'était rien qui ne fût admirable.

Elle vit cet éclaircissement, et se méprit. Habituée à ses incohérences, à ses enfantillages, à cette liberté d'esprit qui faisait de lui deux personnages, l'un qui se déchaînait et l'autre qui, souriant, le regardait faire, à ce goût qu'il avait aussi de certains *exercices* (feindre l'impassibilité, se laisser tomber du haut de sa colère en éclatant de rire, etc.), elle crut qu'il s'était obstiné dans ce silence sans autre raison que celle de s'amuser à la faire souffrir. Elle trouva cela assez naturel, excusant tout du moment qu'il n'était pas fâché, déjà prête à accepter les humiliations, à s'en faire volupté, peut-être. Soudain détendue, elle eut un élan vers lui, se rapprocha de lui, fut au moment de lui mettre la main sur le bras, qu'il avait appuyé contre la table. Au bord de l'acte elle hésita, et d'une façon bizarre, plutôt touchante, laissant sa main à côté de celle du jeune homme, elle posa dessus seulement son petit doigt.

Elle le vit tressaillir, comme si cet infime contact (qui dut lui donner la sensation d'une goutte chaude de bougie tombant sur la peau) avait établi entre eux un courant. Avant qu'elle eût fait un geste, il fut sur ses lèvres, il lui tira la tête en arrière, il lui engourdit le visage avec sa bouche, il fut lourd sur ses lèvres comme si elle supportait le globe du monde, sans faire un geste, paralysée d'horreur. Elle se retrouva libre. Il s'éloignait dans l'allée claire, et les taches de soleil glissaient sur lui. Elle eut le temps de distinguer, au remuement de sa mâchoire, qu'il avait gardé sa gomme dans la joue.

Elle ne remua pas, ne se leva pas. C'était bien fini, maintenant. Elle lui avait offert son cœur et tout ce qu'il contenait, sa magnificence, son miracle, sa chose sans nom ; elle lui avait donné tout, facilement, comme on fait dans les rêves. Et il avait repoussé tout. Pour qu'elle ne gardât pas un doute, il lui avait fait ce baiser sans équivoque, il avait communiqué à sa bouche ce qui distingue l'impureté de la tendresse, il était parti tranquillement, comme un coq qui scelle une poule et s'en va, il la laissait plus avilie que s'il l'avait maintenue et couverte sur le gravier. Tout était fini. Elle n'avait aucun sentiment.

XVI

LE MAL DE L'ÉTÉ

Dominique Soubrier revenait dans l'été destructeur. Le soleil frappait. Pas un arbre sur la route par où elle s'acheminait vers la ville ; car elle pouvait mettre un pied devant l'autre, elle tenait debout encore, elle marchait encore, après tout cela. Elle allait tête basse ; il lui fallait un effort de volonté, un « allons ! » pour lever les yeux, et parfois même elle les fermait tout à fait, écœurée. Comment ne fut-elle pas dix fois culbutée, ne faisant pas un pas plus vite quand les camions donnaient de la trompe derrière elle ? Si un camion lui fût passé dessus, elle n'eût pas poussé un cri. Elle ne s'écartait pas davantage quand le nuage de poussière la recouvrait, l'ignoble odeur chaude d'essence et d'huile. Mais elle trébuchait de désarroi, réellement prête à crier, comme si elle avait un éclat d'obus dans son cœur, et que chaque pas la déchirât.

Jamais elle n'avait souffert comme à cette heure ; c'était bien pire que tout ce qu'elle avait supposé. Car elle ne mettait aucune dignité, aucune discipline, aucune imagination dans sa souffrance. Descendant dans ce gouffre, et sachant qu'elle remonterait si elle donnait un coup de pied en touchant le fond, elle savait aussi qu'elle n'aurait pas la force de faire ce geste. Elle avait une douleur d'animal.

Le château d'Apremont, aux confins de Verberie, depuis une semaine servait d'ambulance de triage. Les blessés de trois divisions y affluaient, à peine pansés, puis repartaient quelques heures plus tard pour l'arrière. C'est vers lui que se dirigeait Dominique, certaine que sitôt arrivée elle allait se jeter au sommeil, et appelant cet anéantissement comme le seul remède.

Elle allait, zigzaguant au milieu de la route, aveuglée par le voile des larmes, ou peut-être par les seules fumées de sa douleur. Une fillette, qui se balançait entre les deux bras d'une charrette à cul, ricana en la dévisageant. Elle trouva encore en elle-même une petite place qui n'était pas blessée, pour y recevoir cette blessure. « Je dois paraître ridicule. » Elle se représentait la couleur terreuse de son teint, mâchait l'amertume de sa bouche comme une éponge, sentait tout son visage douloureux comme si on venait de le tremper dans un bain chimique, ou plutôt comme s'il se décomposait. Les yeux baissés, elle voyait ses souliers blancs qui traînaient dans la poussière, n'étaient plus frais. Elle regarda ses mains, ses ongles un peu sales, pensa que la sueur avait traversé le bandeau sur son front, connut l'épreuve du temps, les choses qui se corrompent, tendent à se défaire, la nécessité de la lutte; et une armée de taons la poursuivait, comme si sa vie avait l'âcreté de celle d'un cheval. Elle se regarda dans sa petite glace : « Voilà une vivante qui souffre », se dit-elle. Pourtant elle n'avait pas l'air plus grave que de coutume. Elle chercha à se remémorer comment elle était quand elle ne souffrait pas. Elle ne trouvait pas de points de repère. Comment elle était quand elle n'avait rien à lui pardonner. Elle se souvint, sans pouvoir l'imaginer, du temps qu'elle disait : « Vivre, même en souffrant ! » Et à présent elle criait : « Ne pas souffrir ! Ne pas souffrir ! » fuyant devant la vie comme devant une bête fauve.

Quand elle fut au château, elle alla droit vers les cuisines, but cinq quarts de l'eau de réglisse préparée pour les blessés, puis, sans dîner, sans s'informer de son service — d'ailleurs très lâche — elle monta dans la chambre où couchaient les trois infirmières, et, tout habillée, n'enlevant que sa coiffe, elle sombra dans l'inconscience.

Elle fut réveillée au milieu de la nuit, par une voix, derrière la porte, qui la priait de descendre. Tout le reste de la nuit elle erra parmi les hommes sanglants, dans la demi-obscurité (opposée aux avions) comme dans un cauchemar.

L'importance sans mesure qu'elle accordait à sa douleur la portait à considérer celle de ces hommes avec sécheresse, et pour un peu elle les eût enviés. Tombant, ce lui était un secours que le monde tombât. Mais lorsque enfin, ayant été appelée pour aider un jeune Arabe, blessé aux jambes, à marcher depuis la salle jusqu'à l'auto qui devait l'emporter, elle le sentit appuyé totalement contre elle, elle sentit ce bras serré autour de son cou dans un enlacement où était la force des muscles, elle sentit cette main veloutée qui lui effleurait la joue, tout le bien qu'elle s'était tiré de l'hôpital lui revint en esprit et en chair. Et elle sut où trouver le remède à son cœur.

Une fois de plus se refaisait l'acte éternel : un frôlement fugace allégeait la dernière détresse de l'âme. A présent un but unique lui était donné jusqu'à l'heure de l'aube : comme un nageur exténué va de boüée en bouée, Dominique allait d'homme en homme. Sa douleur s'évanouissait. Elle était couverte de plaisir dans les instants qu'elle s'enfiévrait d'un contact, tenant une main, posant sa main sur une épaule nue, serrant un corps pour le soulever. Le temps même qu'elle employait à rechercher et à provoquer ces occasions faisait un stupéfiant à sa peine.

A quoi bon énumérer ces joies immobiles, ces poussées sombres du sang ? Il n'est pas agréable de dire combien il lui fut facile d'abuser des circonstances : par cette nuit épaisse, sans fonctions définies, sans surveillance, au milieu d'une confusion de pauvres êtres hébétés d'épuisement et de mal, plus ou moins dévêtus. Dans cette promiscuité sans égale, aucun des misérables qui virent se pencher sur eux cette vierge de consolation ne songea qu'elle se consolait la première.

L'âcre image, quand même. Je la vois, je la vois, cette Perséphone, dans son royaume nocturne. Et à cette heure, dans d'autres ambulances, et dans les tranchées, dans les cantines, dans les gares, à travers toute la grande patrie internationale du désordre, des milliers d'êtres tentent de compenser leur misère avec de mêmes instants de pourpre et d'ombre. Ils trouveront moins affreuse la prochaine guerre, demain.

Renfermée, taciturne, ne se mêlant pas, sans amies, on pense bien que Dominique tenait un Journal intime. Occupée le soir par son service, c'était presque toujours le lendemain matin qu'elle rédigeait maintenant ces notes. Cette nuit de recul leur donnait une apparence de raison.

Elle savait qu'elle était réveillée par une détresse éclatante qui lui explosait dans l'âme. Une à une, avec la vitesse de bulles qui montent sur l'eau et y crèvent, des raisons de peine montaient, crevaient dans sa conscience : toutes les peines depuis la peine latente de son cœur jusqu'à l'ennui d'une « lettre difficile » à écrire. C'est l'heure infiniment lâche, quand la fatigue de n'être pas heureuse lui fait paraître tout simples des bonheurs abominables ; c'est l'heure, hélas ! la plus sûrement bonne de la journée. Par les vides des volets on ne voyait pas encore le jour. La sueur aux jarrets, faufilant ses jambes entre le drap et le bord du matelas pour leur faire frais, se tournant d'un côté sur l'autre, les bras étendus, comme un nageur qui fait de l'over-arm-stroke, avec une sensation physique d'étouffement, elle devinait le luisant de la nuit sur son nez, ses dents pas encore nettes, ses cheveux défaits, elle se disait avec une sorte de stupéfaction : « Dans trois heures je serai auprès de lui, toutes mes facultés à vif, et dans quatre heures ce sera fini, je saurai. Je saurai... quoi ? Eh bien, s'il a été méchant ou gentil. »

Alors ses lèvres commencent : « Mmm... » pour quelque chose comme « Mon cher, cher Alban... » (en enfonçant son visage dans l'oreiller), mais rien ne se forme qu'un gémissement. Elle se plaint, son trop d'amour s'échappe en plaintes, comme le trop de souffrance sur les lits d'hôpitaux. Tout lui semble facile à réaliser, qui dans une heure, sur la route, lui apparaîtra monstrueux d'invraisemblance. Elle songe, elle songe, elle est courbaturée par ses songes, elle se fatigue dans une recherche, elle voudrait qu'il ne fît jamais jour ; elle marine dans sa moiteur, et en même temps elle est desséchée comme un poisson abandonné sur le sable. De la cour s'élève une cadence lourde d'hommes qui marchent au pas ; les brancardiers, croque-morts des vivants. Elle se lève enfin, et l'eau qu'elle passe sur ses traits tirés ne fait que les marquer davantage ; son visage reste brouillé, couvert de buée à la façon des vitres ; elle remonte du fond de sa délectation comme du fond d'un puits.

A cette heure, il y a trois mois encore, laissant fermés les rideaux de crainte que son père n'entrât et ne se moquât d'elle, elle sortait une jambe du lit et se massait à l'embrocation.

La page suivante a été écrite le lendemain de la grande détresse au bord de l'Oise.

5 août 1918. — Vais l'attendre ce matin, à la porte de son ambulance, de 8 heures à 9 h 1/4. A mesure que le temps passe, il me vient un soulagement. J'ai si peur que j'ai une sorte d'espérance qu'il ne viendra pas. Il sort et je suis sur le point de fuir. J'ignore ce que peut être pour le soldat le champ qu'il traverse sous la mitrailleuse jusqu'à la tranchée ennemie, mais pour moi, cette route à traverser, sous son regard, c'est quelque chose d'abominable. Je ne sais quel visage prendre. Le sien n'a aucune expression, d'ennui ni de joie.

Je fais un petit signe de tête, comme si je me trouvais là par hasard (navrant jeu que celui d' « aller le rencontrer », et qui trompe-t-il ?). J'avais noté neuf choses à lui dire, sur l'envers d'une carte de visite : je comptais y jeter un œil à la dérobée, mais il « enchaîne » si simplement, comme si tout cela avait si peu d'importance, qu'elles ne me viennent plus, les phrases qui cette nuit s'élançaient brûlantes de mon cœur. Il me semble qu'elles ne correspondent plus à mon sentiment de ce matin, et pourtant je sais bien que ce sentiment est toujours le même ! Il me semble que, si je ne les avais pas préparées et presque apprises par cœur, je ne saurais quoi lui dire, parce qu'en ce moment *je n'ai aucun sentiment.* Là, devant cette ambulance, au milieu de ces hommes qui s'occupent de leur vie et de leur mort, elles sont tellement en dehors du paysage, elles semblent tellement rapportées, peu naturelles, bizarres. Qu'à cette heure je sois ici, et dans ce but ! Être revenue pour cela, à huit heures du matin — l'heure où j'allais au stade, — pour remuer tout cela ! Je sens là quelque chose de pas normal, de pitoyable, d'un peu grotesque, et que c'est moi, parmi tous ces blessés, la malsaine et la malade, oui, bien malade de lui.

Que de paroles de lui m'eussent fourni une entrée en matière ! Et je ne les ai pas relevées. Je trouvais une sorte d'enivrement à ne pas profiter, à ne pas pousser, à laisser tomber. Nous avons marché vingt minutes côte à côte, tout pareils d'apparence à ce que nous étions autrefois, sans que rien en réalité fût pareil à autrefois ; et j'avais l'impression d'une sorte de déloyauté à l'égard des passants, qui bonnement pouvaient nous croire heureux. Nous avons marché vingt minutes côte à côte, sans qu'un mot eût été dit où il y eût rien qui fût de nous-mêmes. Mais il semble que ce soit naturel, que ce soit bien ainsi, que je n'en souffre pas. Si un complet silence s'était fait, un long silence de plusieurs minutes, quelque chose de suprême était atteint et nous n'aurions pu nous quitter sans nous en être expliqués ; mais aucun de nous ne voulait s'expliquer, de sorte que le drame même était impossible. Enfin j'ai vu le baraquement du Massage se rapprocher. Je ne sais si j'avais horreur du peu de temps qui nous restait, ou bien si j'en étais contente, parce qu'enfin tous les ponts étaient coupés.

Je lui ai tendu la main la première ; la première j'ai abrégé notre entretien. Alors il a dit ces mots extraordinaires : « Quand vous verrai-je ? » (sans me regarder). Et moi qui aurais voulu lui dire : « Mais tout à l'heure, je vais attendre que vous sortiez... » je lui jette avec désinvolture : « Je n'en sais rien... un de ces jours. » Puis, comme il semblait attendre : « Demain matin, si vous voulez, à la même heure. » Alors, à quelques pas déjà, il s'est arrêté et il a dit : « Surtout n'oubliez pas ! »

La tristesse de ce mot de rappel sur toute cette mort ! Qu'il voulût recommencer cette demi-heure pire que d'amertume, — d'ennui ! Qu'il ait semblé tenir à moi ! Une fois seule, j'ai feint de contempler un cheval tombé, et ainsi, à la dérobée, je l'ai regardé qui s'éloignait, avec sa démarche de sportif, les pieds parallèles. Alors, après un moment, il s'est retourné. Puis une seconde fois. Puis encore une fois.

Demain, certainement, je saurai mieux m'y prendre. Ah ! l'espérance ! La voile se largue. On repart, hélas ! on repart.

(Il est très bruni, mais, quand il baisse la tête, on voit par-derrière, où sa cravate bâille un peu, son cou qui est plus pâle.)

(Après dîner.) Je l'aime, j'aime l'aimer, j'aime le souffrir, j'aime être triste dans cet alanguissement de la fin du jour, quand une sorte de poussière monte de la terre vers le ciel, et quand malgré tout je suis deux, avec lui qui ne m'aime pas.

6 août. — Je l'ai attendu encore. J'avais toutes raisons pour l'aborder sans difficulté, après sa parole d'hier : « Quand vous reverrai-je ? » Or, voici ce qui s'est passé.

Il sort, — et je sens que je n'aurai pas le courage. Je ne l'aborde pas. Je le laisse partir sans qu'il m'ait aperçue. De loin je marche derrière lui, ne cherche pas à le rattraper. Il me semble que je suis ridicule, que dans mon visage, dans ma robe, dans ma tournure est la preuve visible pour tous que je suis une chose toute misérable, toute entre ses mains et faible de lui ; que nul ne peut me voir sans se dire : qui voudrait l'aimer ? Je me répète : « Dans une seconde il va se retourner, me reconnaître et continuer sans s'arrêter. » Et n'y a-t-il pas en moi quelque chose qui va au-devant de cette idée et qui l'accueille ? Extraordinaires, navrantes minutes, et si calmes ! Il marche devant, moi derrière, et je ne le rejoins pas, simplement parce que je n'attends rien de le voir, que je ne sais que lui dire, que nous allons parler vaguement et dans l'ennui, et j'attends cette minute depuis vingt-quatre heures, je me suis réveillée exprès, dépêchée, j'ai déjoué des gens qui voulaient me voir, j'ai été oppressée tout ce matin à cause de cela, j'ai eu mon chocolat en travers, et nous sommes seuls, et rien ne s'oppose, et demain peut-être l'un de nous deux sera parti ! Le pire est que je ne souffre pas. Après un tel échec de moi-même, il me semble que ma conscience est apaisée, alors que j'aurais été tourmentée tout le jour si je n'étais pas venue. Je le suis jusqu'à ce qu'il ait disparu dans le bâtiment du Massage. Je me trouve de nouveau seule, je ne suis même pas en colère contre moi, comme si ce que j'avais fait était tout naturel, comme si j'étais venue *exprès pour faire cela,* comme si j'avais trouvé une volupté morbide à jeter cette perle à la mer. Est-ce qu'il va repasser ? Peut-être pas de la journée. Il y a d'autres sorties par-derrière. Et je l'attends, cependant, je l'attends !

Je reste. Je resterais là jusqu'au soir. Il n'y faut que de l'inertie, et c'est la seule force dont en ce moment je sois capable. Ces lieux, je ne peux pas les quitter. Est-ce qu'il sait, lui, ce que c'est que partir ? A chaque pas que je ferais pour m'éloigner de l'endroit où il est, ce serait comme si j'étais attachée par un lien de ma chair vive et si l'on tirait, tirait sur ce lien. Je me dis que peut-être — c'est très possible — après trois heures d'attente je ferai comme tout à l'heure : je le regarderai partir sans oser. Peut-être ; et pourtant je reste, j'erre dans la détresse et l'ennui au milieu de l'hostilité du paysage, aux abords de la route odieuse, avec le grand beau temps qui me monte à la tête, et je lui en veux de ne pas l'avoir abordé. Aurai-je le courage dans une heure, ou deux, ou trois ?... J'ai peur du soleil, j'ai peur des trajets, j'ai peur de ce décor où nous nous rencontrons, j'ai peur de ce que je lis dans son regard quand il m'aperçoit.

Il faudrait.

Je reprends après avoir été interrompue. J'étais assise sur un banc de gazon à l'écart, écrivant ceci, lorsqu'un gendarme qui passait a poussé son cheval sur le pré, est descendu, m'a demandé mes papiers. Les ayant sous les yeux, il m'a demandé *tous* les prénoms de mes parents (comme si on savait *tous* les prénoms de ses parents !). Puis il m'a tendu son carnet, m'a fait signer, a comparé la signature avec celle des papiers. Puis s'est excusé : il y a tant d'espions, de fausses infirmières, etc. Mon cœur bat. N'avais-je pas raison de croire que j'ai une tournure étrange, que l'on me regarde de façon bizarre, tandis que j'erre dans la solitude de cette campagne [1] ?

(Écrit à huit heures du soir :)

1. *Dominique a écrit dans la marge de cette page, sans doute après l'avoir relue :* Viendra-t-il encore un jour où j'écrirai dans ce Journal des choses aussi dénuées d'intérêt qu'autrefois : « Le médecin est venu, il croit que je vais avoir l'appendicite », etc. ? Aujourd'hui chacune de mes journées, à elle seule, pèse dans la balance autant que tout le passé de ma vie. — Mais, par exemple, comment mon écriture est-elle restée la même ? Cela me choque.

Je l'ai revu, à la sortie du Massage.

Brève poignée de mains, qui n'aurait pas existé si je n'avais la première tendu la main. Je n'ai pas le courage de retracer ici tout ce qu'il m'a dit. Pour rien, pour des bêtises, il s'est moqué de moi si ardemment ! C'était un âpre persiflage, tourner chaque mot que je disais en dérision. Est-ce parce qu'il est gêné ? Une fois, je me suis aperçue qu'il me regardait à la dérobée. Je crois que sa lèvre tremblait, comme la gueule du chat qui guette un oiseau. Peut-être ai-je rêvé ce détail. Sincèrement, je ne le pense pas.

Je le quitte, ou plutôt il me quitte, dit qu'il doit être rentré à telle heure... Des histoires !

Ainsi on n'a rien élucidé, rien expliqué, rien osé dire de ce qu'on s'était déterminé à dire, rien fait qui apporte quoi que ce soit de neuf ; pourtant on s'est vu, on s'est parlé : une espèce de paix recouvre toutes ces mauvaises choses, comme la terre bien nivelée recouvre un mort.

En revenant j'ai fait un grand détour afin de passer devant son cantonnement, — où je sais qu'à cette heure il n'est pas.

(La nuit dernière j'ai rêvé que mon père entrait dans ma chambre avant que je m'endorme. Je lui faisais poser la lampe sur la table de nuit, je lui prenais les mains, et, les yeux fermés, la tête appuyée contre ses mains, je lui disais : « Écoutez... écoutez... j'aime ce garçon... Voilà. Maintenant débrouillez-vous, faites qu'il soit gentil... »)

7 août. — Je pars.

Sitôt que j'en ai été informée, j'ai été voir le médecin-chef. Il m'a reçue debout, à peine poli. « Je vous ai prise en surnombre, uniquement pour faire plaisir à monsieur votre oncle, qui me l'avait demandé.

Nous n'avions nul besoin de vos services, mais aujourd'hui le prétexte que nous donnions à votre présence — votre connaissance de l'anglais — ne tient plus debout ; vous avez vu par vous-même que depuis quatre jours il n'y a plus ici un seul blessé américain, et il n'en viendra plus. D'ailleurs, je ne sais comment cela se fait, mais les quelques fois où l'on aurait eu besoin de vous, vous n'étiez jamais là. »

Je pars après-demain matin.

Il faut absolument que je le voie ce soir.

9 heures soir. — Je l'ai vu, je l'ai vu, et quelque chose de nouveau existe.

Je ne l'ai vu qu'une minute ; il était avec des... (*mot illisible*) qui l'attendaient. Quand je lui ai dit que je partais, j'ai vu ses traits changer. Il a fait seulement un court « Ah ! » mais c'était clair qu'il était dans un grand trouble.

Après un moment de silence, il a dit : « Précisément, je vais demain en consultation à l'hôpital de Canly, à Verberie, et j'ai une permission de minuit. Nous pourrons nous voir un peu. Vous avez bien un domicile, en dehors de l'hôpital ? » J'étais si décontenancée de bonheur (je pense que c'était de bonheur) et surtout de surprise que d'abord je n'ai pas répondu, puis, pensant bien que la réponse désirée était un « oui », j'ai dit : « Oui, oui, j'ai des bagages à l'hôtel... » Lui : « Je vous avoue que je suis fatigué de nos éternelles conversations en marchant. Puisque vous avez un chez-vous, vous pouvez bien m'y recevoir une heure, il me semble. Ici, cela n'a aucune importance. » Lui ! Moi ! Dans une chambre d'hôtel ! J'étais tellement confondue que j'aurais peut-être hésité, fait manquer tout, si quelqu'un ne l'avait pas appelé. Alors je lui ai dit le nom du seul hôtel convenable de la ville :

« Central-Hôtel, à quelle heure ? » — « Neuf heures. » Et il est parti.

Il viendra ! C'est lui qui me l'a proposé ! Je devrais être déchirée de bonheur, bénir ce départ qui fait naître enfin entre nous... quoi ? peu importe, de la vie sur laquelle on a prise. Pourquoi ne le puis-je pas ? Je n'ose pas penser à demain soir. Et pourtant, quel jeune mot que ce *demain soir !* Il me semble qu'un *demain soir* n'a jamais existé avant aujourd'hui sur la terre.

En ce moment où j'écris, je défaille de quelque chose qui prend mon âme et ne touche pas à ma chair, mais me fait frissonner et me tourne sur le cœur.

Alban ! Alban ! Alban !

J'ai froid.

8 août. — Ah ! pourquoi, lorsqu'une chose se présente bien et de façon imprévue, pourquoi ce perfide désir de la perfectionner encore ? Il y a là comme une tentation démoniaque.

J'ai voulu le revoir ce matin. A peine m'a-t-il aperçue, il s'est retourné vers un camarade, a feint de ne pas me voir, s'est éloigné vite.

Tout ce qui arrivera pourra-t-il faire que ceci n'ait pas existé ?

Cela me fait trop mal de continuer à écrire.

***

Cette dernière phrase du Journal est un gribouillage presque illisible. La main ne dirigeait plus la plume.

XVII

PAS VIVRE

Lorsqu'elle eut griffonné ces lignes, Dominique Soubrier se leva. Il était quatre heures. Ayant compté sur ses doigts — pour plus de sûreté ! — les cinq heures qui la séparaient de celle du rendez-vous, elle détourna la tête, comme au pied d'une montagne à gravir.

Elle revint en mauvais état. Elle se trouvait à ce dur moment, quand tout ce qui n'est pas démarche pour améliorer votre situation dans l'amour ne rencontre chez vous que le dégoût, et quand ces démarches mêmes vous donnent la nausée, parce que vous êtes trop certain de leur échec. Dans la foule des actes possibles qui s'offraient à elle, le premier qui fût simple et frais l'emporta : elle s'engagea par le pré vers la rivière.

Elle savait bien qu'elle n'avait jamais reçu de la nature qu'accablement et que désespoir ; elle n'avait pas oublié combien cette rivière, en particulier, avait été implacable envers elle, et cependant il lui suffirait de s'approcher de l'eau, pensait-elle, pour en obtenir une inspiration et un rajeunissement. Elle la regarda donc avec courage, cette eau qui brasillait, chatoyante comme une écharpe de soie rouenne. Les fils télégraphiques étaient là, comme l'autre fois, mais qui n'éblouissaient plus ; les hirondelles étaient là, comme l'autre fois, mais qui volaient tout bas, rasaient l'eau, puis, en plein vol, y plongeaient sur une distance de quelques mètres, à vous donner la volupté. A voix haute, elle dit le nom si doux : « l'Oise » ; elle ouvrit de grands yeux sur l'étendue au-delà, monotone et morne comme sa pensée. Et soudain, frissonnante, elle regagna la route et pressa le pas vers Verberie. Elle avait le cœur si gonflé qu'elle dut s'arrêter deux fois pour prendre un grand souffle. Tout l'air du ciel était impuissant à la désoppresser.

A sa droite, deux collines se soulevaient comme de jeunes seins respirants. Le soir cernait de roux les ocelles de l'eau, pareilles aux taches sur le plumage des paons. Elle se sentait infiniment perméable à toutes ces choses, si faible, se défaire dans l'inconsistant, avec le besoin de s'asseoir, d'appuyer son dos et sa tête, comme si chaque lieu, le buisson, la pente molle, les détours du chemin lui soufflaient : « Il pourrait être là. » — « Il est là ! Il est là ! » se cria-t-elle. « Dans l'immense France il est à l'endroit même où je suis. Nous sommes à soixante kilomètres de la ville traqueuse, dans la campagne. L'occasion est unique. Qu'en est-il né ? Et demain je pars. »

Elle marcha plus vite, ayant senti toute l'humidité des larmes sourdre à l'intérieur de son visage, contractant ses traits ; et quelque chose se creusait en elle, comme se creuse la mer autour du paquebot qui sombre. A grands pas d'automate, elle se pressa vers la ville, incapable de supporter l'idée de ces cinq heures en tête à tête avec elle-même ; car elle venait d'imaginer le fait de la lecture comme le salut. Des Noirs qui creusaient des tombes (l'hôpital vidé se reconstituait à un mètre cinquante sous terre) lui firent bonjour. De nouveau, dans la ville, elle remarqua qu'on la dévisageait : des soldats italiens, l'air canaille, mais qui à cause de cela lui étaient sympathiques, d'horribles gamins surtout. Elle se sentit épiée, soupçonnée, son effort même pour paraître insouciante lui déformant les traits d'étrange façon : la mauvaise conscience était sur son visage comme un masque. Chaque être qu'elle croisait renouvelait son supplice. Elle entra dans une mercerie, se fit montrer les romans à dix-neuf sous, en choisit un, l'ouvrit avec égarement, se jeta dans ce qui n'était pas elle comme dans un fleuve.

Elle lisait en marchant, en revenant vers la rivière. Le livre lui donnait une attitude, l'empêchait de voir le regard inquisiteur des passants, l'empêchait de penser, surtout. Elle lisait, les sourcils froncés, cramponnée à sa lecture, butant, se tournant les pieds sur les mauvais pavés. Ils lui faisaient mal, ces pieds. Baissant un peu la tête, elle crut, à sa façon de marcher, que ses jambes étaient légèrement cagneuses. L'idée que ses jambes étaient devenues cagneuses parce qu'elle avait des peines de cœur, malgré tout, la força de sourire. Elle se renfonça dans le livre. Elle ne comprenait rien à l'intrigue, elle confondait les personnages ; mais qu'importait ! Cela la stupéfiait, la traînait hors d'elle, elle n'avait plus de cerveau. Quand elle fut assise sur le bord de la rivière, un instant elle posa sur l'herbe le livre ouvert. Alors son flux intérieur remonta, en une seconde les larmes furent à ses cils, ces larmes qui ne la délivraient de rien... Elle reprit le livre, dévora les lignes...

Elle lut pendant deux heures, ne détournant les yeux que pour les porter sur sa montre. Elle eût voulu avoir faim, pouvoir occuper une demi-heure à dîner, mais on l'eût tuée plutôt que de lui faire avaler une bouchée ; d'ailleurs son amour, après les repas, lui donnait mal au cœur. A huit heures un quart, elle se leva et revint vers l'hôtel. Le ciel se couvrait, roulait des nuées d'orage. L'imminence de l'action lui redonnait de la force, bien qu'elle frissonnât à cause de la nuit qui descend.

Telle fut la dernière de ces journées proprement décérébrées, car c'est vrai qu'elle n'y avait plus la raison, et qui avaient passé sur elle comme des tornades, la laissant consumée. Il lui eût fallu, après chacune d'elles, tout le jour suivant de repos : étendue sans pensée ni mouvement, comme on est sur l'herbe, dans le stade, après la course.

Comme elle passait la porte de l'hôtel, en se glissant pour attirer moins l'attention, la patronne la héla.

— L'électricité ne marche pas. J'ai fait monter chez vous des bougies.

— Vous n'avez pas de lampes ?

— Elles sont toutes occupées.

Elle dit « Bien, bien », pour en finir. C'était la première fois qu'elle faisait acte de présence dans cette chambre, et dans une demi-heure un homme l'y rejoindrait ; cette femme pouvait-elle avoir un doute sur ce qu'ils y venaient faire ensemble ? Elle avait coupé court pour pouvoir disparaître, mais, lorsqu'elle eut monté trois marches, elle regretta de n'avoir pas envoyé acheter une lampe au bazar. Ces bougies, dans cette méchante chambre d'hôtel, quel excès de « mauvaise tournure » ! D'un recoin de l'escalier, une odeur infecte la frappa au passage. Dans la chambre, la fenêtre était ouverte, persiennes fermées. Elle n'aurait donc pas à se montrer à cette fenêtre, avec sa coiffe blanche, à s'efforcer après des persiennes devant la foule qui lève le nez pour la voir.

Elle alluma deux bougies, et une lueur palpitante laissa de grandes contrées d'ombre. Elle fit effort pour réaliser que, tandis qu'ils parleraient, rien ne serait différent dans ce décor. Un petit écriteau, sur la porte, lui rappela qu'on ne devait « introduire aucune personne étrangère » dans sa chambre, et elle se rétracta devant d'ignobles images. Sa gêne s'accrut. Assurée qu'il viendrait directement de l'ambulance de Canly, elle serait sortie, elle aurait été loin, sur la route, l'attendre ; ils se seraient assis dans la cour déserte du château d'Apremont. Mais elle se sentait incapable de risquer ne fût-ce qu'une chance sur cent qu'il lui échappât. Alors elle le maudit, lui et le manque de délicatesse qui lui avait fait parler d'un hôtel. Elle crut impossible qu'il n'y eût pas mis une volonté d'offense. Dans l'agitation où elle se trouvait, cette pensée même glissa sur elle sans lui faire de mal !

Neuf heures sonnèrent, si lentement, à croire que les coups ne pouvaient se décider, que chacun d'eux était le dernier. Ah ! cette attente, alors, fixant la flamme d'une des bougies au point d'en être comme hypnotisée, de la voir qui s'élève et s'élève toujours ! Elle avait fermé la fenêtre pour pouvoir ramener les rideaux, car elle craignait qu'à travers les vides des persiennes on ne vît bouger son ombre, devenue un objet de curiosité ; et ainsi elle suffoquait de chaleur, tandis que de morbides bâillements lui mettaient l'eau dans les yeux, car — à cause sans doute de la fatigue de ses nerfs — elle avait bien davantage sommeil depuis qu'elle était amoureuse. En bas, la rue ruisselait, et ce bruit, ces bavardages, ces interpellations, ces grincements de ferraille lui paraissaient affreux. Les voix des soldats italiens, messagères des beaux soirs de Naples qu'elle avait vécus il y a cinq ans, exaspéraient avec cette douceur sa tribulation. Parmi tous ces bruits l'un surtout lui faisait mal, ce même mal que lui donnait l'autre jour le flamboiement subit des fils télégraphiques : une plaque de tôle, dans le trottoir, grinçait sous chaque passant. Une fois, le tonnerre gronda. A une rumeur, elle crut percevoir un attroupement en face de l'hôtel. Réellement insensée — du moins il faut le croire —, elle s'approcha de la fenêtre, y colla l'oreille, comme on voit faire au cinéma, chercha à distinguer quels mots l'on prononçait, croyant entendre des insultes, des menaces : « Hou ! hou ! les sales infirmières... toutes des catins... » Est-ce qu'une pierre n'allait pas frapper sur les persiennes ?

Neuf heures dix, et il n'était pas là. Que se passait-il ? Et si un drame avait éclaté ? Si elle allait entendre la voix de la bonne femme, en bas : « Oui, la demoiselle, c'est au second à droite, vous n'avez qu'à monter... » et voir apparaître son père ? Ou bien le gendarme, celui qui lui avait demandé ses papiers ? A seulement imaginer cela, l'épouvante lui déforma les traits : une atmosphère de flagrant délit pesa, se massa autour d'elle ; pour la première fois, elle connut cette réalité d'un visage bouleversé et accusateur ; elle sut qu'elle serait incapable de prendre une contenance, que le premier venu entrant en cette minute et la voyant n'aurait pas le moindre doute : elle n'est là que pour se donner. Soudain, une idée la traversa. Ce rendez-vous bizarre n'était-il pas simplement une plaisanterie, une occasion de la tourmenter ? A présent le jeune homme n'était-il pas dans son lit, imaginant son angoisse et s'en faisant du bien ? Était-ce tellement en désaccord avec ce genre qu'il avait pris, depuis *le jour,* de la persifler, de faire joujou avec elle ? Comme, lorsqu'on secoue une passoire, seul le plus grossier demeure, ainsi, remuant avec folie toutes ces choses, il ne lui en restait bientôt que les plus injurieuses. Sa raison sombrait. Ses doigts étaient froids, et ses orteils dans ses souliers, mais son front n'était pas froid, qu'elle appuyait pourtant contre la vitre, en fermant les yeux. Elle se mouillait les lèvres avec la langue, impuissante contre ce Sahara dans sa bouche, comme si jamais depuis son berceau elle n'avait bu. Une telle heure rapproche d'une année de la mort.

Était-ce possible ? Était-ce possible ? Était-il à ce point indigne ? Et elle pourrait encore le regarder sans épouvante ? Eh bien, oui ! oui ! Elle l'acceptait et le voulait monstrueux de méchanceté, pourvu qu'il vînt. Son amour était sans frein, maintenant qu'il lui avait deux fois manqué de parole... Soudain, elle se figea. On montait.

Le traînement des pieds dépassa la porte, s'affaiblit vers l'étage supérieur. Une onde lui courut le long de la nuque. Là-haut, une porte se ferma. Silence. Alors, sans raison, craintivement, désespérément, elle traversa la chambre, pénétra sur le palier, écouta comme écouteront les hommes le tonnerre des trompettes du Jugement. On n'entendait pas un bruit dans la maison, pleine de nuit opaque, comme si déjà elle était plongée dans le sommeil. Tout à coup elle fut rejetée en arrière par un réflexe démesuré. Elle venait d'apercevoir, sur le mur de l'escalier, dans le rectangle lumineux que projetaient les bougies par cette porte ouverte, son ombre immense... Est-ce qu'en cette minute, d'une pièce à côté, quelqu'un ne l'épiait pas ?

Alors, rentrée dans la chambre, elle ouvrit l'armoire, elle regarda sous le lit, elle souleva la trappe, elle frappa contre le mur, si sonnerait le creux d'un placard, elle arracha une page à son calepin pour boucher le trou de la serrure, et puis se crut la fièvre (qu'elle n'avait pas), se tâta le pouls, se vit malade et mal soignée, oui, tout cela, la malheureuse, elle fit tout cela. Et de nouveau ce fut le tourbillon des idées, lâches et sens dessus dessous dans cette tête qui était vide comme la coquille d'un œuf gobé, de nouveau les mains convulsives, la montre regardée, les bougies toujours moins hautes, le claquement intermittent des pas sur la plaque de tôle, et dans la rue ce bourdonnement affreux des gens attroupés, d'où l'on va entendre sauter un cri...

Neuf heures et demie. — Neuf heures trente-cinq.

« Attendre ! Attendre ! Je suis folle de l'avoir et je ne sais que faire. Ah ! tout se résout toujours en attente, et il faut vivre encore, encore, si longtemps, et sur si peu ! Attendre ! Des heures sont rayées de votre existence, véritablement nulles et mortes, de ces heures où le temple dit, avec des mots effrayants de vérité : " *Ce n'est pas vivre.* " On bondit d'une heure à une autre heure comme l'arche d'un pont, sans rien savoir du fleuve qui roule entre les deux, et de chaque désillusion, malheur ! se lève une imbécile espérance... Mais tout, tout vaut mieux qu'attendre. Aucune souffrance pour un mal accompli n'égale l'appréhension d'un mal qui n'est que menace. »

C'était fini, il ne viendrait plus. Toutes possibilités se défaisaient. A moins que réellement quelque traverse ne l'eût arrêté. Alors, sachant qu'elle partait demain matin à sept heures, peut-être chercherait-il à la voir au départ... La puérilité de son illusion lui fit crisper un pauvre sourire. Non, non, le contact était perdu. Peut-être recevrait-elle dans huit jours un de ces billets où il enfermait son secret d'être aimable avec insulte, ce secret (qui lui fait tant d'ennemis) de donner à ses politesses une banalité si affectée qu'il fût impossible de ne pas sentir qu'il les avait voulues criantes d'indifférence : *Chère amie, absolument confus... un événement imprévu...*

Une sorte de bien imperceptible l'envahissait, pour avoir déposé tout espoir. Elle savait qu'elle ne le verrait plus : cela lui faisait un terrain stable. Elle en avait grand besoin. Le choc en retour de ses dépenses nerveuses, et son affaiblissement d'amour, aussi, lui courbaturaient tout le corps comme si elle avait accompli des travaux considérables. Elle n'avait plus une goutte de force, plus conscience que de son brûlement et de sa sueur. Regardant ses valises : « Je ne pourrais pas les soulever », se disait-elle. Elle pensa que s'il était tué, eh bien ! elle avait amassé dans ces huit jours et dans cette dernière heure de quoi se consoler plus vite. Et, s'il devait vivre, il lui semblait alors que cette affreuse soirée était un pas vers une réalisation : une telle attente, tant d'amertume, tant de rage accumulée lui créant un droit sur lui, tout au moins faisant ressort, la jetant dans une folie aveugle à la faveur de quoi le suprême enfin pourrait être atteint. A ces extrémités, elle se voyait très bien lui proposant des marchés comme à Bouchard : « Prends garde, ma famille est plus puissante que la tienne. Peu m'importe si tu m'aimes ou non ; ce que je veux, c'est que tu m'en donnes l'apparence. Sinon, je puis te nuire, bouleverser tes plans. Je suis une dangereuse ennemie... »

Elle entendit bouger, en bas. Elle distingua la voix de la patronne : « C'est au second. Vous verrez la lumière. » Elle reconnut la voix qui répondait : « Je vous remercie. » Alors, prise de terreur, elle revint en courant vers le fond de la pièce, s'assit à la table, chercha une contenance, avec ses mains qui battaient sur le buvard comme sur un tambourin.

— Est-ce qu'on peut entrer ?

Elle le vit apparaître dans l'encadrement de la porte, pas encore éclairé.

XVIII

LA VICTOIRE DE L'ORDRE

Ils ne sont pas constitués pour les regrets, pas même pour les retours en arrière, ceux en qui bouillonne comme une sève la puissance sans fond de reconstruire. C'était un des traits essentiels de la nature d'Alban que cette facilité à *prendre son parti,* immédiatement, d'une chose irrévocable ou seulement bien établie. De même qu'il *ne revenait pas* sur la vie, sur la mort de Prinet, de même il ne revenait pas sur son amitié avec Dominique. Ç'avait été une extraordinaire, non retrouvable création. C'était fini. A autre chose ! Détruit le chef-d'œuvre édifié par son intelligence, sa chair criait qu'elle aussi était en mal d'un lancinant chef-d'œuvre. Partir, alors ? remonter au front, comme il l'avait conçu quand son désaccord avec la femme le rejetait à l'intérieur de l'ordre mâle ? Ah ! non ! Pas avant d'avoir sacrifié à son désir ce qui lui est dû.

Sachant bien que le point sublime de l'amour se trouve dans un furtif frôlement de mains, et non dans la licence totale (dont la formule va vite devenir : « Elle, elle me déteste ; moi, son corps m'ennuie »), le sacrifice de la possession lui était un petit sacrifice. Sur le grand violoncelle humain, on joue de très beaux airs avec trois cordes. Elle, symbole de la vie pure, quel prodige de l'étendre et de l'adorer ! Blasphémant l'intelligence, mais toujours prêt à accueillir son aide, fût-ce pour la tourner contre elle-même, il pénétrait d'intelligence ses obscurs mouvements organiques, leur souhaitant la virulence de ce qui n'est descendu dans la chair qu'après avoir été enfanté et bercé dans le cerveau. Il était fier que sa rudesse lui eût permis (tout jugé d'un coup d'œil) de délaisser les chemins de quatorze mois pour se jeter dans la voie opposée avec sa force entière, quand tant d'autres eussent lamenté, tergiversé dans la timidité et les scrupules, pour obtenir enfin, si c'était une victoire, une victoire empuantie de tristesse.

Et cependant, durant cette semaine, il était resté indécis. Certes, rien n'avait changé dans son esprit, de ce qui s'était exprimé si fermement au bord de l'Oise. Injustice ou non, tant qu'il mesurerait le monde selon les valeurs de l'ordre de guerre, l'amour de Dominique lui serait insupportable. Cette Dominique nouvelle, qui n'était plus aimée d'affection, ne pouvait subsister que par le plaisir. — Oui, mais cela même, était-ce bien sûr ?

Il l'eût juré quand l'incendie de ses entrailles poussait des fumées qui lui enténébraient la tête. Repris son sang-froid : « Sans doute la première rencontre sera torrentielle. Mais dès la seconde ! Comme je la connaîtrai ! Comme elle aura peu à m'apprendre ! Combien pareille à des milliers d'autres ! Je suis écœuré d'avance de devoir être si savant d'elle. Ces heures désirées avec démence, c'est moi qui les romprai le premier. Tandis qu'elle se rhabillera, et que je ne trouverai plus rien à lui dire, et que je la presserai pour être plus tôt libre, et que nos regards se chasseront, comment, comment pourrai-je faire que ce ne soit pas une centième fois ? J'allumerai une cigarette. Elle me tirera trois ou quatre bouts de phrases qui auront l'air de venir d'un autre monde. Est-ce que je n'aurai pas le geste de chercher mon portefeuille ? Je sais d'avance les moindres détails... Ah ! corps imbécile, quand son âme me dépistait si bien !

« Et quand nous nous serons quittés, du bout des doigts, excédés l'un de l'autre et nous détestant tout bas, je n'aurai pas fini encore de la trahir. L'instant qu'elle était nue et mienne se brouillera dans ma mémoire comme un songe, car je vieillis et ne m'imprime plus bien mes bonheurs. Chaque corps que je croiserai, combien médiocre auprès du sien, me donnera le coup de lance d'amour. Rien ne me semblera désirable que ce qui n'est pas ma Dominique. Je renierai ce que j'ai eu en songeant à ce que je ne puis avoir. " *Toutes,* et *immédiatement,* et *éternellement !* implorerai-je ; hors cela, je resterai toujours altéré, toujours exilé. Comme Tibère souhaitait que le peuple romain n'eût qu'une tête, pour pouvoir le décapiter d'un coup, ainsi je ne serais rassasié que si tout le sexe n'avait qu'un seul corps, pour que je pusse le posséder tout entier en une fois. " Je renierai, je renierai, et reniant je ne vivrai plus que pour la prochaine de ces heures sans joie, pour cette attente qui, elle seule, est de la joie. Ah ! triste amour ! Un bock de bière en été donne davantage de bonheur. Et pourtant, à l'heure opportune, je te déclencherai, n'est-ce pas, triste amour ? Elle, moi, ce grand souvenir : tout corrompu pour une minute de vertige... Oui, je ferai cela, je le sais. »

Et il l'avait fait. Menacé par le départ de la jeune fille, il avait donné le rendez-vous ambigu.

Qui s'en étonnera ? L'humanité répète le *omne animal ;* mais y a-t-il un seul être que cette « tristesse » ait arrêté ? Tel pour l'obtenir donne son temps, sa peine, son argent, sa santé, sa gloire, son honneur, son bonheur. Tout, il donne tout pour ne plus entendre le rugissement qu'aucun rugissement ne couvre, celui de la chair qui n'a pas ce qu'elle désire.

Quand Alban apparut dans le cadre de la porte, en face de Dominique agonisante, il s'était refait le visage lumineux de sa seizième année.

— Je viens d'être poursuivi par un ours, dit-il avec sérieux, déjà assis.

Elle se serra, sourit en frissonnant, pressentant ses enfantillages redoutables.

— C'était un ours noir, précisa-t-il.

Puis, après une pause, satisfait de la voir désarçonnée :

— Toute une journée de promenade ! Cet automne au cœur de l'été a quelque chose de pas-dans-l'ordre qui m'excite. Comment aurais-je résisté ? Il y avait un certain jaune des feuilles sur le ciel blanc que j'aimais tant ! J'étais content de mettre mon bleu horizon contre ce jaune...

Elle s'efforçait toujours de sourire, sans trouver quoi répondre.

— Tout était si mystérieux que je m'attendais à voir déboucher des taillis un éléphant, ou bien un homme de taille gigantesque, ou bien un cerf couleur de neige avec des bois en or. Sur un arbre ignoré un oiseau chantait à ma droite, d'où viennent les présages heureux. Je tendis l'oreille. Sa chanson m'annonçait : « Toutes les dérogations te seront données. »

Elle souffrit sous ses yeux.

— Et soudain je me suis dressé. Comme si ma communion avec la nature m'avait donné l'acuité de sens de l'animal, j'avais deviné la présence d'un être. A trente mètres, le croiriez-vous ? quand la forêt me la cachait entièrement et que pas une feuille n'avait bougé, j'avais flairé une vie, je l'avais flairée jeune, j'avais pressenti une voix qui serait fraîche, fraîche comme la voix d'un esprit. N'est-ce pas étrange ? Je me jette à la solitude, mais, après un quart d'heure de solitude, j'appelle une voix avec bouleversement. Je me souviens des battements de mon cœur, dans ce secteur non évacué des Hautes-Vosges, lorsque après des heures de guet je voyais remuer sous les arbres. Était-ce un Boche, ou quelque tendron ? J'étais dressé comme un serpent, sans savoir si, dans une minute, j'aurais donné la mort ou la joie...

Entendant ces paroles, elle commença d'être oppressée.

— Et alors, tout à l'heure ? demanda-t-elle, fascinée par l'outrage de cette inconscience volontaire.

Il ouvrit des yeux mélancoliques.

— Qu'est-elle devenue, la petite ? Qu'est-elle devenue, cette petite blancheur où soudain j'appuyais ma vie ?

La petite blancheur s'était enfoncée sous bois. Il dit qu'ensuite il avait eu du goût pour une fleur, pour une flaque, pour un faon, pour un chien.

Tout cela, il l'inventait à mesure ; il avait passé la journée dans le baraquement, à penser à Dominique. Ce n'était pas le génie de l'espèce qui le poussait à dire ces paroles, si aptes à brûler la jeune fille ; pas davantage par timidité qu'il se dérobait devant un langage plus direct. Le fait est qu'en cette minute même il ne savait pas si, oui ou non, il avait dessein de l'attaquer dans son corps. Il s'imaginait très bien la quittant, ce soir, cœur alerte, sans avoir rendu honneur à son désir.

Mais lorsqu'il la vit mordant ses lèvres, prenant de l'air, si impuissante à dissimuler, sa petite musique tomba comme le vent tombe. Sur toute sa face vint la gravité du désir, cette gravité si effrayante qu'il est plus facile de rire devant le cercueil d'une mère chérie que devant la femme qu'on veut d'amour. Il cessa de parler et la regarda.

Elle resta d'abord sous ce regard fixe, feignant de s'intéresser autre part ; puis, ne sachant quel visage faire, sourit gauchement ; puis se tourna vers lui avec vivacité ; puis croisa une jambe, battit du pied, plaisanta sans plus pouvoir sourire : « Est-ce que j'aurais de l'encre sur la figure ? », cependant qu'il ne la quittait pas des yeux.

Il était complètement immobile. Comme, devant les chattes qui se tortillent, les grands matous demeurent prosternés, un long temps, si sûrs d'eux qu'ils en affectent l'indifférence, regardant à droite, à gauche ; ainsi Alban demeurait immobile. Il savait qu'il aurait d'elle tout ce qu'il en voudrait, à l'instant qu'il le voudrait. Autour de cette certitude tout était endormi, comme sous un narcotique terrible. Nulle objection ne se levait. Nulle menace ne l'eût arrêté. Le père de Dominique eût crié : « Ouvrez ! » derrière la porte qu'il n'eût pas ouvert, avant l'heure.

Il se leva, s'approcha d'elle. Le vacillement crapuleux des bougies reculait à l'infini les bornes de l'audace. A une chaleur, une odeur, distincte fut la seconde où il pénétra dans l'atmosphère de son corps. Elle eut un mouvement de recul, tournant un peu la tête, comme s'il voulait la tuer.

Ils furent debout l'un contre l'autre de toutes leurs forces, à la limite de leurs forces, collés comme s'il y avait eu le vide dans l'un des deux corps et qu'il aspirât l'autre ; il n'eût pas tendu ses muscles davantage, cramponné à un rocher au-dessus de l'abîme. Défigurés, vieillis de quinze ans, elle pire qu'à écouter du Beethoven, lui pire que sur le parapet pour l'attaque, ils ne se fussent pas reconnus dans la rue. Cherchant sous ses cheveux la forme de sa tête, il tenait renversée cette Gorgone et des narines il lui soufflait dessus. Elle lui donnait au visage comme une flamme. Si elle eût été flamme, il l'eût éteinte. Tout cela en silence.

Ah ! cet amour au visage d'angoisse, quand donc Alban l'aura-t-il oublié ? Cette chaleur de mauvaise fièvre, de maladie qui couve, cette aridité, cette appréhension dans les yeux, ces traits délacés, estompés, tels que s'il la voyait derrière une masse d'eau, tout ce masque éclatant d'aveu, l'accusation indélébile étalée pour tous sur la face ! Sans la lui avoir touchée, déjà il lui avait désossé la bouche. Celle qui avait été tout esprit et tout âme, suait, poussait ses parfums, et perdant l'air elle toussotait à petits coups.

Une seconde, son regard égaré lui avait rappelé les yeux de Prinet, sur la route, quand il avait peur. Mais Prinet ne faisait pas obstacle.

Il lui dit :

— Ton visage est nouveau comme ton âme, toutes tes heures y sont signées. J'ai reconnu ces rides du matin autour des yeux, qui ne viennent pas des plis de l'oreiller.

— J'ai pourtant mis un doigt de poudre sur les cernes, pour n'avoir pas l'air malade...

Les profondeurs de leurs vies étaient retournées mais autour de ce qui mourait, autour de ce qui naissait, il n'y avait d'exprimé que ces rauques murmures : voix que l'on croit toutes basses et qui retentissent, sauvages pépiements qui traversent les portes comme l'éclat de la plus violente dispute.

Il les baisa, ces paupières, qui avaient le goût aigrelet des pommes reinettes ; et puis au-dessus, là où les chiens, eux aussi, ont une petite place plus chaude; et puis au-dessous, où une veine passe, comme un fleuve dans le crépuscule. Elle avait dit vrai, ses cernes apparaissaient maintenant, mystérieuse améthyste, diluée. On eût cru que des milliers de bouches, en s'y posant, avaient fini par détacher autour des yeux le brun de la chair.

Il lui défit le premier bouton de son col. Sa main tremblait si fort qu'il fut arrêté par le second, si fort, sa main tueuse d'hommes! « Aide-moi donc! » jeta-t-il, difficilement, la respiration courte. Alors elle-même, sans un mot, fit sauter un bouton plus bas. Affreuse à voir, sans un mot, comme un militaire qu'on dégrade.

Il dénuda les épaules. Ces gestes jamais rêvés pour elle emportaient ses doigts comme une vieille habitude. Les épaules apparurent, douces et dures comme la pulpe du raisin, et un instinct plus fort que le désir l'arrêta, le rejeta en arrière dans le geste de prendre une distance pour *regarder*. Car il venait d'apercevoir, à la pointe du deltoïde, deux courts frémissements de chair, pareils aux ondes d'un drapeau.

— Qu'est-ce que cela? demanda-t-il, ne pouvant nommer ces muscles. Et il allait là-dedans avec sa bouche, comme un limier délirant sur une piste, mais sa joie n'était pas accomplie, parce que le nom de ces muscles lui manquait. Cette inquiétude devint si vive que de nouveau il s'écarta, regarda. « Ah! fit-il avec émotion, il n'a pas changé. »

Il, c'était ce corps. Comme jadis les cloisons des droits simulaient un gâteau de cire, les ombres des reliefs excitaient le désir du chant; les rides délicates qui sortaient de l'aisselle donnaient la même sensation de virginité que donnent des plis encore visibles dans une étoffe ouverte pour la première fois. C'était toujours la vigueur légère, le corps héroïque et subtil, la chose parfaite, la brisante chose belle qu'il avait vue de mois en mois s'épanouir avec un tel mouvement intérieur que parfois, posant la main sur ce dos, il avait cru sentir sa main un peu soulevée, comme s'il l'avait posée sur une voile marine gonflée par le vent. Et l'on eût dit que par là-dessus avait été mise au hasard une tête rapportée, si frappant était le contraste entre ce corps préservé et ce visage atteint.

Minute extrême de faiblesse et de force. Alban restait immobile, détenu par un étrange attendrissement. En vain donc la grande âme ombrageuse s'était enfuie, en vain le bouleversement de l'être avait été jusqu'à modifier le visage, en vain le corps fait aux soins avait été abandonné et attaqué ; il résistait, ce corps, il demeurait intact, il proclamait : « Tout n'est pas perdu, je tiens bon, il est temps encore... » Il semblait que l'âme, chassée de l'intérieur de la poitrine, fût venue se répandre sur sa surface. Ce n'était plus le corps d'autrefois, innocent et indifférent comme celui d'un jeune héros ; pourtant il rayonnait toujours de la gloire des corps non maniés. Comme s'il avait vu s'accomplir un acte de charmante vaillance : « Pauvre corps, comme il est courageux ! Vais-je le trahir ? » se disait Alban.

Contre ce corps, à présent, les gestes de l'amour ne lui venaient plus. La transformation du type de pureté en un type d'impureté, quoi ! lui, il collaborerait à cela ! Toutes les langueurs et, sous des noms gracieux, toutes les maladies dans les chairs caressées... Quoi ! Lui ? Ah, non, pas ce vandale ! Pas ce vandale et pas ce parjure ! « Mais, alors, je sacrifie mon plaisir ?... J'aime assez pour sacrifier ?... »

Des deux mains il reprit sa blouse, et il lui recouvrit les épaules.

Infini dut être ce geste pour qu'à peine ébauché il fût

compris. Un bien affreux perça le cœur de la femme. Ce bonheur fut pareil à la mort. Il la vit pâlir, s'éteindre, toute la face en allée où vont les yeux lorsqu'ils se voilent. « Tiens-moi », put-elle soupirer, car ses jambes se perdaient. Il la soutenait tandis qu'elle glissait, descendait le long de lui comme de l'eau, ployant à droite, à gauche, retombant toujours, emportée par le poids de sa poitrine, lourde comme l'arbre après la pluie.

— Je t'aime, dit-il. Ne meurs pas.

De l'autre côté du monde, une voix vint qui répétait : « Dis-le moi encore, dis-le moi encore, dis-le moi encore », comme cela, sans plus pouvoir cesser. La tête de Dominique Soubrier était toute partie sur l'épaule, à croire qu'on lui avait cassé le cou entre deux vertèbres ; la tête de Dominique Soubrier.

— Je t'aime. Ne meurs pas. Ne meurs pas et n'aie pas peur puisque je t'aime. Mais écoute-les, ces mots que je n'ai jamais dits, ces mots que je n'ai jamais conçus, car j'ai connu l'affection et l'amitié et la luxure, mais ce que je te donne en cette minute est vierge comme au jour de ma naissance. Ce que je te donne a fui éternellement devant moi comme ce soleil sans rayons qu'on poursuit sans trêve dans la nuit enfiévrée. Ce que j'ai fait, ce que j'ai appris, ce que j'ai connu, ce que j'ai aimé pendant vingt-deux ans est étouffé par un bourdonnement terrible, couvert d'une fumée noire comme les villes incendiées. Je viens de naître. Il n'y a pas une seule mesure commune entre ce que j'étais il y a une heure et ce que je suis.

— Tiens-moi bien, tiens-moi bien, sous les bras, comme tu fais ; je ne puis plus tenir toute seule sur la terre comme tiennent les femmes qui ne savent pas ce que je sais. Sens-tu bien ? C'est déjà l'automne. Il est mort, le mal de l'été. Et tu es là, et la guerre est finie, et au fond du Bois roule le fiacre nocturne. Oh, la pluie avec toi ! la pluie du soir avec toi ! Je t'attends sans feindre de ne pas attendre, et tu traverses dans les flaques de lumière...

— Ne dis pas qu'il nous faut l'automne ! Les saisons n'ont plus besoin de s'espérer, parce que chacune va tenir ses promesses. Est-ce que je ne te suffoque pas déjà sur mon cœur ? Je t'approche, je te touche, tu m'inondes de ton visage, je vois ta bouche avec ce qu'elle a mangé et bu, avec les paroles qu'elle a dites et que j'ai oubliées, et les paroles dites et retenues, et celles qui n'ont pas été dites, les secrètes, les roses de ta nuit. Ah ! couvre-moi encore, lance dans ma chair ton amour, enivre-moi encore afin que j'aie une force toute miraculeuse pour te trouver sans interruption.

La dominant de la tête, vaticinant sous les bouffées d'elle comme sous les bouffées d'un gouffre, il voyait l'amour ruisseler sur la face affaiblie de bonheur ; l'amour était sorti d'elle comme l'ondée de sueur après l'émotion, et elle en était estompée, et il ne la distinguait pas bien. Chaude lui venait la bouche, une chose marine entrouverte dans les profondeurs, de même qu'eux deux semblaient vivre au fond d'une mer. Il la baisa, cette bouche, heurta les dents mouillées. Il souleva ses cheveux au sommet de son front, baisa au sommet de son front une pâleur jamais vue, baisa ses oreilles qui étaient froides, comme si elle venait d'ôter une couronne de violettes, baisa ses sourcils, et ses poignets, et ses doigts, l'un après l'autre, et les jointures de ses doigts ; baisa tout, sans fin, sans fin, mais s'arrêtant quelquefois par manque de souffle. Elle disait entre deux baisers : « Eh ! Alban, aimez-moi, aimez-moi. » Il lui mangeait ses paroles et elles renaissaient toujours, et sa bouche dévorée restait intacte. Son soulèvement à elle et son soulèvement à lui, comme deux mers qui se viendraient dessus, déferlaient du fond d'eux-mêmes et se dressaient en se mêlant. Avec les douces mains de sa force, il la déroulait tout le long de sa vie.

Lorsque enfin, d'un commun sentiment, ils surent qu'ils ne pouvaient plus se dépasser sans pénétrer dans un domaine qu'ils s'étaient interdit, elle eut une touchante et fatale inspiration. Elle appuya son front contre le sien. Et ils restèrent ainsi, n'ayant plus entre eux que cet étroit et grossier petit contact, bien qu'il sentît aussi, peut-être, par instants, les battements de ses cils sur son visage.

Quel fut alors son mouvement secret ? Par quel détour le génie de sa nature, en apparence si bien maté, reprit-il possession de lui ? N'eut-il à faire que cette comparaison, si simple et si saisissante, entre sa vanité offensive, si quelqu'un l'eût surpris la dévêtant, et l'humiliation qu'il eût éprouvée à voir connu d'un seul témoin ce geste-ci qui n'était que de tendresse ? Fut-il gêné que leurs fronts se touchassent, parce que, dans le même instant, une voix lui criait que leurs esprits ne se touchaient pas ? Est-il vrai, comme il le crut plus tard, qu'une glace furtive lui renvoya son image, une fade image de benêt extasié ? Toujours est-il que le premier, et d'un geste vif comme ceux de la peur, il écarta, éloigna sa tête.

Pour que le lien entre eux ne fût pas rompu, elle posa sa main sur la sienne. Ils restèrent ainsi un brin de temps.

Dangereux suspens. Il redevint lui-même. Là, avec cette main sur sa main, avec ces yeux brumeux qui le quêtaient, cela fut simple et éclatant : sa position lui apparut *inavouable.* Il eut honte de soi, se trouva indigne. Alors ils furent deux en lui qui parlèrent : « Si elle s'accrochait pour une petite satisfaction qui ne fût que sensuelle, tu l'excuserais, céderais, peut-être même la trouverais grande. Et cependant dans cet abaissement elle serait tout aussi faible qu'aujourd'hui ! » — « C'est ainsi, c'est ainsi. » — « Un contact de chair à chair serait glorieux, et un contact de cœur à cœur méprisable ? » — « Je ne sais, je ne sais. » — « Et si c'était ta sœur ou ta fille, ne serais-tu pas ému dans les entrailles qu'elle te prît la main ? Ne lui en pardonnerais-tu pas, des choses, des choses, pour cela seul qu'elle ait posé une fois sa main sur la tienne ? » — « C'est vrai ! c'est vrai ! » Alors les morts se lèvent : « Quand nous recevions de toi, nous, nous avions mérité. Elle, en quoi a-t-elle mérité ? Retire ta main, ou tu déconsidères les gestes fraternels qui te sont venus pour nous. » Alban ne répond pas qu'en amour il n'est pas question de mériter. L'insensé ! Il baisse les yeux et retire sa main.

— Ah ! dit-il, onze heures moins cinq ! Et je dois être rentré à onze heures !

— Tu m'as dit minuit.

— J'ai dit onze heures, siffle-t-il, bourru parce qu'il ment.

— Il tonne. Tu vas être pris par l'orage.

Mais tout à coup, mirifique inspiration ! Avec quelle sûreté il va droit au mot qui tranchera tout ! Admirable présence d'esprit !

— Tu sais que dans huit jours je remonte là-haut.

D'instinct, il a trouvé cette arme. Véritable agent provocateur, il fait ce qu'il faut pour qu'elle se dégrade et, se dégradant, lui rende aisée la fuite. Mais non, il n'a pas ce calcul ; la malfaisance naît de sa panique, tout armée ; comme un chat affolé qu'on a saisi par surprise, Alban griffe la femme en se débattant pour lui échapper. A présent, qu'elle se déshonore ! Écoute-la, perfide garçon, écoute-la de toutes tes oreilles ! Elle supplie. Elle dit qu'elle est « torturée ». Elle dit : « Je ne te suffis donc pas ? » Elle dit : « Tu en as assez fait ! » Va, tu n'as plus de mal maintenant à la secouer.

« Oh, si, j'ai du mal, encore ! Elle était bien bonne, dans mes bras. Rien jamais ne m'a été bon comme elle. » Au jardin sur les bords de l'Oise, qu'elle se détruisît, c'était sa joie. A présent, malgré tout, elle a été contre sa taille comme une de ses côtes. Il lui présente une lame, et il souffre de la voir s'enferrer dessus. « Tais-toi, ne me dis rien. Accepte sans rien dire, Dominique... »

— Je t'en supplie !

— Et moi je te supplie de te taire. Tu ne comprends donc pas pourquoi je te demande de te taire ?

Les mains se massent, la tête va un peu en arrière.

— Mais tiens-toi donc ! Tiens-toi donc droit ! Et tais-toi, tais-toi.

Ah ! il est trop tard. Il la repousse tandis qu'elle s'accroche. Ce désespoir lui fait peur comme un reptile. Une seconde, l'impulsion de l'assaillir. Hélas ! là aussi il bute ; il l'aime trop pour pouvoir l'aimer de chair, plus assez pour l'aimer d'intelligence. La nuit seule peut le sauver. Il recule et ouvre la porte.

Ce cri, alors ! Son cœur se brise et le reçoit. Il revient d'un pas : « Quoi ? que t'ai-je dit ? N'as-tu pas honte d'avoir moins de courage que les milliers de femmes qui à cette heure... »

Effondrée, encore, n'est-ce pas ? Il lui semble que c'est la dixième fois qu'il la voit ainsi effondrée. Dieu ! Qu'y a-t-il ? Que s'est-il fait encore, dans cette âme pleine de coups de vent ? Tout son amour lui est tiré, ça s'en va, ça lui sort des membres, ça lui sort du cœur, son cœur est un vieux bout d'éponge racorni. Il regarde : la figure dans les mains ! Il regarde : les larmes qu'on écrase ! Il regarde, il regarde, il se saoule de cette bassesse. L'ombre le prend. Il est dehors.

XIX

DIEU ENVOIE SUR LUI UN ORAGE ENCHANTÉ

« O nature inapte à souffrir, ô ma grande nuit imperturbable, à moi ! que je vous pressure dans mon cœur. Vents, lavez les baisers sur ma bouche. Fermées sont les portes du faux amour, déliés les tristes bras bestiaux, et je suis mon roi libre et pur comme aux jours de mes seize ans garçonniers ! » L'antique chant de la Délivrance le pousse sur la route, tête nue, comme un élément. Perché sur son camion, un territorial barbu le croise. O bonheur ! Quelqu'un qui ne l'aime pas ! Que ce visage lui fait de bien ! Il l'embrasserait, ce bonhomme qui n'a pas plus de pensée qu'un légume, qui ne cherche pas de sens cachés à ce qu'on lui dit, qui s'endormira tranquille même si Alban ne lui a pas fait bonjour avec la main. L'impassibilité de la vie le régénère, comme la brusque entrée de l'oxygène dans l'abri à mitrailleuse où on a tiré longtemps. Voilà où elle l'a mené : à l'horreur de sentir, à l'ennui et au dégoût des âmes. « Lâche-moi, démon des âmes ! Qu'il n'existe plus un seul sentiment sur la terre ! »

A travers la nuit, il lui semble qu'il entend sa plainte, toujours plus faible, toujours plus humble, à cette femme. En vain tente-t-il de se dire : « Histoire de petite fille... Se passera tout seul !... Allons ! Aux affaires sérieuses ! » En vain tente-t-il de remuer la classique dispute des Grecs, sur la question de savoir si la femme possède une âme. Il l'a murée vivante, celle-ci, et elle se plaint. Il a roulé sur elle la pierre du tombeau. Songeant que dans cette minute elle vit, elle est vivante, imaginant sa détresse désespérée, il frissonne comme à voir quelqu'un qui se noie.

Sur la droite, un roulement gronde. Le front ?

Le front. Dans huit jours il y sera. Le front vide. Sans but. Sans raison. Cependant qu'il désire. Qu'il désire ! Doux bras, vous lui faites bon ce fauve amour.

De nouveau, sur sa droite, le rugissement terrestre et céleste. Mais Dominique ne s'est pas trompée : c'est l'orage.

Dans la nuit, un tourbillon de vent secoue l'air. Les arbres s'affolent. Plus pâles de toutes leurs feuilles rebroussées, ils appellent, s'indignent, nient, bénissent, réprouvent. La poussière, accumulée par trois semaines de sécheresse, roule sur la route et brusquement se dresse, verticale comme un geyser. Par milliers, des feuilles prématurément mortes se soulèvent, montent haut dans l'espace ; quelques-unes passent en course, horizontales, pareilles à un voilier d'oiseaux qui sait son but. Une lividité est suée hors du ciel. De terribles hirondelles dérivées, les ailes droites, à des hauteurs inhumaines, sont emportées, queue la première, sens dessus dessous comme un avion perdu. L'une d'elles monte, monte... Est-ce qu'elle va disparaître ? Et lui, Alban, est-ce qu'il va disparaître, comme Romulus, pendant la tempête ?

Un éclair surmonte l'horizon de terre d'un horizon de feu, et Alban se signe. Il est tout hérissé, comme sous les bombardements ; il dresse la tête et dilate les narines à la façon des grandes carnes démoniaques qui pressentent l'approche du taureau. La pluie éclate. Il renverse la tête et reçoit ce don sur son visage. L'excès du firmament fait un berceau à son excès.

En lui l'idée s'élabore qu'il a été l'instrument d'une grande justice. A l'heure où des millions d'êtres souffrent de la seule souffrance digne d'intérêt, celle du corps, il est bien que des êtres épargnés souffrent un peu dans leur âme, pour un mal *irréel* et *illusoire* qui n'existe que par l'opinion qu'ils s'en font. Il y a là le commencement d'un essai de compensation. Même, si la méchanceté de Dieu exige une quantité donnée de souffrance, qui sait si le mal fait à Dominique n'a pas racheté le mal qui devait être fait à une vie autrement plus utile, plus méritante, plus valeureuse que la sienne : la vie du moindre de nos soldats ? Qui dit qu'un de nos soldats n'a pas échappé à une blessure, parce qu'Alban a blessé Dominique ? Claires étaient les voix des morts entendues sur les bords de l'Oise et dans la petite chambre : elles réclamaient un sacrifice. Eh bien, c'en est fait ! Apaisées soient ces mânes, comme lui-même s'apaise. Apaisés les esprits de la vie forte qu'il se disposait à trahir. Les vents peuvent se lever enfin, qui remportent Alban vers la pleine mer de l'ordre mâle. Iphigénie a été égorgée sur l'autel.

L'orage s'apaise. Mille odeurs emprisonnées se libèrent. La terre est comme une immense fleur. Les petits animaux de la nuit ressortent. Le cliquetis incessant d'un insecte retentit comme un signal dans une gare. La plaine est couverte de toutes les sonneries du silence champêtre : un chœur de voix douces et basses.

Alors — merveilleux retour, — soudain l'acquis de ces dernières heures pèse à Alban. Un extraordinaire reflux le ramène à la jeune fille. Il voudrait lui dire : « Écoutez, j'ai mangé et bu au mal que je vous ai fait.

J'en ai pétri un pain de vie. Il est vôtre. Je vous le rends. Nourrissez-vous. » Et encore : « Je n'ai pas besoin d'amour. Je suis fort quand je donne et moins fort quand je reçois. Celui qui me donne me prend. » Terribles cris qui souvent ont été siens ! Mais à présent : « Je suis fort quand je donne... » — à qui est-ce qu'il donne ?

Il baisse la tête. Plus clairement que jamais lui apparaît la présomption de la devise tant caressée : « Je me suffis. » Non, il ne se suffit pas, puisqu'il lui faut donner. Ah ! que lui a-t-il servi de jeter l'anathème sur ce *besoin d'aimer,* qui déconsidère l'amour qui en sort, puisqu'on le donne à X... comme on l'eût donné à Y..., parce qu'il fallait qu'il fût donné à quelqu'un, et que c'est X... qui s'est trouvé là ! Ce besoin de partager avec un autre le fruit qu'il vient de faire sur la vie, qu'est-ce donc sinon le besoin d'aimer ? « Comme la vie du corps se gagne en travaillant, la vie de l'âme se gagne en aimant. »

Il reconnaît cela, et malgré soi, pour ces seuls mots, se cabre. A cette heure, sans doute, dans cet alanguissement de la nature, ici, là, bien des êtres, pourris de sentimentalisme, appellent une pareille langueur. Violemment il se retranche d'eux, voudrait crier au monde : « Ne confondez pas ! Je ne suis pas l'un d'eux ! » Une dernière fois, il renie l'heure de mensonge et le vertige dans les bras destructeurs, une dernière fois, il piétine le visage du faux amour. Et dans la même minute sent en soi la vierge possibilité d'aimer, d'aimer de telle sorte cette fois qu'il soit incapable de faire du mal. « Le désir est incomplet. L'amitié manque de viscères. L'amour tel qu'on l'entend est une infériorité. Qui me tirera une tendresse qui vienne du fond des mes entrailles et que j'approuve pourtant de toute ma raison ? O tendresse silencieuse et forte, aux ailes d'aigle ! » Hors la nuit noire une masse confuse apparaît : l'ambulance d'où il repartira dans une semaine, sous le barda, par cette même route, vers la gare qui envoie les hommes là-haut. Voici le remblai du chemin de fer. Voici les fils télégraphiques, avec des étoiles au travers, comme des notes dans une portée. Et brusquement — à sa question, est-ce la réponse qui se fait ? — brusquement son visage se transfigure. Une juvénilité mystérieuse détend les traits contractés, toute l'ancienne gentillesse les illumine. Avec une sorte de rire dans les yeux, il pose sa main sur le bois d'une clôture, comme sur une frêle épaule :

— Ah ! mon petit vieux, regarde donc... Ton père qui remet ça !

Et dans son cœur il fait jour.

1919-1922.

PREMIÈRE PARTIE

DEUXIÈME PARTIE

DU MÊME AUTEUR

Aux Éditions Gallimard

LA RELÈVE DU MATIN

LES OLYMPIQUES

LA JEUNESSE D'ALBAN DE BRICOULE, *roman.*

I. LES BESTIAIRES

II. LES GARÇONS

III. LE SONGE

LES VOYAGEURS TRAQUÉS

AUX FONTAINES DU DÉSIR

LA PETITE INFANTE DE CASTILLE

UN VOYAGEUR SOLITAIRE EST UN DIABLE (1925-1929)

L'EXIL (1914), *théâtre.*

MORS ET VITA

ENCORE UN INSTANT DE BONHEUR, *poèmes.*

LES CÉLIBATAIRES, *roman.*

SERVICE INUTILE

LES JEUNES FILLES, *roman.*

I. LES JEUNES FILLES

II. PITIÉ POUR LES FEMMES

III. LE DÉMON DU BIEN

IV. LES LÉPREUSES

L'ÉQUINOXE DE SEPTEMBRE

LE SOLSTICE DE JUIN

LA REINE MORTE, *théâtre.*

FILS DE PERSONNE. — UN INCOMPRIS, *théâtre.*

MALATESTA, *théâtre.*

LE MAÎTRE DE SANTIAGO, *théâtre.*

DEMAIN IL FERA JOUR. — PASIPHAÉ (1936), *théâtre.*

CELLES QU'ON PREND DANS SES BRAS, *théâtre.*

TEXTES SOUS UNE OCCUPATION (1940-1944)

THEÂTRE

PORT-ROYAL, *théâtre.*

BROCÉLIANDE, *théâtre.*

CARNETS (1930-1944)

LA MORT QUI FAIT LE TROTTOIR (Don Juan), *théâtre.*

ROMANS ET ŒUVRES DE FICTION NON THÉÂTRALES

LE CARDINAL D'ESPAGNE, *théâtre.*

LE CHAOS ET LA NUIT, *roman.*

ESSAIS

LA GUERRE CIVILE, *théâtre.*

VA JOUER AVEC CETTE POUSSIÈRE (CARNETS 1958-1964)

LA VILLE DONT LE PRINCE EST UN ENFANT texte de 1967, *théâtre.*

LA ROSE DE SABLE, *roman.*

LE TREIZIÈME CÉSAR

UN ASSASSIN EST MON MAÎTRE, *roman.*

LA MARÉE DU SOIR (CARNETS, 1968-1971).

LA TRAGÉDIE SANS MASQUE. Notes de théâtre.

MAIS AIMONS-NOUS CEUX QUE NOUS AIMONS?

LE FICHIER PARISIEN

TOUS FEUX ÉTEINTS (CARNETS, 1965, 1966, 1967, CARNETS sans dates de 1972).

COUPS DE SOLEIL

Impression Bussière à Saint-Amand (Cher).
le 22 mars 1983.
Dépôt légal : mars 1983.
Numéro d'imprimeur : 016.
ISBN 2-07-037458-0./Imprimé en France

31671